El secreto de Moctezuma

El secreto de Moctezuma

Paulo de Lánz

 Planeta

Diseño de portada: Ana Paula Dávila

© 2006, Paulo de Lánz
Derechos reservados
© 2006, Editorial Planeta Mexicana, S.A. de C.V.
Avenida Insurgentes Sur núm. 1898, piso 11
Colonia Florida, 01030 México, D.F.

Primera edición: junio de 2006
Primera reimpresión: enero de 2007
ISBN: 970-37-0468-9

Ninguna parte de esta publicación, incluido el diseño de la portada, puede ser reproducida, almacenada o transmitida en manera alguna ni por ningún medio, sin permiso previo del editor.

Impreso en los talleres de Grafiscanner, S.A. de C.V.
Bolívar número 455, local 1, colonia Obrera, México D.F.
Impreso y hecho en México – *Printed and made in Mexico*

www.editorialplaneta.com.mx
www.planeta.com.mx
info@planeta.com.mx

Los buscadores

—El tesoro de Moctezuma —decía el doctor Claudio Hernández Garay al grupo de personas que había ido a escuchar su conferencia— no fue escondido por los mexicas como tantas leyendas insisten en hacernos creer, sino por los mismos españoles. Puede parecer sorprendente dicho así, pero es la hipótesis más seria de que disponemos. Ciertamente, el famoso tesoro no pudo haber sido otra cosa que el oro con que los conquistadores iban huyendo en la Noche Triste. Como se sabe, en esa ocasión Pedro de Alvarado ordenó el asesinato de más de seiscientos señores principales, mujeres y niños en el interior mismo de Tenochtitlan, supuestamente para prevenir una rebelión de los indios que celebraban la fiesta del mes *toxcatl*. Cortés se encontraba ausente y, cuando regresó, quiso calmar la situación obligando a Moctezuma a dirigirse a la población desde el balcón de su palacio. Pero el *tlatoani* fue asesinado sin que quedara claro si fue por las pedradas o flechas de su gente o por el arma de un español. El hecho es que Cortés planeó abandonar la ciudad siete días después, a escondidas. Al cruzar el cuarto canal, una mujer los vio y dio el grito de alarma. Se corrió la voz y numerosas barcas y guerreros se dirigieron hacia el canal para cortar la retirada de los españoles. Una lluvia de flechas y piedras, más el asalto de los caballeros águilas y jaguares obligó al enemigo a abandonar gran parte del botín que llevaba: oro en barras, en polvo, en discos, en collares... Muchos soldados prefirieron morir defendiendo la riqueza que habían robado antes que dejarla. Y el peso del oro les impidió cruzar los canales, nadar, correr, ponerse a salvo. Los hundió. Literalmente los hundió. Esa noche fueron los mexicas quienes tuvieron botín: todas las armas que dejaron los españoles en su huida: cañones, arcabuces, espadas, lanzas y flechas de metal, albardas, cascos y corazas. Desesperado y herido —había perdido dos dedos de la mano izquierda en la refriega— el capitán Hernán Cortés comisionó a algunos hombres de confianza para que, a la cabeza de un grupo de indios, se llevaran lo que quedaba del botín a un lugar seguro. Éste podía ser sólo hacia el norte, pues el sur, el este y el oeste estaban llenos de aliados de los mexicas. Años después, las tribus chichimecas comenzaron a tejer leyendas acerca de una caravana de mulas que llevaba oro y piedras preciosas. Según los documentos, el tesoro habría sido escondido en una cueva cerca de lo que hoy es la población de Tomochic, en el actual estado de Chihuahua.

Aunque el público no era numeroso —unas treinta personas, principalmente estudiantes— el doctor Hernández Garay sintió que había interés en el tema.

Se encontraban en un salón de clases en la Escuela de Comercio Internacional de Budapest que, en la era socialista, fuera la gran Universidad Karl Marx. Por las amplias ventanas se veía el cielo frío de los últimos días de invierno. Más allá, el Danubio fluyendo mansamente, arrastrando lentos islotes de hielo. Dos yates restaurantes tendían hacia la orilla sus puentes blancos con letreros de bienvenida en varios idiomas. Había nevado toda la mañana y un capote blanco cubría la mayor parte del paisaje.

El doctor Hernández Garay continuó:

—Existe otra versión, basada en documentos redactados en 1768 por un fraile de Guanajuato. De acuerdo con ésta, el tesoro debió de haberse escondido en una mina de ese estado. Ahí lo enterraron junto con todos los cargadores. Los españoles que habían guiado la expedición habrían podido quedarse con él, pero murieron aplastados por un derrumbe antes de que pudiesen disponer de cualquier cosa. Con esta historia empezó toda la serie de leyendas relativas a la «venganza de Moctezuma».

Cuando el doctor Hernández Garay terminó de hablar, el profesor que lo había presentado preguntó si alguien deseaba hacer preguntas. El ponente le dio un trago largo a la botella de agua mineral que le habían puesto en la mesa y recorrió con la mirada al público. Adelante estaba una muchacha alta de pelo castaño rojizo, que parecía muy interesada en el tema. Al fondo, recargado junto al marco de la puerta, escuchaba la conferencia Germán Guillén, un mexicano con quien Claudio había hablado en varias ocasiones aunque no podía decir que fuera su amigo. Delgado, de pelo largo y ya entrecano y barba de chivo al estilo indígena, Guillén no había querido sentarse; en una de las sillas desocupadas había puesto su mochila y su abrigo verde de corte militar.

Un estudiante levantó la mano y preguntó en perfecto castellano:

—¿Se han hecho excavaciones en esos lugares por parte del gobierno?

—La última persona que se metió a explorar las cuevas de Tomochic fue un estadunidense cazador de tesoros que se llamaba Freddy Crystal, en 1914. No encontró nada y después declaró que las pistas lo llevaban a un lugar llamado Kanab, en el sur de Utah, en Estados Unidos. La gente, por supuesto, dijo que estaba loco. ¿Qué iba a hacer el tesoro de Moctezuma tan lejos? ¿Para qué transportarlo hasta allá cuando podían haberlo escondido en un lugar más estratégico o más accesible para ser embarcado a España?

El muchacho quedó satisfecho con la respuesta, y el doctor Hernández Garay pensó que ya no habría más preguntas. Iba a dar por terminada la conferencia cuando Germán Guillén levantó la mano:

—¿Tienes una teoría propia al respecto, compañero?— preguntó con un tono de insolente familiaridad que incomodó a Hernández Garay.

—Mi teoría —dijo— es que de ese tesoro una parte se perdió en los canales de Tenochtitlan, otra parte la recuperaron los mexicas, sólo para perderla después, y otra, la más pequeña, alcanzaron a llevársela los españoles.

Guillén iba a insistir con alguna otra pregunta, pero el doctor se adelantó a dar gracias por la asistencia. Terminó de beberse el agua mineral mientras el público aplaudía; en seguida se puso de pie y estrechó la mano del profesor que lo había invitado. Una secretaria cuarentona se acercó con una pequeña caja envuelta para regalo. Como no hablaba español, sólo se la entregó al profesor quien a su vez se la dio a Hernández Garay:

—Un detalle para agradecerle su presencia, doctor.

Cuando Claudio Hernández Garay volvió la vista hacia el público, no quedaban más que tres personas: la muchacha de pelo rojizo, Germán Guillén y el estudiante que había preguntado lo de las exploraciones.

Claudio tomó del brazo a la pelirroja y se dirigió con ella hacia la salida, donde esperaba Guillén. El estudiante lo interceptó, amable y al parecer entusiasmado con el tema.

—Una última pregunta, doctor —le dijo—: ¿es verdad que el gobierno austriaco está considerando obsequiarle a México el penacho de Moctezuma?

—Eso dicen —respondió Hernández Garay con un tono paternal que cuadraba perfectamente con su traje gris y su bigote bien cuidado—. Pero nosotros no lo vemos como un obsequio sino como una devolución. Y ahí es donde no hemos podido ponernos de acuerdo.

El joven le dio las gracias y desapareció. Hernández Garay y la pelirroja tomaron sus abrigos del perchero que había cerca de la entrada y luego alcanzaron a Guillén.

—No pensé que vinieras —le dijo Claudio, mintiendo.

—La unidad de la raza ante todo, maestro —le respondió Guillén, sabiendo que a Hernández Garay le molestaba mucho que lo bajaran de grado académico.

Sin embargo esta vez no pareció enfadarse. Respondió con una sonrisa que no pudo ser más que fría; una sonrisa que se quedó en sus labios sin llegar jamás a los ojos.

—Déjame presentarte a Adél.

—Mucho gusto —declaró la muchacha en un español impecable.

—Germán Guillén.

—Vamos a tomarnos un café, ¿no? Le prometí a Adél que iba a presentarle a un chamán indio de carne y hueso.

Germán esbozó una sonrisa de duda. Había percibido el tono racista mal disimulado con que Claudio lo llamó «indio». Sin embargo no era eso lo que lo detenía: le molestaban los eruditos, las personas que creían saber mucho.

—Y que además es un excelente escultor —añadió Claudio en un tono elogioso, como para componer el asunto.

Germán iba a disculparse por no ir, pero lo convencieron los ojos de Adél: unos ojos verde oscuro, verde agua de estanque medieval, grandes y profundos. Tuvo una sensación extraña, como de estar en peligro, que le resultó excitante.

Se fueron caminando por la orilla del río. La nieve había tendido sobre las calles su alfombra blanca, tan mullida que los pasos de los transeúntes se hundían en ella sin lograr mancillarla. El Danubio respiraba cansado, como un viejo enfermo de frío, moviendo apenas su pecho de crestas pardas. En las dos riberas, los edificios antiguos, de cuatro o cinco pisos altos, parecían mirar el paisaje con los ojos penumbrosos de sus balcones neogóticos, mientras las chimeneas se ahogaban y los tejados se venían abajo con el peso de tanta nieve.

Aunque ya llevaba ocho años viviendo ahí, Germán seguía sintiéndose fascinado por la magia de esa ciudad llena de rincones misteriosos, palacios escondidos, vecindades abandonadas, pasajes secretos, puertas que se abrían a otro tiempo. Incluso los indigentes que dormían en los parques tenían un aspecto peculiar: como de magos que se hubieran disfrazado de mendigos para no ser descubiertos por temibles emisarios de fuerzas oscuras.

El auto de Claudio Hernández Garay se hallaba estacionado cerca de ahí. Subieron los tres y se fueron siguiendo la curva suave que dibujaba el Danubio hacia el norte. En la ribera opuesta, el sol comenzaba a descender tras las terrazas y la orgullosa cúpula del castillo de Buda, bañando de oro los muros ocres del Bastión de Pescadores y la esbelta torre de la iglesia Matías.

Claudio se metió por alguna calle. Parecía confundido.

—¿Adónde vamos? —preguntó Germán, sintiéndose cada vez más incómodo. ¿Por qué había aceptado salir con esa gente?

—Vamos al Café Gerbaud, ¿te parece? —respondió Hernández Garay con ese tono de voz de la clase intelectual mexicana que Germán no soportaba—. Nada más que no recuerdo bien cómo llegar.

—¿Tú no sabes? —le preguntó Germán a Adél, no porque él no supiera sino porque le pareció extraño que ella no dijera nada.

—Ella no es de aquí —explicó Hernández Garay—. Es de Eger.

—Estaciónate donde puedas y vámonos caminando.

Lo que Germán quería era salirse ya de ese coche, mover las piernas. Era un paseante compulsivo, un *flaneur* nahuatlaca, como solían decirle sus amigos.

Tomaron por la calle Váci, llena de turistas como siempre. Mientras andaba adelante de la pareja, Germán podía sentir la mirada de Adél sobre su espalda: una presión tímida, insegura, que buscaba hacer contacto pero se detenía, se contraía. Pensó en ella y en las otras mujeres que transitaban por la calle. «En este país —le había escrito a uno de sus amigos hacía años, cuando acababa de llegar— vas a ver caras y cuerpos que no olvidarás nunca.» Ciertamente, al paso del tiempo seguía seducido: la mezcla de húngaros puros con turcos, alemanes, eslavos, gitanos había producido mujeres de una belleza especial: de cabellos oscuros y lujuriantes, ojos azules y piel casi translúcida de tan pálida. Este contraste, tan cercano a los cánones de belleza de la época romántica, se hacía tanto más atractivo cuanto que muchos de esos rostros tenían un aire infantil, como de niñas que vivieran en una completa inocencia sexual.

Adél

El Café Gerbaud se hallaba al final de la calle, al otro extremo de la pequeña plaza Vörosmarti. Era un lugar lleno de cristales y de luces viejas, de ese esplendor lánguido del imperio austrohúngaro que todavía podía sentirse en ciertos lugares. Sobre la alfombra de sus interminables salones tintineantes se arrastraban pasos ya idos, ecos sofocados, roces de crinolinas: los murmullos de la vieja aristocracia que ahí se reunía, ahí charlaba y era frívola, ahí creía seducir a la historia, que un día iba a traicionarla.

Germán ordenó un café vienés y una rebanada de *struddel* de semillas de amapola, aprovechando que Hernández Garay iba a pagar.

—¿Entonces…? —rompió el silencio. Estaba impaciente porque le dijeran de una vez qué querían de él. Sin que le importara ya lo que fueran a pensar, se puso a observar a la muchacha con una mirada lenta, casi agresiva, de comprador de arte que tratara de valuar las cualidades de una pieza. Realmente era guapa: pómulos definidos, nariz recta, cutis de cera blanca que contrastaba con los cabellos castaño rojo; los labios gruesos, jugosos; los ojos muy separados entre sí, como suelen ser los de las personas especialmente receptivas al mundo de las formas visibles. Germán dirigió su mirada al espacio que había entre ella y Hernández Garay. Sin duda existía una conexión entre ellos, pero no era amor. No podía ser amor.

—Adél está muy interesada en las culturas indígenas.
—Yo no puedo enseñarle nada. Soy escultor, no antropólogo.
—¿De qué estilo? —intervino la muchacha.
—Trabajo en piedra.
—¿Como los aztecas?
—Como todos los pueblos prehispánicos.

Adél quería ser amable, mostrarse interesada, pero sintió que Germán estaba cerrado a ella.

—Claudio me dijo que tenías grupos de estudio —intentó otra vez.

Germán no contestó. No quería ser grosero con esa joven, que después de todo no había mostrado hasta ahora más defecto que sus malos gustos en materia de hombres. Pero se ponía de mal humor cada vez que alguien le hablaba de eso o le recordaba esa época, cuando organizaba grupos de «crecimiento interior», como le llamaban a aquella mezcla de chamanismo tolteca con psicología transpersonal, Chi Kung, cábala y quién sabe cuántas cosas más.

—Lo dejé hace mucho tiempo. Ya no practico. Ya no hago nada de eso.

Y para no darles la oportunidad de insistir, cambió de tema:

—No me sabía esa historia de las cuevas de Tomochic. Supongo que ésa fue entonces una de las razones por las que Porfirio Díaz mató a toda la gente de ahí.

—Es muy probable —le respondió Hernández Garay mirándolo a los ojos, esperando la oportunidad de volver sobre lo que le interesaba—. Todos los *tlatoanis* han buscado el tesoro.

Germán no dijo más; le molestaba esa conversación: ¿para qué mirar tanto hacia el pasado? No tenía sentido.

Hasta donde ellos se encontraban se oían las conversaciones de las otras mesas: voces en francés, en ruso, en alemán, en inglés. Estaban sentados junto a la ventana. Desde ahí se veía, al otro lado de la plaza, un pequeño puesto donde un hombre asaba castañas en un brasero de hierro. Una niña —¿su hija?— las iba poniendo de diez en diez en bolsitas de papel.

—Entonces qué —Claudio sacó a Germán de sus pensamientos—, ¿me vas a hacer quedar mal?

—Por lo menos déjame hacerte una entrevista —insistió Adél.

Germán comprendió que su mente ya no estaba ahí, con esas personas. Necesitaba volver afuera, caminar, seguir buscando esa señal, esa palabra secreta que lo había llevado allá, a Budapest, a esa ciudad llena de mensajes cruzados y fantasmas y puertas que daban a otros planos de realidad.

—Está bien. Nos ponemos de acuerdo por medio de Claudio —dijo, sintiendo que se trataba del «luego te hablo» de los mexicanos: una promesa sin fecha de caducidad.

Salió de prisa y se dirigió sin pensarlo a la estación del metro, como el animal que sabe instintivamente por dónde puede huir más rápido. Sólo que antes de bajar al andén cambió de opinión. La noche blanca resultaba muy seductora: la luz de los comercios y del alumbrado público hacía que la nieve brillara en las banquetas como si estuviese sembrada de diamantes.

En el Gerbaud se quedaron Adél y Claudio. Ninguno de los dos había percibido lo que le ocurrió a Germán por dentro. Cada uno se hallaba concentrado en sus propios pensamientos. Claudio, satisfecho, calibraba el poder que el atractivo de la muchacha ejercería sobre Germán; ya no tenía dudas de que ella cumpliría con la misión que le había encomendado: hacer que el viejo chamán le ayudara a buscar el tesoro perdido de Moctezuma.

Adél, por su parte, ignoraba que estaba siendo utilizada y pensaba en otras cosas. Se sentía muy emocionada con la idea de aprender de Germán. Quizá, gracias a él, pudiera al fin entender lo que le había ocurrido en su infancia: esas experiencias que a nadie, ni siquiera a Claudio, le había contado nunca. Apareció en su mente la imagen de su ciudad, Eger, esa ciudad llena de tesoros históricos, de túneles, de cuevas, de leyendas. Era una niña de cinco años, y una madrugada despertó gritando:

—¡Abuelo!

Su abuela, quien dormía a su lado, despertó también. En la habitación a oscuras sólo se veía el rectángulo gris de la ventana. Y al otro lado las ramas de los árboles, desnudas.

—¡Abuelo! —gritó otra vez.

—¿Qué pasa, mi hijita? —le preguntó la mujer, extendiendo el brazo para buscar la lámpara.

—No enciendas la luz —le suplicó Adél—. Mi abuelo estaba aquí.

—¿Qué dices?

—Vino a despedirse de mí. Ha muerto.

—Tuviste una pesadilla —la tranquilizó la abuela, acariciándole el pelo.

—¡No! De verdad vino a despedirse —lloriqueó la niña—. ¡Estaba aquí! ¿Por qué no me crees?

—Vuelve a dormirte. Mañana vamos a hacer un pastel de ciruela.

Adél comprendió que no tenía caso seguir insistiendo; obediente, volvió a dormirse. Durmió con un sueño tranquilo hasta que en la mañana la despertaron las exclamaciones de dolor de su madre: el abuelo había tenido un accidente en la carretera.

—¿Lo ves? —recordó entonces su visión de la noche—. Te lo dije. Te dije que había venido a despedirse.

Nadie le hizo caso en la familia; al contrario, hicieron lo posible por minimizar lo ocurrido. Eran personas tradicionales, religiosas, y la idea de tener una hija que veía cosas no les gustaba. Pero hubo más incidentes. Antes de saber que la abuela tenía cáncer, Adél soñó que una legión de pequeños diablitos invadía su cuerpo.

Una mañana, su padre la llevó al castillo, a ese castillo de murallas ocre que se alcanzaba a ver desde el jardín de la casa.

—¿Por qué hay tanta sangre aquí? —preguntó Adél cuando estuvieron arriba.

—¿Qué cosa dices, niña?

—Hay mucha sangre aquí, por todas partes —comenzó a lloriquear.

—Vas a empezar con tus cosas —le dijo su padre, con enfado—. No hay nada. No repitas eso.

Adél ya no dijo más. Pero después se enteró de que ese castillo había sido sitiado por los turcos en el siglo XVI, con un saldo de miles de soldados muertos.

A medida que crecía, la represión familiar acabó por triunfar. Adél no tuvo más visiones, aunque siempre conservó algo de eso: cierta intuición, cierta sensibilidad para presentir las cosas. Por eso se emocionó tanto cuando Claudio le dijo que conocía a un chamán y que vivía ahí, en Budapest, cerca de ellos.

Recordó cómo había empezado a interesarse en la cultura mexicana, cuando estaba en la secundaria. Su primera sorpresa fue saber que en México había pirámides como en Egipto. La maestra de historia dijo que los aztecas las utilizaban para hacer sacrificios humanos. Colocaban a la víctima en una piedra y le sacaban el corazón para ofrecérselo a sus dioses. Los alumnos escuchaban horrorizados, pero se tranquilizaron cuando la maestra les contó cómo los valientes españoles habían conquistado esas tierras para acabar con la barbarie, los sacrificios y la idolatría y habían llevado en cambio la fe cristiana. Era un curso superficial, como son los de la secundaria. Adél nunca pudo aprenderse los nombres de los dioses y los reyes aztecas, imposibles de pronunciar, pero algunos personajes se le quedaron grabados: Benito Juárez, el pastor de ovejas que llegó a presidente; Maximiliano, el príncipe de la casa de Habsburgo cuya guardia personal, formada por soldados magiares, lo había protegido hasta el final, hasta que se perdió esa guerra y los mexicanos lo ejecutaron. Su historia siempre les había gustado a los húngaros, que tenían predilección por los personajes trágicos.

Adél comenzó a estudiar español y, ya en la Universidad, en Debrecen, entró al Instituto de Estudios de América del Norte. Ahí tomó cursos sobre historia, literatura y arte de los tres países: Canadá, Estados Unidos y México. Conoció las pinturas de Frida Kahlo y de los grandes muralistas, el pensamiento de Octavio Paz, la mitología de los aztecas y los mayas, leyó *Pedro Páramo*.

El doctor Claudio Hernández Garay llegó como profesor visitante cuando ella ya estaba en tercer año; iba a dar un seminario sobre las civilizaciones prehispánicas. Pero no fue ahí donde empezó todo. Se conocieron en Eger un día, por casualidad, sin que Adél supiera entonces que ese hombre sería su maestro. Se sintió atraída por él: le gustaron su voz, su mirada, sus manos, su bigote. Un día —recordaba— decidieron poner en el corredor del Instituto una ofrenda mexicana del Día de Muertos. El profesor Hernández Garay consiguió que su embajada les diera calaveras de azúcar, ataúdes de chocolate y papel picado; la esposa del agregado cultural les regaló además tortillas de maíz y mole en pasta; y los estudiantes compraron tequila y muchas flores de cempasúchil, que en Hungría crecen como flores comunes en los jardines. Adél y otras dos muchachas prepararon los platillos para la ofrenda en casa del profesor, que estuvo dirigiendo el trabajo mientras escuchaban danzones de Veracruz. Luego fueron a poner el altar. Trabajaron durante varias horas y terminaron cansados, pero, al final de esa tarde, Adél y Claudio —no era más «el profesor»— ya sabían que estaban enamorados.

Después de ese semestre, él terminó su contrato con la Universidad de Debrecen y se mudó a Budapest. Se veían los fines de semana en alguna de esas dos ciudades o en Eger, adonde Adél iba a visitar a su familia. Y así estuvieron hasta hacía tres meses, cuando ella se graduó y se mudó también para empezar el doctorado.

Un extraño personaje

Al salir del café, Germán Guillén se fue caminando por la avenida Király y luego comenzó a cortar por esas calles oscuras que le resultaban perturbadoras porque no podía estar seguro de si ya las conocía, o las había soñado, o nunca había estado en ellas pero creía recordarlas. Es que eran esa clase de calles que aparecen en los sueños: abiertas como una herida, como un abismo de sombra entre edificios enfermos de cantería gris. Poca gente caminaba por ahí a esas horas y con ese frío: sólo algunos estudiantes, al parecer de la Universidad de Artes Musicales Ferenc Liszt, que llevaban sus instrumentos en estuches negros.

Germán se detuvo por fin ante una puerta pequeña, cerrada, sobre la cual un letrero de luz amarilla decía «Acapulco». Era un bar de 24 horas. Tomó asiento ante una mesa en la parte más oscura, junto a un enorme cuadro de palmeras y olas de espuma blanca, y cuando la mesera se acercó a atenderlo le pidió un vaso de *palinka*. Era una morenita de pelo negro y cuerpo pequeño y delgado, que no pasaría de uno cincuenta ni de cuarenta kilos; los dueños del local la hacían vestir con una blusa bordada y una pistola de juguete en el cinturón para que luciera como mexicana de película *Western*. Al principio, Germán había creído que era gitana, pero sus ojos rasgados lo hicieron pensar después en otra raza: vendría de sangre tártara, de aquellos guerreros que llegaron a las planicies húngaras en el siglo XII incendiando todo a su paso.

—¿Y ahora por qué tan temprano? —le preguntó la muchacha en húngaro, con una sonrisa que hizo lucir aún más encantadores sus labios rosados. Germán solía trabajar de madrugada en su taller y, cuando se sentía cansado o se le había terminado la inspiración, salía a fumarse un cigarro y a tomarse una copa. La muchacha estaba acostumbrada a verlo a las 2 o 3 de la mañana.

—Vengo de tomarme un café con una pareja insoportable —le contestó Germán en su pésimo húngaro.

—Hmmm —la muchacha no hizo por preguntar más. Ya se iba a seguir trabajando cuando Germán la detuvo.

—Bernadett.

—¿Sí?

Quería hablar con ella, relajarse conversando de cualquier cosa. Pero la muchacha no parecía interesada en acortar la distancia. Lo trataba con amabilidad, incluso con más amabilidad que a otros clientes y alguna vez habían platicado cinco minutos, no más.

—Nada.

—¿Pasa algo?

—No.

—Podemos platicar después, si quieres. Nada más déjame atender a esos clientes.

Efectivamente, en otra de las mesas había un grupo de jóvenes al parecer impacientes por beber. En otro lugar, en el extremo opuesto a donde estaba Germán, se hallaba sentado un hombre moreno, de bigote grande, que parecía latinoamericano. Y parecía estar esperando a alguien o vigilando algo. Hizo que Germán recordara a otro personaje.

Cerca de su apartamento, en una de esas solitarias y antiguas callejuelas del distrito VIII, había un edificio renegrido en cuya puerta estaba siempre, sentada en el suelo, una mujer de edad inmensurable. Parecía pedir limosna, pero cualquier persona que se detuviese a examinar el hecho se preguntaría: ¿por qué en esa calle abandonada, en un barrio de gitanos e inmigrantes, donde sólo muy poca gente pasaba? ¿Y por qué estaba ahí *siempre*, a cualquier hora del día o de la noche? No parecía que no pudiese caminar. Y una vez —Germán tenía sólo unos días de haber llegado—, iba pasando él por ahí, la vio y sintió su mirada y quiso ayudarla, pero no llevaba más que unos chelines que le habían dado de cambio en Londres, de donde venía. Se los entregó a la mujer. Ella le dio las gracias y él no se detuvo más, pero a unos pasos de distancia la mujer lo alcanzó:

—No me des dinero extranjero —le dijo en húngaro—. No me sirve. *Nem jó.*

Él aceptó las monedas devueltas, avergonzado, sin decir nada. Desde entonces buscaba a la mujer siempre que pasaba por ahí. La observaba. No se movía de la puerta, ¿cómo era posible? ¿Nadie vivía ahí a quien le estorbase? En una ocasión, él estaba sentado en una banca de una plaza cercana a ese lugar, a la vuelta de la esquina. Vio llegar la camioneta que repartía comida para los indigentes y pensó que la anciana se aparecería por ahí. La camioneta se anunciaba con una campana y se quedaba en cada lugar una media hora; además la gente de la calle ya sabía a qué hora pasaba. Pero la anciana no apareció. Sentado en aquella banca mientras esperaba el atardecer y veía cómo esos seres del inframundo cobraban movimiento, salían de sus cavernas y se volvían numerosos alrededor de la sopa caliente como palomas que bajaran a picar migajas de pan, Germán Guillén tuvo la sensación de que aquella mujer estaba guardando un secreto.

El secreto de la viuda

—¿Y por qué trabajas en piedra? —le preguntó Bernadett más tarde, cuando pudo sentarse un poco con él—. ¿No es más fácil con mármol?

—Mis antepasados esculpían en piedra. Yo estoy tratando de recuperar sus técnicas.

—Pero no estás haciendo ídolos, ¿verdad?

Germán miró el objeto de oro que pendía del cuello de Bernadett —una medalla de la Virgen de Lourdes— y adivinó sus prejuicios. Sonrió con una mezcla de desprecio y simpatía paternal.

—No. No hago ídolos. Hago objetos que pueden relacionarse con la vida cotidiana, con los quehaceres de la tierra.

—¿Como qué?

—Vasijas, piedras para moler, lápidas funerarias...

Germán iba a darle más ejemplos, pero en ese momento entró una pareja: la muchacha muy pálida, casi transparente, con los labios pintados de negro. El joven por el mismo estilo. Mientras Bernadett iba a atenderlos, Germán se quedó pensando. Le vino a la mente la imagen de esa mujer que Hernández Garay le había presentado: carne fina para el perro, pensó. Efectivamente, Adél le había parecido no sólo atractiva, sino también fina en el más puro sentido; eso se le notaba en la manera de caminar, de mirar, de sonreír. Quizá era una sobreviviente de la última aristocracia de la vieja Hungría. ¿Qué hacía con Hernández Garay? Estaba interesada en las culturas indígenas. «Claudio me dijo que tenías grupos de estudio», le había dicho. Entonces lo que le atraía era el aspecto práctico, lo que no podía aprender en los libros.

—¿Quieres otra igual? —le preguntó Bernadett después.
—Sí. Y unos cigarros. Sopianae fuertes.
Sentía un desasosiego que sólo se calmaba fumando.

Bernadett le llevó el vaso de *palinka* y los cigarrillos, esperó a que él abriera la cajetilla y sacara uno y se lo encendió. Se le quedó mirando con sus ojos negros de princesa tártara.

Sí, en México había tenido «grupos de estudio»: pequeñas cofradías de gente que buscaba en el *New Age* una justificación para su egoísmo. Y él se había prestado a ese juego porque en algún momento le resultó halagador verse como un gurú, sentir que tenía un dominio absoluto sobre sus discípulos y ellos harían cualquier cosa que él les dijera, con tal de sentir que era parte de su enseñanza.

En uno de esos grupos conoció a Hernández Garay. Una de sus alumnas lo llevó: era su novio. A Germán le cayó mal porque siempre le habían desagradado los tipos que usaban corbata. Y el sentimiento debió de ser correspondido: Claudio lo miró de arriba abajo, con desprecio. Eso fue la primera vez. Después, mal que bien, se siguieron encontrando; Hernández Garay solía ir a recoger a su novia al final de las reuniones y, como casi siempre terminaban después de la hora acordada, se sentaba un rato a escuchar la discusión. Parecía interesarle lo que Germán enseñaba, pero nunca quiso ser parte del grupo. Terminó con su pareja y dejó de ir a las reuniones, pero siempre, de una manera o de otra, se mantuvo cerca. Hasta llegó a recomendarles el curso a un par de señoras ociosas.

Fue en uno de esos grupos también donde Germán conoció a su ex esposa. Verla y seducirla fue un proceso de seis o siete horas a lo sumo. Ella apareció en el Centro de Enseñanza Creativa donde él daba sus cursos. Germán empezó a hablarle del poder de la energía sexual, del despertar de la *kundalini* y todo ese discurso. Se lo dijo sin convicción, repitiendo de memoria algo que ya había dicho muchas veces, sólo porque el cuerpo de la mujer le había gustado y deseaba tenerlo. Después del taller fueron a seguir la «clase» en un bar de Sanborn's y finalmente él la invitó a su apartamento. Había vivido con ella dos años: dos años perdidos, inútiles, en los que ella cumplió con su papel de *apostola apostolorum* y él le dio a cambio los argumentos que necesitaba para encontrar en el espejo la imagen de una mujer encantadora, sensible, talentosa, sabia, humana...

Germán esperaba que cuando Bernadett se desocupara volvería con él y tal vez se sentaría a hacerle compañía, pero la muchacha sólo se volvió a mirarlo desde la barra, vio que todavía tenía el vaso lleno y se sentó por allá. «Que se vaya a la mierda», pensó. Con ella nunca habían funcionado sus artilugios, y no era que ya saliese con alguien: hasta donde él sabía ni novio tenía. Era rara, como de otra época. Germán se la imaginaba llegando de prisa a su casa, sólo para cuidar a una abuela o un abuelo enfermo. O tal vez a un bebé. Sí, a veces tenía esa actitud oscuramente bondadosa de los pecadores arrepentidos. Se tomó la copa de un trago y se levantó para pagar.

Afuera estaba nevando otra vez. Era casi medianoche y Budapest se había vuelto lóbrega y silenciosa. Los coches pasaban lentamente detrás de las máquinas que retiraban la nieve. Los vagabundos dormían envueltos en cobijas en los vanos de algunas puertas y en los pequeños portales de las esquinas.

Llegó al edificio donde vivía, una vecindad antigua, grande, en una de las angostas calles aledañas a la plaza Rákóczy. Era éste un arrabal de mala fama, que sin embargo conservaba algo del encanto de la Budapest de antaño. La plaza era pequeña y, aunque ya habían pasado sus años de gloria como zona roja, todavía se veían algunas muchachas melancólicas fumando en las bancas y sonriendo a los hombres solitarios. Hacia los descuidados jardines miraban algunos edificios nobles, todavía no muy arruinados, y en el costado Este se levantaba el gran mercado del barrio, siempre oloroso a col agria y a verduras en vinagre. Las calles cercanas eran angostas, poco transitadas y aún capaces de sorprender al caminante con alguna joya arquitectónica. Ahí vivía Germán Guillén, en la planta baja del número 19 de la calle Bérkocsis.

Abrió la puerta del edificio y cruzó el pasillo hacia el elevador, que era de esos muy viejos cuyas puertas había que cerrar manualmente para que empezaran a subir. Sin embargo pasó de largo hacia el patio central, donde se amontonaban trebejos, un sofá destripado, una alfombra podrida por la humedad; cruzó éste y abrió una puerta al fondo. No le gustaba vivir en las plantas superiores: lo hacían sentirse desconectado de la tierra.

En su taller-apartamento lo esperaban algunas piezas a mitad del proceso: grises bloques de piedra. Junto a la mesa de trabajo había una cadena de hierro que en uno de los extremos estaba unida a una estaca clavada en el suelo; en el otro, a un grillete. Germán tomó éste y se lo colocó en el tobillo. Necesitaba encadenarse literalmente a la tierra para sentir cómo la fuerza de lo telúrico entraba a su cuerpo, se transmitía a sus manos y de ahí a la piedra como un fuego invisible.

Tomó las herramientas y comenzó a trabajar, pero pronto sintió que no podía inspirarse. Estaba distraído. Su mente seguía en el pasado, en la historia de sus años en México, con los grupos de estudio.

No todo había sido malo. También fue en uno de esos grupos de estudio donde conoció a Olivia Rojas, la viuda del político a quien habían asesinado hacía un par de años. Ella sí era una mujer valiosa. Ella sí había buscado el conocimiento para hacer algo por su país y por el mundo, no para acomodar el mundo a sus antojos. Y se portó como una verdadera «guerrera», como tantas veces les había predicado Germán en las clases, cuando su marido empezó a correr peligro. Él ya tenía varios años de estar viviendo en Hungría, pero mantenían el contacto. Y una semana antes del asesinato, Olivia hizo un viaje a Europa. Visitó varios países como turista, para despistar a los enemigos de su esposo, y finalmente llegó a Budapest y se entrevistó con Germán en una *cukrászda*, una pastelería.

—Mi marido teme que lo maten en cualquier momento —le confió.

—¿Qué quieren?

—Un secreto —Olivia hablaba en voz baja. Trataba de sonreír, de parecer normal, pero Germán pudo percibir que estaba aterrada.

—¿Qué clase de secreto?

—No puedo decírtelo. Es algo que haría mucho bien o mucho daño, depende de cómo se use. Y en manos de políticos ambiciosos...

—¿Qué?

—No puedo decirte más, Germán. No hagas que te diga más. Yo misma no sé de qué se trata. Es decir, sí sé, pero no sé cómo llegar a ello. Sin embargo, te estoy hablando de un tesoro que no debe perderse. Muchos mexicanos valientes han muerto buscándolo o protegiéndolo.

—Está bien. No me digas más. Sólo dime cómo puedo ayudarte.

—Guarda esto —le dijo Olivia, llena de miedo—. Es la clave del secreto.

Puso en la mano de Germán una caja cuadrada y esbelta, como esas cajetillas de metal donde vienen cigarros acomodados de uno en uno. Estaba envuelta en papel para regalos del más común. Nadie habría sentido curiosidad por ella.

—Guárdalo. Quizá seas tú el llamado a entregarle este tesoro a nuestro pueblo, cuando llegue el momento.

Germán no preguntó más. Se guardó el paquete en el bolsillo de su abrigo verde y cambió la conversación. Le preguntó a Olivia por algunas personas que habían estado también en su grupo de estudio.

La sociedad secreta

El templo se hallaba en un barrio elegante de la ciudad de México, sobre una avenida amplia y bien iluminada, con banquetas arboladas y camellones llenos de jacarandas. A simple vista habría parecido una más de las lujosas residencias que había ahí. Pero la diferenciaba un detalle: junto a la puerta había una discreta placa de bronce con un águila devorando a una serpiente. No era el águila de perfil de la bandera moderna, sino el águila de frente, coronada, del Imperio de Iturbide. En lugar de nopales la rodeaba una leyenda: «Iglesia Nacional Mexicana».

Claudio Hernández Garay llegó a las nueve de la noche en un Civic azul oscuro. Tocó el timbre y, cuando le preguntaron quién era, dio una contraseña. Se abrió el portón para que entrara el coche. Pasando el estacionamiento había una escalera de nueve peldaños al final de la cual se abría la puerta con cristales biselados del primer corredor: un espacio en penumbra, largo y angosto como un túnel, alfombrado y flanqueado por los bustos en bronce de algunos personajes históricos: Cuauhtémoc, Guadalupe Victoria, Agustín de Iturbide, Plutarco Elías Calles...

Al final el corredor se dividía. Claudio tomó sin dudar uno de los dos caminos. Al fondo había una pequeña puerta sobre cuyo dintel vigilaba una calavera dorada. Claudio llamó cuatro veces.

—*Mixpantzinco* —lo saludó desde adentro una voz masculina.

—*Ximopanolti* —respondió Claudio.
—¿De dónde venís? —continuó el intercambio de contraseñas.
—Vengo de Aztlán
—¿Adónde vais?
—A la Guerra Florida.
—¿A qué vais?
—A entregar mi corazón.

La puerta del Quauxicalli se abrió. O más bien la abrieron desde adentro dos hombres armados con escudo y macana, uno vestido de caballero águila y el otro de caballero jaguar.

El gran salón se hallaba iluminado por una suave penumbra azul. Era un espacio rectangular, con un altar de piedra en el centro y tres hileras de sillas en cada uno de sus cuatro costados. Muchas estaban ya ocupadas por personas de ambos sexos, aunque había más hombres que mujeres.

Antes de tomar su lugar en el oriente, Claudio se detuvo como si buscara un asiento libre. Quería escuchar la conversación que tenía lugar entre las filas del sur, las de los *tlatlacotins* o esclavos, los miembros con menor rango en la jerarquía de la Orden. Había algunos que eran nuevos.

—¿Por qué no empieza?
—Estamos esperando al Gran Maestre.
—¿Ya lo conoces?
—No. Nunca lo he visto.

En otro lado también estaban hablando. Claudio escuchó la voz de una mujer que cuchicheaba nerviosa:

—Oye, ¿ya no nos van a hacer más pruebas ni iniciaciones?
—Yo creo que no.
—¿No tenemos que pasar otra para llegar a *macehuallis*?
—Sí, pero eso ya será como dentro de dos años, si le echas ganas.

Claudio pasó a su asiento y ahí se dispuso a esperar, él también, al Gran Maestre. El hombre que quedó a su lado derecho, un gordo pelado a rape, hizo con los dedos un *mudra* que sólo conocían los miembros de más alta jerarquía. Era su saludo. Claudio le respondió de la misma manera.

—¿Cuándo llegaste de Hungría? —le preguntó el hombre.

—Hace dos días.
—¿Cuánto tiempo te vas a quedar en México?
—Me voy la semana próxima.
—¿Cómo van las cosas por allá?
—Bien, bien: moviéndose lento pero seguro.
El gordo rapado se volvió a mirarlo.
—Vamos afuera, Juan Manuel. Allá te cuento.
—¿Ya hablaste con el Gran Maestre?
—Ya. Le hablé por teléfono cuando llegué.

Salieron al corredor y nuevamente al estacionamiento. Al fondo de éste había una pequeña cafetería. El gordo encendió un cigarro desde que cruzaron la puerta, al parecer impaciente por empezar a fumar. Eran los únicos clientes en ese momento: todos los demás se encontraban en el Quauxicalli.

—Entonces, ¿el tipo este tiene el secreto?
—Si lo tuviera no estaría allá dando clasecitas y haciendo sus molcajetes, ¿no crees?
—Pero tiene una de las claves.
—Digamos que tiene manera de llegar a ella.
—Según la información que le dieron al Gran Maestre, la viuda fue a Budapest hace dos años.
—Pero no es seguro que se entrevistara con él, y menos aún que le haya dado nada.
—¿Por qué no lo agarramos y le damos una calentadita para que suelte todo? —sugirió Juan Manuel Toscano, sonriendo como un niño gordo y malvado.
—Así nunca encontraremos el tesoro. Sería el mismo error que cometimos con el muerto.
—¿Cuál es tu plan, pues?
—Primero sacarle por la buena todo lo que sabe.
—¿Le vas a dar dinero?
—No. Ese tipo no funciona con dinero. Pero funciona con otras cosas.
—¿Por qué no le dices la verdad: que queremos esto para el bien del país?
—No confía en nosotros. Ya sabes: sus complejos de clase.
—Ellos le llaman conciencia.

—Como sea. Ya lo haremos hablar.

—Tú sabes tus asuntos, Claudio. Lo de los venezolanos, ¿cómo va?

—Bien. Habrá que ir a visitarlos para cuadrar el asunto, como dicen ellos.

—¿Cuándo?

—En unos meses. Nada más que tengamos más información.

—Bueno, vamos al Quauxicalli, que ya debe de estar empezando la consagración.

La guardiana

Sintiendo que la inspiración se le había terminado por ese día, Germán descansaba en el sofá viejo y lleno de polvo que tenía en su estudio. No se había quitado el grillete. Sentía en su tobillo izquierdo el peso del hierro que lo encadenaba a la tierra: un abrazo tibio, al mismo tiempo suave y fuerte como —decía él— debía ser el amor de las mujeres. De tiempo en tiempo se movía y entonces sonaban en el piso de duela los gruesos eslabones. Sólo con ese sonido lograba concentrarse, anclarse. Era la honda y antigua música del esclavo, la canción del hombre que no vive para sí, sino para algo más grande que él mismo.

Germán recordaba:

Huérfano de padre y madre, había crecido con su abuela en el barrio de la Merced, en la ciudad de México. Su abuela tenía un puesto de plantas medicinales en el mercado de Sonora y ahí pasaban los dos la mayor parte del tiempo. En ese espacio se concentraban las imágenes que guardaba Germán de su infancia: la penumbra olorosa a hierbas, a inciensos, a lociones para hacer limpias o para atraer dinero o amor. Los clientes, principalmente mujeres, iban a pedirle a la abuela les ayudara a alejar al marido del alcohol o al hijo de las drogas, o que les diera algo para volver a despertar la pasión del amante aburrido, para deshacerse de un inquilino molesto, para hacer que le fuera mal a alguien en un negocio. Pero la abuela nunca aceptaba hacer esa clase de trabajos que perjudicaban a alguien. Trabajar con la mano izquierda, decía, es la tontería más grande que puede uno hacer.

Ella le enseñó a Germán desde niño a descubrir su propio poder, a no tenerle miedo a lo que de cualquier manera no podía evitar, a estar solo, a separar su cuerpo etérico de su cuerpo físico, a ver lo invisible. Él recordaba sobre todo esto último: el descubrimiento de un mundo al cual sólo él y su abuela y algunos otros brujos malos y buenos tenían acceso. Era un mundo de penumbras perpetuas, de luces tenues teñidas de palo de rosa, de azul agua, de amarillo viejo. Los vivos y los muertos se confundían ahí unos con otros, caminaban por las calles con los mismos pasos inseguros, angustiados. Germán vio muchos muertos en aquellos años.

Todavía no existía la Central de Abastos, y el barrio de la Merced estaba siempre lleno de gente de toda clase: comerciantes, mayoristas que iban a surtirse, campesinos que llevaban a vender sus cosechas, cargadores. Había varias pulquerías y cientos de prostitutas de todas las edades que se ofrecían a lo largo del Anillo de Circunvalación o en los paupérrimos lupanares del Puente de Santo Tomás, la Soledad, el callejón de Manzanares… no era raro que una de esas muchachas amaneciera muerta en la calle, tirada abajo de la banqueta como un animal. Las mataban. Los teporochos, en cambio, se morían solos. Un día su cuerpo ya no aguantaba esa dieta de no comer nada y beber sólo alcohol. Nadie los miraba con lástima; los más piadosos simplemente evitaban tropezar con ellos.

Su abuela le enseñó a Germán a ver la luz que se desprendía de esos cuerpos aún mucho después de que habían muerto, aún cuando ya se los habían llevado a la morgue. Era una luz dolorosa, llena como de humo, como de tizne. La de las muchachas no tanto, pero la de los teporochos…

—Eso negro que ves —decía la vieja— es el daño que ellos mismos se hacían, la mierda que fueron juntando con todos sus pecados. Pero ni así tienen suficiente. Míralos.

Sí, a veces Germán los veía pasar ya desencarnados. Invisibles para la mayoría de los vivos, caminaban como buscando algo que no podían encontrar. Ciegos, deslumbrados por la luz de este mundo que ya no era el suyo, avanzaban tentando las paredes; no podían creer que sus dedos se hundieran en ellas como si estuviesen hechas de niebla o de humo. Buscaban su casa o su rincón en la calle, quién sabe. Germán recordaba a una muchacha que llegaba a la misma esquina donde se paraba cuando estaba viva. Miraba a los hombres que pasaban como si quisiera preguntarles algo y no se atreviera.

—Hay que rezar por ellos —le decía su abuela—. A veces eso les ayuda a irse en paz.

Años después, cuando ya también ella se había ido, Germán trataría de entender esa mezcla suya de creencias. Era de un pueblito indígena y allá había aprendido a entender y a manipular el otro lado de la realidad. Pero al mismo tiempo era una mujer muy católica, que creía en el poder de las oraciones y de los santos y de todo lo que se decía en la iglesia. Incluso recordaba, con orgullo, cómo siendo una jovencita llegó a vivir con su marido a la capital y cómo se opuso a que sacaran al párroco de la iglesia de la Soledad, cuando quisieron fundar ahí la Iglesia Católica Mexicana, en tiempos de Plutarco Elías Calles.

—Ése fue otro que andaba desesperado buscando el secreto de nuestros antepasados —dijo. Muchas veces hizo referencia a ese secreto, pero cuando Germán le preguntó no quiso contarle más. Incluso trató de confundirlo:

—En esta tierra se perdieron muchos secretos —le dijo—. No nomás uno. Ya los irás descubriendo tú mismo.

Así fue como lo inició en el conocimiento del otro lado de la realidad. Poco a poco, casi sin que él se diera cuenta, fue formando su manera de ver las cosas. Y le dio la tarea de enseñarlo a su vez.

—Todo esto se lo tienes que pasar tú también a otros, a los que creas que pueden usarlo con la mano derecha. No te lo guardes para ti solo porque el conocimiento se le pudre a uno adentro si no lo saca.

Por eso había sido que, cuando se sintió listo, empezó a fundar los grupos de estudio. Pero ahora sentía que se había equivocado: se dio demasiada prisa por convertirse en maestro y finalmente lo que les dio a sus discípulos no los había acercado al conocimiento sino los había alejado más de él. Por eso decidió dedicarse totalmente a la escultura y no enseñar más y por eso, finalmente, se vino a Hungría. Se vino huyendo de esa herencia con la que no sabía qué hacer. Durante varios años había logrado esconderse de ella, pero al parecer ya no era posible. Su abuela —la sentía ahí mirándolo, riéndose de él— lo había encontrado por fin. En la tarde llamaría a Hernández Garay y le pediría el número telefónico de su novia. Hablaría con ella. Tal vez, a diferencia de todos los demás, ella sí estuviera a la altura de lo que quería aprender.

En estas cosas estaba pensando Germán cuando sonó el timbre de la puerta. Se sobresaltó un momento, pero luego recuperó la calma, se quitó el grillete y fue a abrir.

Un par de preguntas

—Antes de decirte que acepto —dijo Germán, exhalando el humo de su cigarro—, quiero hacerte un par de preguntas.

Había citado a Adél en el Acapulco. Ella parecía distraída, como si no estuviera realmente interesada en la entrevista. Aunque tal vez era sólo que ese antro le resultaba extraño. Miraba todo con curiosidad: los cuadros de palmeras y playas tropicales, la cortina de conchitas marinas que colgaba en seguida de la puerta, la foto de la Quebrada que tenían en la barra, entre las botellas de tequila de diferentes marcas.

—Dime la primera.

—La primera —Germán se sentía molesto, casi desilusionado y no sabía por dónde empezar— ... la primera pregunta es esta: ¿qué quieres exactamente que te enseñe?

—Desde luego, no lo que puedo encontrar en los libros. Si buscara eso, no tendría necesidad de pedírselo a alguien que parece tan poco dispuesto a enseñarme.

—¿Entonces?

—Claudio me dijo que tenías grupos de estudio en México. Me dijo que con base en las antiguas tradiciones indígenas les enseñabas a tus discípulos cómo ser más libres, cómo vencer sus temores y encontrar su propia fuerza. Eso quiero aprender.

—¿Para qué?

—Para conocerme.

—¿Por qué no vas con un psicoanalista?

Adél parecía acorralada. Su cara había cambiado en un instante: ya no había seguridad en ella.

—De niña veía cosas. Sentí la muerte de mi abuelo aun cuando tuvo lugar muy lejos de la casa. Y luego tuve otras experiencias así. Sólo en la adolescencia comencé a perder ese don, si es que era un don. No quise confiar en él y lo olvidé a propósito. Se fue. Nunca le he contado esto a nadie, Germán, ni siquiera a Claudio. Te lo cuento a ti para que entiendas por qué quiero que me enseñes: quiero entender lo que me pasaba. Recuperarlo, si es posible todavía.

Su respuesta, por fin, satisfizo a Germán.

—Está bien —le dijo en tono casi de advertencia—. Ahora dime otra cosa: ¿Tienes alguna expectativa concreta en cuanto a qué es lo que voy a enseñarte?

—No te entiendo.

—Quiero decir ¿crees que te voy a enseñar, por ejemplo, a hacer viajes de hongos, a experimentar lo sagrado en la religión azteca, a tener sueños lúcidos o...?

—No —lo interrumpió Adél, casi alarmada—. No tengo ninguna expectativa de esa clase. ¿Debo tenerla?

En ese momento se acercó Bernadett a llevarle a Germán un vaso de *palinka*. Se le quedó viendo a Adél con disgusto, tal vez frustrada porque no entendía lo que estaban diciendo en español, y le preguntó si deseaba beber algo más. Adél le pidió un vaso de vino tinto.

—No. Precisamente no. Y eso es entonces lo primero que debes saber: que para llegar al conocimiento no hay que buscar nada.

—¿Entonces cómo aprendes? ¿El hombre de conocimiento no es acaso un buscador?

—¿Lo ves? Ya estás cayendo en la trampa de la que parecías libre. A mí no me interesan los buscadores. Un buscador es alguien que va sobre algo específico y sólo eso le importa. No ve nada más, no ve lo que está alrededor. El mundo puede tener mil palabras para él, pero él sólo busca una y sólo ésa va a encontrar. ¿Me entiendes?

—Eso creo.

—Mira: si tienes una idea de lo que quieres encontrar, lo

vas a encontrar, no porque sea la Verdad sino porque hay verdades para todo. Si eres una asesina, descubrirás un libro que te hable de la relatividad del Bien y el Mal; si eres una narcisista, un sabio te dirá que la esencia de Dios está en ti y eres bella y perfecta. Si eres una puta y no quieres sentirte mal por eso, siempre habrá un documento o muchos que te digan que las prostitutas eran sagradas en la Antigüedad. Y como eso es lo que buscas, con eso te vas quedar. Luego podrás echar el rollo de que ésa es la verdad que estaba oculta durante siglos y ahora ha salido a la luz porque estamos en la era de Acuario. Y al final vas a estar más ciega que antes porque en lugar de buscar el conocimiento para romper las paredes de tu cárcel lo has buscado para hacer éstas más elásticas.

—Ya te entiendo.
—¿De verdad?
—Sí. Tiene mucho sentido lo que dices.
—Entonces así es como vamos a trabajar, si no te espantan los tiros: nos vamos a ver sin ningún horario; puede ser una vez por semana, una vez al mes o cada tercer día, dependiendo de cómo evoluciones. Te iré dando una serie de tareas y las vas a realizar sin preguntar por qué o para qué son, ni qué es lo que sigue. Si necesitas saber algo, yo te lo diré; si no te lo digo, será porque no me parece que necesites saberlo o porque quiero que lo descubras tú. ¿Estamos de acuerdo?
—Sí. Pero, ¿puedo hacerte preguntas sobre otras cosas?
—Puedes preguntar lo que quieras. Yo sabré si te contesto o no.

«Cómo no era así de riguroso antes», volvió a pensar Germán, satisfecho. En realidad se había sentido optimista respecto a Adél desde que tomó la decisión de llamarla, aquella tarde cuando el recuerdo de su abuela llegó a visitarlo a su taller. Sí. Estaba cansado de trabajar en una nueva escultura y se sentó en el sofá a descansar un poco. Recordaba las palabras de su abuela: «No necesitas tener muchos discípulos, aunque tal vez los tendrás. Pero con uno solo que sea bueno, con uno solo que reciba en su corazón la enseñanza, tu misión en la tierra estará cumplida».

Germán había pedido le fuera enviada una señal para saber qué hacer con Adél y, en ese instante, llamó a la puerta Ilich, un exiliado venezolano que había llegado a Hungría huyendo de la persecución política y ahora se dedicaba a rastrear historias de vampiros. Llevaba en la mano un libro del gran poeta húngaro Endre Ady que Germán quiso mirar. Compartían lecturas, discos compactos, hallazgos de *flaneur* y una nostalgia común por la cultura latinoamericana de los setenta: el Che Guevara, la trova cubana, los poemas de Pablo Neruda y las novelas de Mario Benedetti. A los dos les gustaba la cerveza oscura y ese diabólico aguardiente de frutas que en húngaro se llama *palinka*. Además de ser el único amigo que tenía Germán, Ilich era su vecino: vivía en el mismo edificio, en el primer piso.

—¿Existe este nombre en Hungría? —le preguntó Germán al leer la dedicatoria del libro: «A Leda».

—No. Ady llamaba así a Adél, su musa, porque era casada y no quería comprometerla. Leda al revés es Adél.

—Ah, mira —la mención de ese nombre resonó en los oídos de Germán como la señal que esperaba.

Ahora la tenía enfrente.

—¿Quieres preguntarme algo? —interrogó a Adél, quien lo miraba en silencio con una expresión indefinible que no dejaba saber si estaba molesta, fascinada o se estaba burlando.

—Sí. Tengo algunas preguntas.

—Va la primera.

—¿Por qué te cae mal Claudio?

—No me cae mal. Simplemente no me importa.

—¿No te importa?

—No.

—Está bien. Otra pregunta: ¿por qué te gusta venir a este lugar? ¿Extrañas tu país?

—Sólo los niños y los ancianos extrañan su casa. Precisamente porque yo no, vengo aquí. Aquí estoy a salvo de mis compatriotas: a ningún mexicano se le ocurriría ir en el extranjero a un bar que se llama Acapulco.

—Ajá.

—¿Por qué te ríes?

—Porque se me hace que estás loco.
—Bueno, ¿alguna otra pregunta?
—Sí. ¿Cuánto me vas a cobrar por clase?
—El conocimiento no se vende. Sólo los mercaderes de la *New Age* estudian estas cosas para luego hacer negocio con ellas.
—¿Entonces?
—Me pagarás enseñándole un día esto a alguien que lo merezca. Sin cobrarle.
Adél asintió:
—Muy bien. ¿Cuándo empezamos?
—Yo te llamo. Déjame planear cómo voy a enseñarte.
—Bueno. ¿Puedo hacerte otra pregunta más?
—Sí.
—¿Siempre tomas *palinka*?
—Sí.
—¿Te has emborrachado alguna vez con esto?
—Sí. Es horrible. No lo vuelvo a hacer.
—Eso dicen todos. En la época del socialismo, los soldados rusos que estaban aquí contrabandeaban muchas botellas para llevárselas o mandarlas a su casa. Y mira que eran buenos bebedores. Se desayunaban con un vaso grande de vodka como si fuera una malteada. Pero al *palinka* le tenían respeto.
—Ya me imagino.
—Bueno, una última pregunta: ¿me dejas que pague la cuenta?
—Está bien —Germán se sentía cada vez más relajado, más alegre con la compañía de esa muchacha. Por eso mismo sintió que era mejor poner distancia de por medio—. Vámonos.
Afuera, otra vez, caía la nieve. La calle Akácfa, donde estaba el Acapulco, se veía blanca. De suyo tan triste, tan arañada por el tiempo y la mala vida, esa angosta calle parecía de pronto vestida de inocencia. La nieve, auxiliada por el viento, trataba piadosamente de cubrir las cicatrices de los negros edificios, la sarna de las mamposterías, los ladrillos que asomaban desnudos de tanto en tanto en los muros descascarados, tal como las carnes blancas de una muchacha indigente

asoman bajo la blusa en jirones. Incluso los coches que se habían estacionado en las banquetas, porque la calle era tan estrecha que no había lugar debajo, lucían cubiertos con un mullido tapete blanco. Nadie andaba por ahí.

Adél y Germán caminaron dos cuadras largas hasta la plaza Blaha Lujza, donde la ciudad cobró vida de nuevo. En los portales los comercios ya estaban cerrados, pero el flujo de transeúntes no había disminuido; se veían parejas tomadas de la mano, hombres solitarios con las manos en los bolsillos del abrigo y el cigarro consumiéndose entre sus labios. Cruzando el bulevar, alegraba la vista el bello edificio azul pastel del antiguo Hotel Nacional.

Germán dejó a Adél en la estación del metro y se fue caminando hacia su barrio. Ella se sentía feliz con lo que estaba a punto de aprender. Ya no viviría, como antes, absorta en su amor por Claudio, encerrada en él e incapaz de ver más allá de él. Ahora iba a concentrarse en este camino que gracias al mismo Claudio había hallado, y no era que el amor fuese a desaparecer sino al contrario, estaba segura: sería más rico en matices, más excitante, más promisorio ahora que pudiera verlo a la luz de este nuevo descubrirse a sí misma. Recordó la época en que era estudiante de Claudio, todo lo que había aprendido con él sobre las antiguas civilizaciones mexicanas: su relación con la naturaleza, el macrocosmos y el microcosmos, el sentido de lo mágico. Gracias a Germán Guillén, sabía ahora que lo que había estudiado como parte de un pasado remoto y ya concluido no lo era. Existía el chamanismo, había caballeros águilas y caballeros jaguares, los dioses aztecas no estaban muertos. El último sacrificio humano que se había celebrado en México por motivos religiosos y de manera pública, documentado en libros y periódicos, había sido en 1967, no en la época de la Conquista. Todo estaba vivo: lo oscuro y lo luminoso, lo horrible y lo bello, la locura y la lucidez. Germán mismo, con todos sus misterios, su belleza de piedra, su tormentosa soledad, ¿no era prueba de ello?

El espíritu de Huehuecóyotl

Ya enfrente de la puerta, Germán se dio cuenta de que no llevaba las llaves de su casa. Hacía mucho frío esa noche y él quería estar ya adentro, en la habitación calientita.

Se buscó otra vez las llaves en los bolsillos del abrigo, de la chaqueta que llevaba debajo, de los pantalones... no estaban. Nunca en su vida había perdido unas llaves. Se preguntó qué pudo haber sucedido. No era posible que las dejara olvidadas en algún sitio porque no las había sacado desde que salió por la mañana y cerró la puerta. En Budapest había carteristas, pero precisamente eran eso: carteristas. Robaban dinero, no llaves.

Se sintió avergonzado. «Qué falta de poder», le habría dicho su abuela. Tendría que pasar la noche en algún lugar y al día siguiente iría a buscar un cerrajero. Optó por reírse de la situación. Cruzó al otro lado de la oscura calle, orinó en las llantas de un coche estacionado y echó a andar hacia el Acapulco.

En el camino pasó por la casa del vampiro, como le llamaba al edificio en ruinas en cuya puerta pedía limosna la anciana que le despertaba tanta curiosidad. Y efectivamente, ahí estaba, esperando. Germán se disolvió en las sombras para pasar junto a ella sin ser visto, como lo hacen los chamanes. Pero no pudo engañarla. La mujer lo sintió pasar y lo siguió con los ojos hasta que se perdió en la esquina: una mirada de lechuza. A él no le habría causado ninguna sorpresa que la anciana se levantara de su rincón en ese instante y echara a volar en medio de la noche, sobre el bosque de chimeneas y cúpulas de la ciudad.

—Te dejaron un mensaje —le dijo Bernadett cuando llegó al bar. Estaba ocupada atendiendo una mesa—. Ahorita te lo llevo junto con tu copa.

«Ha de ser de Ilich», pensó Germán sin mayor interés. El venezolano iba a buscarlo a veces ahí. Le gustaba conversar con él, contarle sus historias de vampiros y demonios y sus anécdotas de cuando era joven y combatía en la guerrilla urbana, en su país.

Fue a sentarse al rincón de siempre y encendió un cigarro. Pensaba en Adél.

—¿Cuál es la primera capacidad que perdemos al dejar de ser niños? —le había preguntado en aquella primera lección.

—No sé.

—Piensa.

Estaban acodados en el barandal de hierro del Puente de las Cadenas. Bajo ellos, las heladas aguas del río se movían apenas, ateridas, llevando un par de yates con bandera austriaca. En la ribera Oeste, el sol ya se había ocultado y el cielo se veía rojo tras el castillo de Buda. En la ribera opuesta, la noche se extendía ya y miles de luces se habían encendido; iluminaban los puentes, la lejana isla Margarita, el lujoso hotel Four Seasons, que parecía un palacio de juguete.

—No sé. ¿La capacidad de creer?

—Efectivamente —el viejo hechicero estaba fascinado con su discípula. Muy pocas personas le habían contestado así a la primera—: la capacidad de creer. ¿Y en qué momento la pone más en juego?

—¿Cuando confía en su madre?

—Creer es una cosa. Confiar es otra. Ya hablaremos de esta diferencia más adelante.

—¿Entonces?

—Cuando está jugando. Para un niño los autos de juguete corren de verdad, los pasteles de lodo son comida, los soldados de plomo matan y mueren.

—Él sabe que está jugando.

—Pero hay un momento en que la realidad del juego invade la otra realidad. ¿Nunca has visto a un niño asustarse con sus propios juegos?

—No sé. No me acuerdo.

—Un niño juega con todo, con las palabras también. Para él las palabras son las cosas. Los lingüistas dicen que la palabra «perro» no muerde. Ésa es la mentalidad de los adultos, del mundo sin magia ni milagro. Para un niño la palabra «perro» sí muerde, la palabra «fantasma» asusta y la palabra «caca» huele mal.

—Eso es verdad.

—Pues ahí es donde está, en primer lugar, el poder personal que hemos perdido. Si fuéramos capaces de volver a creer como creen los niños, podríamos convertir el agua en vino y multiplicar panes y peces. Para ser mago, igual que para ser artista, hay que volver a ser niño.

—¿Volverse infantil?

—Sí, volverse infantil. Pero no en el sentido que suele darse a esta palabra, no como la gente que se niega a ser adulta, sino en el sentido de recuperar las capacidades infantiles de creer y de jugar.

—¿Por qué es tan importante jugar?

—Porque la vida es un juego y cada situación por la que se pasa también lo es. Un juego que dura poco para que luego empecemos otro. Si uno se toma todo en serio se vuelve débil, se aparta de su centro y entonces vienen los temores, los apegos, la frustración de los deseos no satisfechos. El Diablo es poderoso porque siempre se está riendo, porque siempre está jugando.

Adél ya no decía nada. En silencio, miraba pasar el río bajo sus pies.

—Tú quieres convertirte en una mujer de conocimiento; es decir, en una mujer que ha logrado recuperar los poderes mágicos de su sexo. Pero para eso tienes que volver atrás y buscar el hilo en el punto donde lo perdiste. Tu primera tarea consistirá en realizar tres actividades. La primera es jugar, no importa a qué: juegos que requieran habilidad y astucia.

—¿Ajedrez, por ejemplo?

—No. El ajedrez es demasiado serio, demasiado científico y además no se puede hacer trampa. Debes jugar a algo menos solemne y en lo que puedas ganar con trucos. Juegos de cartas, por ejemplo; monopolio, esas cosas.

—¿Tengo que valerme de todo, entonces?

—Sí, es parte del reto. Necesitas aprender a encontrar tus recursos y ser capaz de echar mano de todos ellos para alcanzar un fin.

—¿Aun si hago algo malo?

—El bien y el mal son relativos. Aunque existe lo que se llama la ley del péndulo: todo lo que haces regresa a ti. En este mundo puedes hacer lo que quieras con tal de que estés dispuesta a pagar el precio. Ahí es donde se pierden muchos: es fácil caer en la tentación.

—Pero...

—Ya hablaremos de eso después. Por ahora lo importante es que te relajes. Los niños tienen una asombrosa capacidad para relajarse en un momento, gracias a que no les preocupan las implicaciones morales de sus actos. Haz lo que te digo en la medida en que te permitas hacerlo. Ya después pagarás por ello.

—Está bien. ¿Eso es todo?

—No. No te lo voy a poner tan fácil.

—¿Se trata de una prueba?

—Cada vez que nos veamos te voy a dar una serie de tareas que tienen dos objetivos: el primero es enseñarte algo; el segundo es, efectivamente, ponerte a prueba. Y si hay alguna que no puedas pasar, no tienes derecho a la siguiente y ahí se acaba todo.

Adél asintió, entre nerviosa y resignada.

—La segunda actividad es que robes algo: cualquier cosa, no tiene que ser algo valioso. Si te causa un conflicto moral, puedes devolverlo después. Lo importante, nuevamente, es que pongas a prueba tus recursos.

—Está bien.

—Y la tercera actividad es que le juegues una broma a alguien, si es pesada mejor. El objetivo, como en las otras tareas, es poner a prueba tu habilidad para vencer a otros jugando, medir tus recursos, sustituir la moral inculcada por el sentido de la responsabilidad moral.

—¿Cuánto tiempo tengo para hacerlo?

—Todo el que necesites. El ritmo con que vayas aprendiendo dependerá de ti. Pero te advierto que no sirve de nada darse prisa.

Adél pareció relajarse. Levantó la vista hacia el Bastión de Pescadores, que alzaba sus almenas al otro lado del río, y suspiró.

—¿Es todo?

—Por ahora es todo.

—Hay muchas cosas que quisiera preguntarte, pero creo que ya me has dejado suficiente en qué pensar.

Se fueron caminando hacia la estación Deák Tér del metro. En la calle que tomaron había un terreno baldío cercado por anuncios espectaculares; en uno de ellos, Salma Hayek anunciaba un producto de Avón; en otro había un mensaje del Gobierno: «La música gitana es un símbolo de Hungría, ¿por qué entonces discriminamos a los gitanos? Que el racismo no sea otro de nuestros símbolos».

—Me dijiste que vivías en Móricz Zsigmund —comentó Germán—. ¿No te queda mejor el tranvía?

—Voy a Ikea a comprar unas cosas para mi casa. Apenas la estoy amueblando. Tengo poco de vivir en Budapest.

—Sí, recuerdo que Hernández Garay dijo algo al respecto. Eres de Eger, ¿no?

—Sí.

—Una ciudad muy bonita. La más bonita de Hungría, diría yo.

Junto a la entrada del metro había varios puestos de ropa para el invierno. Desde ahí se veía, blanca, la cúpula de la basílica de San Esteban. Un mendigo estaba tocando el violín.

—Esa canción es de mi país —comentó Germán.

—¿De verdad? Siempre pensé que era americana.

—Fueron los americanos quienes la popularizaron. Pero es de una compositora mexicana que se llamaba Consuelo Velázquez. Se llama «Bésame mucho».

—Nosotros la cantamos en húngaro: «*Szeretlek én, jöjj vissza hozzám…*»

※

—¿A ti cuál te gusta más? —le preguntó Bernadett, sentándose a su lado.

Se refería a la televisión, que se hallaba encendida sobre una repisa, entre dos pequeñas réplicas de los atlantes de Tula. Estaba el concurso de números musicales de Eurovisión, y en ese momento llenaba la pantalla una danesa bronceada que cantaba en inglés.

—No sé. No he visto a muchos —respondió Germán tomándole un trago a su copa.

—Mañana es la final.

—¿Y a ti cuál te gusta más?

—La de Malta. Es ésa de vestido verde, mira. Pero parece que va a ganar la de Grecia: es la favorita hasta ahora.

Germán encendió un cigarro y se puso a mirar el programa. Se sintió relajado. Ya no le preocupaban sus llaves: podía llegar a casa de Ilich. No creía que el venezolano le negara asilo. Al pensar en él se acordó del mensaje.

—Bernadett…

—¿Sí?

—Me dijiste que te habían dejado un mensaje para mí.

—Ah, es verdad —le dijo, con ademán de levantarse—. En seguida te lo traigo.

—En un comercial, no tengo prisa.

—Bueno.

Y se quedó ahí con él hasta que llegaron unos clientes y debió atenderlos.

El programa de Eurovisión terminó a las 12 de la noche. Poco después, Bernadett puso en la mesa de Germán la cuarta copa junto con un sobre abultado. Con los ojos cerrándosele de sueño, él vació el contenido. Eran sus llaves y una nota que decía:

¿Se vale hacer la broma y el hurto en un solo acto?

La Princesa Vieja

—Has recibido la bendición de Huhuecoyotl, el coyote viejo: demostraste que tienes recursos —decía Germán—. Ahora debes probar que estás lista para recibir el conocimiento.
—Tú dirás —le respondió Adél.
—Tu maestra será ahora Llamatehcutli, la antigua diosa de la tierra, a quien llamamos «La Princesa Vieja». Es el espíritu de la experiencia que se ha convertido en sabiduría. Pero esta sabiduría, como todas las cosas, puede ser masculina o puede ser femenina. La masculina se relaciona con el sol, la luz diurna, las cosas que pueden verse a simple vista. La femenina, en cambio, pertenece al mundo de la noche, a lo oculto, a la visión en la oscuridad, al silencio. La Princesa Vieja ha vivido muchos años: es anciana. Ha visto muchas cosas y el mundo ya no tiene secretos para ella. Por eso no juzga ni condena nada ni a nadie. Los errores de los hombres no la espantan. Sabe lo que hay dentro de cada uno de sus hijos, nietos, tataranietos, y por eso mismo está más allá de toda curiosidad: tiene curiosidad el que no sabe y quiere saber. Ella sabe. Sabe todo y no dice nada. Los secretos de los hombres están en buenas manos con Llamatehcutli. No cuenta nada ni da consejos no pedidos.
—¿Es como las abuelitas de los cuentos?
—No. Esas abuelas son protectoras y amorosas. La Princesa Vieja no protege a nadie. Sabe lo que va a pasar y por qué pasan las cosas. No desea privarte de tu derecho al error.

Tampoco es amorosa en el sentido superficial de la palabra. No te va a hacer galletas ni te va a cuidar si estás resfriada. Su amor es más profundo y su método pedagógico tiene más de espartano que de tierno. Pero siempre que la necesites estará ahí.

—¿Qué debo hacer?

—Encontrarla: eso es lo primero.

—¿Dónde?

—Aparecerá cuando estés lista. Eso significa que debes volverte como ella para que le caigas bien: seguir su ejemplo, disciplinarte, aprender a callar, a no juzgar, a ver lo invisible y a no tratar de descubrir nada, a no desear más conocimiento del que es necesario.

—Todas las ideologías que dicen que uno no debe querer saber me parecen represivas, fascistas. ¿Cómo vas a avanzar entonces?

—Eres universitaria y por lo tanto alguien que quiere tener una explicación para todas las cosas. Ustedes creen que las respuestas están en los libros porque así los han educado; la cuestión para ustedes es dar con el libro correcto o, en su defecto, preguntarle al maestro correcto. Eso es orgullo. La Princesa Vieja es humilde: sabe que hay preguntas cuyas respuestas no son para ella. O que no lo son en el momento en que ella las quiere. Por eso no averigua, no espía, no pregunta. Si no entiendes esto, no la vas a encontrar. Y sin su ayuda no podrás seguir adelante.

—Está bien. ¿Qué tengo que hacer?

—Lo primero es el silencio. Sin él no puedes escuchar los mensajes de la otra realidad.

—¿El silencio de la mente, como en la meditación?

—Sí. Pero para llegar a éste debes aprender primero a cultivar el otro: el silencio simple que significa cerrar la boca. Hay un proverbio árabe: «Habla sólo cuando estés seguro de que lo que vas a decir es más bello que el silencio».

—Qué bonito.

—Sí. Pero muy difícil en la práctica, si uno no tiene disciplina. Debes empezar ahora: recordártelo todos los días, en todo momento: callar, callar, callar. El conocimiento no se entrega a los que tienen la lengua suelta, sino a los que son capaces de guardarlo. Si empiezas por ahí, poco a poco irás aprendiendo a silenciar tu mente.

—Entonces...

—Entonces tu primera tarea será ahora empezar a moverte en el silencio. La segunda es empezar a moverte en la oscuridad, como los caballeros jaguares de los aztecas. El jaguar es el animal sagrado de la Princesa Vieja, es su mascota. Al igual que ella, tiene por territorio el silencio y la oscuridad. Así es como caza y se aparea y así es como hacían la guerra los caballeros iniciados bajo su espíritu.

—¿Y los caballeros águila?

—Los caballeros águila eran guerreros solares, diurnos. Eran iniciados en la cara masculina del conocimiento. Pero eso es otro asunto. Estábamos en que debes aprender a moverte en la oscuridad.

—Sí. ¿Significa aprender a ver en la noche?

—Hay una oscuridad de la noche y una oscuridad del día, así como hay una luz del día y una luz de la noche. La oscuridad del día, por ejemplo, te impide ver las estrellas, porque no es que no haya estrellas en el día, ¿verdad? Están ahí, no han desaparecido, no las mató el sol como decían los antiguos; es que no podemos verlas, no sabemos. Cuando hablo de «moverte en la oscuridad» quiero decir moverte en lo invisible. Pero para eso tienes primero que verlo. Desarrollar tus otros ojos para que puedas ver la parte no visible de las cosas, las personas... el otro lado de la realidad.

—¿El aura, los fantasmas?

—Todo eso, sí. Todo eso, pero también otras cosas de las que no se habla mucho. Las casas paralelas por ejemplo. ¿Sabes a qué me refiero?

—No.

—Una casa invisible que existe paralelamente a una casa visible. O que se encuentra en el campo o en un terreno baldío o sobre una plaza. Son casas que fueron destruidas hace mucho tiempo pero siguieron existiendo en el otro lado de la realidad.

—Ay, Germán —Adél parecía fascinada o asustada, o una mezcla de las dos cosas: difícil saber—. Creo que no voy a poder dormir esta noche.

—Mejor. Así podrás practicar los ejercicios que voy a darte. Para el primero necesitas estar en completa oscuridad, como en un cuarto de revelado. Consigue un globo negro, del tamaño que quieras, ínflalo hasta que quede bien tenso y empieza a frotarlo en tu pelo.

—De niña hacía eso para que los globos se quedaran pegados en la pared. Era como mágico.

—Exactamente: es algo mágico. Es la magia de tu energía, de tu aura. Ya lograste sentirla al pegar los globos en la pared. Ahora debes aprender a verla. Concéntrate en eso: ya que el globo está bien cargado de electricidad, trata de verlo. Hay quienes lo logran desde el principio, pero lo más probable es que no veas nada. A lo sumo oirás una especie de crepitar. Si sigues practicando diariamente, a los pocos días comenzarás a ver algunas chispas. Finalmente debes ser capaz de ver el globo entero. Lo percibirás envuelto en su propia luz, que tomó de ti: una luz extraña, misteriosa, etérica. Ésa es la luz de la oscuridad.

El mundo de las sombras

Durante los dos meses que siguieron, Adél logró desarrollar una relación nueva con la luz y con su ausencia. Una relación que se convirtió en una luna de miel con la oscuridad. Ciertamente, siguiendo los antiguos ejercicios de entrenamiento de los caballeros jaguares, la muchacha comenzó a moverse en el mundo de las sombras. Todavía era invierno y en Budapest oscurecía a las cuatro de la tarde. A las cinco, el reflejo mortecino de la nieve era ya lo único que daba cierta claridad a los andurriales solitarios.

No sólo había aprendido Adél a habitar la oscuridad, sino, como le dijera Germán, a ser oscuridad ella misma; es decir, a identificarse a tal grado con su nuevo hábitat que pasaba inadvertida estando en él. Eso era lo que más esfuerzo le había costado dominar. Al principio sólo lograba hacerlo quedándose quieta: la gente se sentaba encima de ella en el metro o en los tranvías, creyendo que el asiento estaba desocupado. El truco funcionaba bien así, mientras mantuviera una actitud pasiva. Pero en cuanto hacía algún movimiento, la ilusión se quebraba como un espejo y la imagen aparecía.

Muchas veces, en la penumbra llena de humo del Acapulco, le expresó a Germán su frustración. Él la escuchaba y trataba de explicarle las cosas de una nueva manera o salía con ella a hacer algún ejercicio o a jugar a las escondidas. Hasta que Adél logró que él no la encontrara estando casi en sus narices. Finalmente, la aprendiz había hecho suya la sabiduría del maestro:

—No hay nada milagroso en el arte de la invisibilidad —le había explicado él—. En diferentes culturas las elites guerreras lo estudiaron y lo dominaron: los guerreros sombra del Japón, los caballeros jaguares aztecas y los chamanes de casi todas las naciones indígenas de América, incluso las brujas de la Edad Media, de quienes se decía que volaban en escobas porque nadie entendía cómo podían desplazarse de un lado a otro sin ser vistas. Así que no es algo que pertenezca a los cuentos de hadas. Es un arte, como te decía, y todas las artes requieren práctica y disciplina. Para dominarla necesitas lograr que tu mente se libere de tu cuerpo. Pero que se libere completamente, sin distracciones ni miedos. Que deje de estar determinada por la experiencia de tu cuerpo. Puedes practicar con la oración. O con el amor, si estás enamorada. O con la creación artística. En los momentos en que una persona se encuentra en oración profunda, pensando intensamente en el ser que ama o canalizando la inspiración que se convierte en arte, en ese momento, como dice el pueblo, «se va». Uno se va de donde está su cuerpo. Incluso llega a suceder que te digan «Me asustaste: pensé que no estabas aquí».

A partir de estas instrucciones, Adél comenzó realmente a desarrollar esa habilidad. Descubrió que no debía dejar que su cuerpo la distrajese; en el instante en que recuperaba la conciencia de éste, el efecto cesaba, tal como el equilibrista corre el riesgo de sufrir un accidente fatal si, caminando por la cuerda, cae en la tentación de mirar hacia abajo.

Sus éxitos la volvieron más y más valiente. De pronto ya no tenía ningún miedo de andar de noche por los rumbos más tenebrosos de la ciudad. Con la seguridad de un animal que caza en su territorio, hacía largas caminatas por los distritos VIII y IX, se metía en las tabernas de mala muerte más allá del parque Orczy; recorría las vecindades y los callejones perdidos de Ferencváros, el barrio más peligroso de Budapest; visitaba las guaridas de adolescentes que se reunían para drogarse en los alrededores de la plaza Moscú; recorría de madrugada las márgenes del Danubio y sólo en algún momento se detenía debajo de algún puente para encender un cigarrillo, apareciéndose como fantasma a los vagos que dormían ahí. Una sombra alta, vestida de negro, seductora y temible al mismo tiempo.

Estaba muy contenta de haberlo logrado. Se lo dijo a Germán en el Acapulco. Bajo el abrigo negro llevaba un suéter rojo oscuro que se reflejaba en sus mejillas como un rubor nuevo, cálido. Se veía hermosa, y su alegría acabó por contagiar a aquel triste mexicano que nunca sonreía.

—Te felicito sinceramente —le expresó—. Y mira que te lo digo fumando.

Adél no entendió este comentario. Germán, por primera vez desde que se conocían, sonrió y comenzó a explicarle:

—Entre los indígenas de América se acostumbra fumar cuando se tiene que decir algo importante. Es la famosa «pipa de la paz» de las películas de vaqueros. El chiste es que el humo y las palabras salgan al mismo tiempo de la boca, porque así parecen que vienen del mismo lugar: del pecho. Es una garantía, ¿me entiendes? Las palabras que salen del corazón no pueden ser falsas.

—¿Puedo abusar de tu sinceridad haciéndote una pregunta?

¿Cómo hubiera podido Germán negarle algo cuando ella también fumaba al hablar, intoxicándolo con el aroma de tabaco y vino de Tokaj de su aliento?

—La que quieras.

Consciente de su poder, Adél preguntó con coquetería, casi regañando al hombre:

—¿Por qué no querías enseñarme?

Germán se quedó callado. Una sombra de melancolía convirtió en un recuerdo lejano su sonrisa de hacía un momento. Tardó en responder:

—Durante muchos años estuve dándole a la gente argumentos para sentirse complacida de sí misma. Ya no me interesa hacerlo. No quería hacerlo contigo.

—Yo no me siento complacida de mí misma.

—Lo sé. Ahora lo sé.

Sintió que debía explicarle más, que eso no era suficiente. Le dio a su vaso un trago largo y continuó:

—Estuve casado con una mujer que todas las mañanas

hacía media hora de meditación *vipasana*, otra media hora de oración cristiana, luego dos horas de yoga y en las tardes les leía el Tarot a sus amigas. Había terminado ya los dos niveles del *reiki*. Los lunes tomaba un curso de flores de Bach, los martes uno de *feng shui*, los miércoles iba a meterse a un temazcal. Si tenía algún mal hábito, se hacía terapia de regresiones para encontrar el origen en alguna encarnación pasada; si se le retrasaba la regla, iba con el acupunturista; si se sentía deprimida iba a que le equilibraran los *chakras*. Cada que cumplía años se leía el *I Ching* y se hacía su retorno solar. Cada que empezaba una relación con un hombre se hacía una sinastría para ver si eran compatibles. A fin de atraer el amor cargaba un cuarzo rosa; para tener dinero, un colguijo con la runa *fehu*; para dominar a los demás, un palo de santería. Con sus amigas de la *wicca* celebraba las ocho fiestas paganas. Estaba convencida de que Dios vivía en ella y practicaba una religión que era como un licuado de religiones. Ahora, ¿tú crees que con todas estas tonterías le quedaba tiempo para pensar en algo que no fuera ella misma: lo que sentía, lo que aprendía, lo que experimentaba en su maravillosa vida? Ella se miraba vivir; los demás podían irse a la mierda. Dios le había amueblado el mundo como un cuarto lleno de juguetes y lo de fuera, lo horrible, lo injusto, lo imperfecto, era un *karma* de los demás, problema de los demás, no de ella. Ella era un mundo en sí misma. Y lo peor era que yo había alimentado semejante engendro.

—Pero eso es como el *New Age* y tú siempre lo criticas.

—En esa época no me había dado cuenta de muchas cosas.

—¿Por qué te parece tan malo el *New Age*?

—¿No te has dado cuenta? Es una invención de la CIA, de todos esos que están promoviendo la globalización y el nuevo orden mundial. Están diseñando al ciudadano del futuro: un individuo que habrá sustituido totalmente la historia con el mito, que se sentirá hermano de todos los miembros de todas las religiones y no hará distinción entre sus antepasados y los antepasados de los demás. Y por si fuera poco, un consumista perfecto. ¿Has visto cómo son las casas de los buenos *newagers*? Están llenas de cuarzos, velas, pirámides, campanas de viento, estatuillas, colguijos de cristal, imágenes canalizadas, discos compactos de música para meditar, libros, juegos de cartas… es toda una inversión. El tesoro de Moctezuma se quedaría chico ante tanta acumulación de mierda.

—El conocimiento no es eso.

—No. Ni la espiritualidad, ni la luz, ni nada de lo que esa gente cree haber conseguido.

Se quedaron en silencio largos instantes. Luego, como para buscar otro tema de conversación, Adél preguntó:

—Y ahora que mencionas el tesoro de Moctezuma, ¿qué piensas tú de eso? Le preguntaste a Claudio si él tenía una hipótesis propia, pero nunca dijiste si tú tienes una.

—¿Por qué crees que debo tenerla?

—No sé. Supongo que debes saber algo o haber pensado algo al respecto. Tal vez tus antepasados…

—Mis antepasados eran acolhuas, no aztecas. Los extranjeros tienden a pensar que todos los mexicanos venimos de los aztecas, pero la mayoría somos descendientes de otras tribus. Tenemos otra historia. Todavía hoy en día hay más de sesenta grupos étnicos en el territorio nacional. Pero bueno, si tanto te interesa lo del tesoro te voy a contar lo que he oído.

—Espera —le pidió Adél, disponiéndose a encender un cigarro como si el fumar fuese una manera de concentrar toda su atención—. Ahora sí —dijo, inhalando la primera bocanada—: cuéntame.

—Todo lo que dijo Hernández Garay son mentiras. No sé si él mismo las cree o sólo estaba tomándoles el pelo. Según su primera hipótesis, el tesoro lo mandaron esconder los españoles. ¿Por qué no lo recuperaron después? Finalmente fueron ellos quienes ganaron la guerra: podían moverse libremente por todo el territorio. Además era a eso a lo que habían llegado: a hacerse ricos. ¿Por qué iban a esconder para siempre lo que tanto trabajo les costó obtener? No lo entiendo. Además, si el tesoro estaba ya en su poder, ¿qué necesidad tenían de interrogar y quemarle los pies al rey Cuauhtémoc?

—¿Y la segunda hipótesis?

—La segunda hipótesis es más razonable. Su consecuencia lógica sería: el tesoro no existe, todo es una leyenda. Pero resulta que mucha gente, incluidos importantes personajes históricos como Antonio López de Santa Ana, Maximiliano de Habsburgo, Porfirio Díaz y Plutarco Elías Calles lo han buscado. José Vasconcelos investigó mucho al respecto. Y yo creo que encontró algo. Se dice que Calles, que era masón de la más alta jerarquía, fundó una sociedad secreta independiente para ese propósito. Yo mismo he atado algunos cabos que encontré por ahí, aunque nunca he hablado de esto con nadie porque en realidad no me lo tomo en serio: es un juego más en este mundo de juegos serios.

—Entonces el tesoro sí existe.

—Sí, sí existe pero nunca estuvo en manos de los españoles. Prueba de ello, como te decía, es la famosa tortura con la cual Hernán Cortés quiso sacarle el secreto a Cuauhtémoc.

—La escena fundadora de la mexicanidad. O por lo menos del sentido mexicano de la hombría, basado en el estoicismo, como dijo Octavio Paz.

—No sé. No me interesa Octavio Paz. Tienes demasiados libros en la cabeza y un día te van a pesar. Pero bueno, volviendo a la historia, yo creo que el mismo Cuauhtémoc ignoraba el paradero del tesoro. Fíjate que no se conoce como «el tesoro de Cuauhtémoc» sino como «el tesoro de Moctezuma».

—¿Moctezuma lo escondió?

—No. Fueron sus consejeros: lo escondieron antes de que él se lo entregara a Hernán Cortés, como quería. Porque Moctezuma se había empeñado en ganarse el favor de los conquistadores y, si para lograrlo debía entregarles la riqueza de la nación, estaba dispuesto a pagar el precio. Sus consejeros ya habían tratado de hacerlo comprender su error, le habían demostrado que los europeos no eran dioses ni Cortés era Quetzalcóatl, y sin embargo él insistía en su servilismo por el mismo motivo que los políticos de ahora insisten en el suyo: esperaba que sus «amigos» del exterior lo apoyaran contra sus enemigos del interior. Pero antes de que siguiera adelante algunos de sus consejeros, entre ellos Cuitláhuac, mandaron 2000 cargadores escoltados a esconder el tesoro en algún lugar de la selva maya. Para llegar allá debieron cruzar el Istmo de Tehuantepec. Algunos viejos de esa región todavía pueden contar las leyendas que se tejieron al respecto: cómo pasaban hacia el oriente las caravanas de tamemes escoltados por caballeros águilas y jaguares. Se dirigían a un lugar que podría haber estado en territorio de lo que hoy es Honduras. Allá ocultaron el tesoro. Dos siglos después, los piratas que tenían su guarida en la isla de Roatán lo encontraron. Lo repartieron en varias partes, que fueron a dar a distintos lugares, pero lo más valioso fue transferido para su custodia al castillo de Araya, en la costa oriental de Venezuela. Esa fortaleza fue dinamitada en el siglo XVII por los españoles. Pero la riqueza se salvó y sirvió después para comprar armas para el ejército de Simón Bolívar. Ciertamente, se sabe que Bolívar realizó negocios y estableció alianzas con los piratas ingleses y holandeses, enemigos desde siempre de la corona española. Entre otras cosas, las armas de los ejércitos insurgentes llegaron a América en barcos de bandera negra. El rastro del tesoro se pierde en este punto. Podría haber pasado a la corona británica, pero entonces se sabría de su existencia. Yo creo que continúa escondido en algún lugar de lo que fuera el territorio de los piratas.

Viaje a Transilvania

—*It is the first mild day of March: Each minute sweeter than before* —recitó Ilich, recordando a Worsdworth—... El sábado voy a Transilvania. ¿Quieres ir conmigo?

Ciertamente, ya era finales de marzo: los días se iban haciendo más largos y las calles estaban llenas de lodo y charcos a causa de los deshielos. El Danubio traía grandes témpanos que brillaban con el sol como si fueran de oro y seguía haciendo frío, pero ya se sentía en la atmósfera el despertar de la vida latente.

—Sí —le respondió Germán, apartando la vista de la pieza en la que estaba trabajando—. Necesito unas cuantas piedras.

Su mesa se hallaba cubierta de herramientas y polvo. Germán utilizaba una esmeriladora para los cortes, cincel de punta para lo que él llamaba «el gran desbaste» y cinceles más especializados para entrar en los detalles.

La piedra iba a comprarla a Transilvania porque era más barata y fácil de conseguir. En las planicies húngaras era difícil hallar algo como lo que él necesitaba para trabajar. Por eso viajaban juntos Ilich y él. Germán iba a comprar sus piedras con los canteros de Nagyvarad mientras el venezolano les tomaba fotos a los castillos de los Cárpatos y entrevistaba a la gente vieja en busca de leyendas sobre vampiros. Aprovechaban además para pasear, relajarse y comer un poco de ese delicioso chorizo de res que hacían los adventistas de aquella región.

Así que el sábado en la mañana salieron de Budapest en un auto rentado. Durante más de dos horas vieron desfilar un paisaje todavía invernal: extensos campos desolados; pequeñas poblaciones donde unos cuantos viejos, sentados en alguna banca a la orilla de la carretera, miraban pasar los coches; parvadas de cuervos que volaban hacia el nordeste, hacia Ucrania.

Hicieron una escala en Debrecen para tomar algo y comer *gulash* y carne tártara. Ilich iba quejándose de que la gente confundía a Vlad Tepes con Vlad Dracul, y Germán sólo lo escuchaba, sonreía como desde lejos y de vez en cuando decía «sí» o «¿de verdad?». Hasta que esta actitud despertó la curiosidad del venezolano y le preguntó qué se traía. Germán le contó la historia de Adél. Le contó todo, desde que la conociera con Claudio Hernández Garay y cómo ella le había pedido que la iniciara en la sabiduría de los pueblos indígenas. Aunque no podía dar detalles de lo que estaban haciendo, le contó a Ilich ya con un entusiasmo desbordado lo de la broma de las llaves.

Ilich lo escuchaba sonriendo, con un gesto casi paternal.

—¿Y por qué no la invitaste a venir con nosotros?

—Se fue a pasar unos días con su familia, en Eger.

—Creí que tu cara de adolescente que acaba de masturbarse era por la gitana del Acapulco.

—No —le contestó Germán como si Ilich hubiera dicho el mayor disparate del mundo—. Cómo crees.

Lo cierto era que Germán sí había estado interesado en Bernadett en alguna época. Pero ella no parecía ser una muchacha fácil y él no hallaba la estrategia adecuada para acercársele. Ahora sentía que su entusiasmo con Adél lo había salvado de obsesionarse, mas Bernadett seguía siendo una especie de reto mayor: la fascinación fáustica de corromper a una inocente. La última vez que platicaron, en el Acapulco, ella le había comentado:

—Hace rato vino a buscarte tu amiga. La pelirroja.

—¿Qué dijo? —preguntó él, con alarma: tal vez se trataba de algo importante. En todo caso había perdido una oportunidad de verla.

—No dijo nada, ni buenas tardes siquiera. Entró, se asomó por todas partes y se fue. Yo supongo que te buscaba a ti.

Germán pareció desilusionado.

—Le estoy enseñando cosas —le comentó a Bernadett a manera de explicación. Después se arrepintió de decirlo.

—¿Qué cosas?

—Cosas... técnicas para conocerse a sí misma.

—¿Y para qué necesita conocerse?

Esa clase de preguntas seguían teniendo el poder de desconcertar a Germán. Ahí era donde perdía el equilibrio. ¿Cómo encontrar el punto débil de una mujer cuando no se sabe si se trata de una tonta o de una iluminada? Adél era simplemente brillante, simplemente seductora y sabía jugar. Pero Bernadett no jugaba a nada y eso hacía a Germán sentirse profundamente incómodo.

—¿Cómo puedes preguntar eso? Todos necesitamos conocernos. No hay conocimiento verdadero que no sea en el fondo una forma de autoconocimiento.

—¿Para qué? Nadie llega a conocerse de verdad. Eso es imposible. Y no es necesario. ¿Para qué pasarse años en llegar a conclusiones que después resultan falsas y son derribadas por otras? Tú que eres el maestro de esa muchacha, ¿te conoces? ¿Crees que lo que piensas ahora de ti mismo ya no va cambiar?

—No. No es como lo estás percibiendo.

—Sólo Dios puede conocernos, Germán. Lo que los humanos hacemos es ir cambiando la manera como nos contamos nuestra historia a nosotros mismos.

—Pero no es sólo eso lo que buscamos. También se trata de desarrollar mejor nuestras capacidades, o descubrir capacidades que no conocíamos.

—¿Para qué? ¿Para tener más tentaciones?

Germán contestó ya sólo torciendo la boca. Le molestaba que Bernadett fuera tan cerrada, tan impenetrable.

—Estaba seguro de que Erzsébet Báthory tenía una casa en Budapest —la voz de Ilich lo sacó de golpe de sus pensamientos—. Las grandes ciudades han sido siempre los sitios de reunión de la nobleza. Pero resulta que cuando ella vivía, las dos ciudades de la orilla del Danubio: Buda y Pest, estaban en manos de los turcos. Así que no había ninguna vida cortesana allá. Tal vez aquí en Debrecen… en algún lugar debe haber historias de vampiros urbanos.

Pidieron la cuenta y siguieron su camino. Hacia el este había cada vez más árboles: bosques más grandes y más tupidos, aunque todavía yermos por el invierno. Se detuvieron a estirar las piernas y a respirar el aire húmedo en un par de aldeas. Germán sintió que su espíritu crecía con las imágenes, los olores y los sonidos que ahí encontró: la paz, la tranquilidad sólo turbada por el ladrido lejano de los perros y el chillido de algún cerdo, la voz grave de las campanas que llamaban desde iglesias de torres amarillas, los huertos todavía helados pero que en unos meses volverían a lucir cargados de manzanas, peras, ciruelas… el olor del *palinka* destilado en casa, el de los jamones que en ese momento alguien estaba ahumando…

Germán se quedó dormido y en su sueño fue en busca de Adél. La encontró caminando por las aceras húmedas de la avenida Andrassy: abrigo negro, suéter rojo oscuro, Levi's azules y botas Dr. Martens rojas. Sus cabellos de fuego se mecían al ritmo de sus pasos, y en sus ojos de agua profunda brillaba una misteriosa sonrisa que no encontraba eco en los labios: la sonrisa interior de los chamanes y las hechiceras, que no es realmente una sonrisa pero parece serlo y por eso mismo resulta tan turbadora.

Tras la pista venezolana

A las cinco de la tarde llegó al aeropuerto de Maiquetía, en las afueras de Caracas, el avión donde viajaban Adél Farkas y el doctor Claudio Hernández Garay.

Desde el primer momento se dieron cuenta de que se hallaban en un país gobernado por militares: los había en todas partes revisando los equipajes, interrogando a los pasajeros, vigilando el orden... les tomó más de media hora terminar con todos los trámites del arribo. Y pasando el último puesto de revisión, cuando creyeron que ya estaban libres, todavía debieron enfrentarse con las docenas de personas que se les acercaron para ofrecerles un taxi o querer comprarles dólares.

Finalmente, entre la multitud, vieron a un hombre rubio que sostenía un letrero con sus nombres. Era el detective que Claudio había contratado por teléfono desde Budapest: un colombiano nacionalizado venezolano, de unos cincuenta años, amable.

Ramiro Ramírez se presentó:

—¿Qué tal el viaje?

—Perfecto. El problema fue la llegada.

—¿Se refieren a los militares?

—Sí. Parece un país en guerra.

—Casi lo estamos —dijo, tomando la maleta con ruedas que Adél iba jalando—. ¿No han visto las noticias? Los escuálidos, como le dicen aquí a la oposición, acaban de anunciar que si los resultados del referéndum son negativos van a alegar fraude.

Claudio iba a comentar algo, pero recordó que a la menor provocación los venezolanos empiezan a hablar de política y no hay manera de pararlos. Y aunque Ramiro Ramírez no era un venezolano completo, lo mejor sería no tentar a la suerte.

—Enseguida los llevo a su hotel para que se instalen, y en la cena cuadramos.

Los condujo al estacionamiento donde se hallaba estacionado su coche: un Volkwagen sedán blanco al parecer con una larga historia.

—Hay que subir el vidrio manualmente —le explicó a Claudio una vez que estuvieron a bordo.

❧

El sol descendía ya detrás de las montañas intensamente verdes, cubiertas de vegetación tropical. Entre ellas se extendía la ciudad, erizada de edificios altos y grises.

A pesar de la hora hacía un calor sofocante, húmedo. Adél sonrió para sí al recordar que tan sólo el día anterior había salido a la calle con abrigo, gorro y guantes. Pensó que, si iban a pasar varios días en ese país, tendría que comprar ropa de verano: un vestido ligero, sandalias, un sombrero bonito...

Antes de dejarlos en el Hotel El Conde, en el centro de la ciudad, Ramiro Ramírez los llevó a dar una vuelta por la plaza Bolívar. Era un jardín sombreado, fresco, que todavía conservaba un poco el encanto de las ciudades pequeñas de América Latina. En un costado se hallaba la casa donde naciera el Libertador, uno de los edificios más bonitos de la capital; luego algunas calles bien cuidadas, de casas de estilo criollo, y, más allá, una multitud interminable de buhoneros que ofrecían mochilas, relojes, aparatos electrónicos, discos compactos, pantalones de mezclilla, carteras de plástico, lencería colombiana, imágenes de José Gregorio Hernández, de María Lionza, del indio Guaicaipuro...

Ya instalados en una habitación del segundo piso, Adél se asomó por la ventana, que daba a una calle peatonal. Aún no oscurecía, pero ya había luces encendidas. Un viejo leía el periódico sentado en una banca, una pareja se besaba junto a la cortina metálica de una tienda ya cerrada. Un hombre vestido con chaqueta militar, con cabello largo y barba, pasó fumando. Adél no pudo evitar acordarse de Germán. Otra vez. En realidad pensaba mucho en él. Se sentía culpable, deshonesta, ingrata. Al principio había pensado que sería fácil utilizarlo, tal como Claudio —lo reconocía— la estaba utilizando a ella. Pero con el paso de los días empezó a conocerlo, a descubrir al ser humano vulnerable y falible que se escondía tras la máscara de un artista antisocial, cínico, pesimista. Sentía que Germán le estaba enseñando de buena fe y se entusiasmaba de verdad con sus aciertos, con sus éxitos. Parecía sentirse hasta orgulloso de ella. Adél recordó esa cara de rasgos indígenas, ya vieja y rasguñada por los golpes de la vida, y sin embargo todavía capaz de sonreír infantilmente, como si alguna forma de inocencia se hubiese conservado intacta en él. Recordó el brillo de sus ojos oscuros cuando la miraba coqueteando y sintió por él una ternura que le oprimió el corazón.

A Claudio la unía otra clase de sentimientos, más oscuros. Lo amaba y le temía al mismo tiempo. Temía su inteligencia. Intuía en él un poder capaz de moverla, de llevarla a hacer cualquier cosa, de darle forma entre sus manos como Germán le daba forma a la piedra. Muchas veces lo había odiado, había sentido repugnancia por él y, justo entonces, más lo deseaba y luego se odiaba a sí misma por ser así, tan tonta, tan irracional, tan su propia enemiga.

Como si hubiera sabido en qué estaba pensando, le preguntó Claudio, que venía saliendo del baño:

—¿Y cómo vas con el brujito?

—Bien —respondió Adél, apartando su vista de la ventana.

—¿Qué te está enseñando?

—Me pidió que leyera un libro, ¿tú crees? Él que odia los libros.

—¿Qué libro?

—*El maestro y Margarita*, de Bulgakov. Dice que si no hay imaginación no hay visión, y si no hay visión no hay poder. Y este libro es muy bueno para estimular eso: a mí me provocó muchas imágenes.

—¿Y eso es todo? ¿Se reúnen para leer?

—No nada más para eso.

—¿Entonces?

—Estamos haciendo unos ejercicios —se sentía incómoda: le había prometido a Germán que lo que aprendiera con él sería un secreto entre ellos y no deseaba traicionarlo todavía más.

Sin embargo no había forma de resistir a Claudio.

—¿Qué ejercicios? ¿Para qué?

—Para... para salirme.

—¿De tu cuerpo?

—Sí.

—Ah —murmuró Claudio, distraído, mientras sacaba su ropa de la maleta para elegir lo que iba a ponerse. En realidad no le interesaba el asunto; es decir, no le interesaba lo que Germán pudiese saber sobre muchas cosas. Sin embargo, vio en ello una oportunidad de lucir:

—Aleister Crowley tenía unos ejercicios para eso. Y él sí era un gran mago. Según él, primero tienes que acostarte como si fueras a dormir, te bajas a nivel Alfa y luego te visualizas levantándote de la cama independientemente de tu cuerpo. Debes moverte por toda la habitación, reconocer cada mueble y objeto que haya. Y si miras hacia la cama, debes poder ver tu cuerpo acostado ahí, en la posición en que lo dejaste. Si logras llegar a este punto, ya puedes salir de la habitación y desplazarte a otros lugares.

—Nosotros hacemos algo parecido, pero empezamos con sueños —reaccionó Adél. A pesar de no querer hablar de ello, el tema le provocaba un entusiasmo imposible de reprimir—. Primero aprendí a recordar mis sueños y a escribirlos. Cuando ya pude recordar cinco o seis cada mañana, Germán me empezó a dar imágenes. Me decía que cerrara los ojos y ponía en la palma de mi mano una imagen o un tema onírico. Yo lo soñaba y luego le contaba todo. Después empezamos a encontrarnos en el sueño y así me fue llevando.

Hubiera querido darle a Claudio más detalles, hablarle de los ejercicios de respiración, por ejemplo, o contarle de cuando Germán la hizo soñar con él y preguntarle el nombre de la escuela adonde iba cuando era niño. Ésa había sido la prueba para esa ocasión: preguntarle en sueños el nombre de su escuela y luego decírselo, a ver si era el correcto. Y pasó. Lo logró. Después soñó con la luna y le preguntó su nombre en su propio lenguaje. Estaba muy contenta cuando comprendió que podía comunicarse con las cosas, con los seres más grandes y más pequeños de la creación: los planetas y las estrellas de mar, las montañas y las lombrices de tierra, los copos de nieve, los gatos, los hongos donde las hadas tienen su casa. Pero esas cosas verdaderamente les pertenecían sólo a ellos dos.

De cualquier manera, Claudio no estaba tan interesado.

—Bueno —le dijo—, luego me acabas de contar, que ya se nos hace tarde. ¿No quieres bañarte?

—No. No me gusta bañame rápido. Mejor al regreso —de cualquier manera sacó de la maleta, que todavía estaba a los pies de la cama, un montón de frascos: gel para el baño, shampú, desodorante, etcétera.

Una hora después se reunían para cenar con Ramiro Ramírez en el restaurante Padre Sierra, a dos cuadras del hotel.

Conversación en Caracas

—Como ya le había dicho por teléfono —comenzó a explicar Ramírez, sentado ante una cerveza Polar y una enorme arepa de carne mechada con queso guayanés—, no era necesario que vinieran ustedes hasta acá. Busqué por todas partes, entrevisté a profesores de la Universidad, historiadores, periodistas, gente vieja de la costa; visité todos los castillos y fortalezas que hay por aquel lado y no encontré ninguna información sobre Montezuma.
—Moctezuma —corrigió Claudio.
—Bueno, busqué de las dos maneras y, ¿sabe usted qué fue lo único que hallé? Un par de *grafittis* y una anécdota sobre el cacao. Usted debe saber de esto mejor que yo: dicen que en tiempos del emperador Montezuma...
—Moctezuma.
—Perdón. El cacao circulaba como moneda y el chocolate sólo podía tomarse en tazas de oro.
—Para los aztecas era oro.
—Así debe de ser. Pues resulta que en el siglo xix, en la ciudad de Carúpano, se empacaba para Francia un cacao de tan alta calidad que lo llamaban «El tesoro de Montezuma».
Claudio le dirigió a Adél una mirada intensa. Le había encargado al detective que investigase todas las referencias a Moctezuma que hubiera en Venezuela. No dijo nada acerca del tesoro por razones obvias: ¿qué tal si Ramírez se interesaba en el asunto y emprendía la búsqueda a título personal?

—Y miren que el cacao venezolano es verdaderamente digno de un emperador. Ya lo probarán ustedes: un tesoro. Bueno, este país está lleno de leyendas sobre tesoros.

Adél advirtió cómo la mirada de Claudio se volvía intensa otra vez.

—¿Como cuáles?

Ramiro Ramírez se encogió de hombros y le dio una mordida a su arepa antes de responder:

—Todas estas costas eran tierra de piratas. Siempre se trajeron guerra contra la corona española y el resultado es que el mar está sembrado de barcos hundidos. De muchos de ellos se dice que llevaban tesoros. La gente tiene obsesión con esa vaina, tal vez porque hay mucha pobreza por aquí. Pero la mayor parte de esos barcos no llevaban más que sal. Parece increíble, después de tantas historias que uno ha leído y las películas y todo eso. Había muchas perlas, eso sí, sobre todo entre las islas Margarita y Cubagua, pero se las acabaron. El verdadero motivo de la guerra entre los piratas y los españoles era la sal. Nada de cofres repletos de monedas y esmeraldas. El oro de Venezuela, antes que el cacao y el caucho y el petróleo, era la sal.

Ramiro Ramírez cruzó las manos sobre la mesa. Había terminado de comer y de hablar. Sacó un estuche con cuatro puros y les ofreció a Adél y a Claudio:

—Son Crispín Patiño —les explicó—. Más finos que los cubanos.

Sólo Hernández Garay aceptó uno.

—¿Y los *grafittis* que encontró? ¿A qué se refieren?

—Aquí están las fotos —dijo el detective, abriendo una carpeta con un gesto ostentosamente profesional—. Uno lo encontré en las ruinas de un antiguo mercado de esclavos, en Cumaná, estado Sucre. No se alcanza a leer bien, por más que quise tirarle una buena foto, pero dice: «Moctezuma y Atahualpa viven». No creo que sea muy viejo. Por el estilo, debe ser como de los años setenta u ochenta, cuando estaba de moda ser revolucionario. Suena como a frase del Che Guevara, ¿no le parece? Además no deja de tener su significado que lo escribieran en un mercado de esclavos.

—¿Y el otro?

—El otro es el nombre de una pandilla de Caracas: los «guerreros de Moctezuma». Les habrá parecido muy original.

Claudio Hernández Garay examinó las fotos y las guardó en la carpeta sin que fuese posible adivinar si estaba satisfecho.

—¿Es todo? —preguntó.

—En relación con Moctezuma, sí. Pero supe de algo sobre los aztecas que tal vez le interese. No tengo aún el material, pero podría conseguirlo si me dice usted que lo quiere.

—¿De qué se trata?

—Verá usted: en los años cuarenta había aquí en Caracas una señora que daba clases de misticismo o espiritismo o una cosa de ésas. Se llamaba Conny Méndez. Había sido actriz, cosa en la que no le fue muy bien, y de pronto se volvió famosa y rica gracias a unos libros que escribió sobre sus vainas. Fundó una secta que se llamaba Metafísica Cristiana. Tal vez ustedes hayan oído hablar de ella —Ramírez hizo una pausa, esperando algún comentario por parte de Hernández Garay.

—Sí. Creo que sé a quien se refiere.

—Bueno, entonces no tendré que contarle toda la historia. Pues resulta que Conny Méndez tenía un grupo de alumnas, otras señoras burguesas como ella que se reunían en su casa —en los años sesenta se compró una quinta lujosa que se llamaba El Jabillo— y practicaban todo eso. Duraron haciéndolo muchos años. Decían recibir mensajes de espíritus superiores que querían hacer el bien a la humanidad. Les fue tan bien en el negocio que abrieron sucursales en Maracaibo, Barquisimeto y otras ciudades de Venezuela y hasta de otros países. Pero aun así, mucha gente de lugares alejados no tenía oportunidad de integrarse a los grupos. Así que algunas personas empezaron a escribirle a Conny Méndez, y ella les ayudaba por el mismo medio. Parece que hacia el final de su vida tenía una correspondencia muy copiosa que consumía varias horas al día de su trabajo de escritorio. Bueno, una de las mujeres con quienes mantuvo comunicación epistolar se llamaba Lucemylis Jaramillo. Era de Manicuare, un pueblito en la costa lleno de leyendas mágicas y, para no quedarse atrás de la maestra, empezó a escribir su propio libro. Pero nunca lo terminó. Conny Méndez, que le había estado ayudando, murió en 1979.

—¿Qué relación tiene esto con los aztecas?

—El libro que Lucemylis Jaramillo estaba escribiendo se llamaba... déjeme ver, por aquí lo tengo anotado... se llamaba *El regalo de Quetzalcóatl a los pueblos de América*.

Adél se volvió a mirar a Claudio, interrogante, pero no le pareció verlo interesado.

—Como les decía —continuó Ramírez—, no tengo el material. En realidad no quise buscarlo, puesto que no sabía si le iba a interesar a usted.

—¿Tú qué dices? —le preguntó Claudio a Adél.

—Suena atractivo.

—No estoy seguro.

—¿Tiene usted alguna idea respecto del contenido? —le preguntó Adél al detective. Éste se encogió de hombros.

—La verdad... no quiero que se hagan expectativas y luego me digan que lo que encontré no vale nada. Estamos hablando de un libro incompleto, escrito por una señora iletrada de una aldea de la costa en los años setenta. Mírenlo así y vean qué pueden esperar de él.

Hernández Garay no parecía entusiasmado en absoluto.

—No lo busque demasiado —dijo por fin—. Si lo encuentra pronto, mándemelo por correo. Si no, olvídese de él.

—En eso cuadramos, pues.

Afuera, los comercios estaban ya cerrados y las calles solitarias. Sobre la basura que había dejado el comercio errante caía una llovizna tibia.

Ramiro Ramírez acompañó a la pareja hasta la puerta de su hotel. Ahí se despidió.

—¿Qué vamos a hacer? —le preguntó Adél a Claudio cuando se quedaron solos.

—Mañana nos vamos a Araya, como habíamos planeado.

—¿Pero qué vamos a hacer allá? —se sentía cansada por el viaje y por el *jet lag*, y de mal humor—. Ya te dijo ese hombre que no hay nada.

—Y lo más probable es que tenga razón, pero quiero hacer

un último intento. Además tengo que hablar de otros asuntos con algunas personas.

—¿Qué personas? No me habías dicho nada.

—Son cosas confidenciales: asuntos de la Orden a la cual pertenezco.

Adél no dijo nada. Ya sabía cómo era ese hombre. Él la notó contrariada y trató de animarla:

—Míralo como un viaje de placer. Dicen que hay playas muy bonitas por allá.

—Adelántate al cuarto —suspiró ella, no muy convencida—. Yo voy al bar a tomarme una copa y a fumarme un cigarro.

—Está bien. No te tardes mucho —Claudio le dio un beso rápido y echó a andar hacia el elevador.

Una hora más tarde, Adél se terminaba el segundo vodka tonic. Aunque el mesero le había recomendado varios rones de fabricación nacional, no estaba de humor para experimentar y prefirió quedarse con lo conocido. Era la única cliente en el pequeño bar del hotel. Por eso se había sentido a gusto y decidió tomarse más de una copa.

Pensaba otra vez en Germán, se preguntaba si no sería mejor contarle todo: lo de la búsqueda de Claudio, lo de la «orden» esa. Pero ya no quería pensar: estaba muy cansada de pensar. Se le ocurrió que hacer el amor, tal vez, la distraería y la relajaría.

Pidió la cuenta y, mientras se la llevaban, encendió un último cigarrillo: un Belmont. En eso sí se había animado a probar una marca nacional.

Cuando entró a la habitación, sólo la luz del baño estaba encendida. Hernández Garay dormía sin haberse quitado la ropa ni destendido la cama, con el control remoto de la televisión en la mano. De pronto no era el que ella conocía, no era el hombre fuerte, duro, capaz de manipular palabras, ideas y personas. Dormido parecía libre de su propio poder; los músculos de su cara estaban relajados y en su boca, bajo el bigote bien cuidado, se dibujaba una casi sonrisa. Ese hombre no podía estar en el mundo para competir con otros hombres ni para luchar como un animal por su supervivencia, sino para llevar una vida sencilla de hombre terrenal: amar a una mujer y hacerle hijos, protegerla, cuidar las plantas, encender fuego.

Iba a acostarse con él y a darle un beso, pero no quiso despertarlo. Se sacó los zapatos y la ropa, sin moverse mucho, y fue al baño. Abrió las llaves de la tina y las estuvo moviendo hasta encontrar la temperatura que deseaba. Iba a meterse, pero se sentía demasiado cansada incluso para eso. Tenía ganas de relajarse haciendo el amor, de que la acariciaran y la hicieran venirse hasta que se quedara dormida sin darse cuenta, ahíta de placer, abandonado todo su cuerpo al dulce sueño del hartazgo. En su mente escuchó la voz de Germán diciéndole: «Cuando seas capaz de convertir el deseo en poder, comprenderás que es un regalo de los dioses». Esas palabras podían venir sólo de un hombre; sólo a los hombres les interesaba tanto el poder. Ella, si lo tuviera, lo convertiría en deseo: haría el camino inverso. Convertiría en deseo hasta su último grado de voluntad, su mente toda, su energía, cada célula de su cuerpo... se volvería deseo nada más: un olor, una humedad, el zumo de un fruto chorreando entre los dedos del macho que lo muerde con lascivia.

Sentada en el borde de la bañera, arrullada por el sonido del agua que salía a presión, cobijada en el abrazo del vapor, había empezado a tocarse sin darse cuenta; sus manos encontraban en su cuerpo el correlato de las imágenes que se formaban en su mente.

Abrió los ojos un segundo, sólo para buscar la regadera de mano: esa larga serpiente plateada que la hacía imaginar aún más cosas. Cerró un poco la llave del agua caliente y abrió más la de la fría y dirigió el chorro a su entrepierna. Así se masturbaba desde que era adolescente: dejándose lamer por ese golpeteo ubicuo, múltiple, tenaz... su mente se llenó con imágenes de sus primeros días con Claudio, hacía ya casi dos años. Lo conoció en un restaurante al aire libre, al pie del castillo de Eger. Estaba solo, escribiendo algo en una computadora portátil, y cuando ella pasó se le quedó mirando: una mirada llena de deseo, pero no tímida como la de los demás hombres, no la de alguien que anhela lo que nunca podrá tener, sino la de alguien que reconoce lo suyo para reclamarlo. Cuando Adél se volvió y le sonrió, Claudio se olvidó de la computadora y de la copa de vino que estaba bebiendo y fue a alcanzarla. Adél sintió que ya sólo necesitaba olerlo para estar segura de que él era el hombre que buscaba. Y su olor la llenó como después la llenarían sus caricias, sus besos, su semen.

Buscó a tientas la llave de agua caliente y la abrió un poco más. La temperatura y la presión aumentaron. Con los ojos cerrados, Adél veía en la pantalla de sus párpados ruedas de colores que giraban y se hundían en un remolino de agua dorada. La boca de su sexo respiraba con pequeños pero muy fuertes movimientos de abrirse y cerrarse, como un pez en deliciosa agonía, mientras los pétalos más grandes, encendido su color por el agua caliente, se separaban al máximo pidiendo, suplicando...

Estaba a punto de venirse cuando sintió en su pezón derecho un ardor exquisito. No quiso abrir los ojos: había reconocido el olor y la energía de Claudio. Además a él le gustaba excitarla de esa manera: se metía en la boca un trozo de hielo con whisky y, sin tragarlo, comenzaba a chuparle las tetas, abrasando sus pezones con ese fuego helado. No le fallaba con ella: Adél perdía todo control sobre sí misma con caricias así.

La regadera se había desprendido de su mano, pero ya no le importó: era otra cosa lo que buscaba. Claudio le entregó en su boca parte del whisky que había calentado en sus pezones, junto con un ya diminuto cristal de hielo.

El infierno y el sacrificio

Germán Guillén, en ese mismo instante, sufría. En una taberna cerca de Oradea, en Transilvania, había bebido con Ilich hasta perder el sentido.

—Todo esto era parte de Hungría —decía Ilich—: Transilvania. Y en espíritu lo sigue siendo. A pasar de que el gobierno rumano ha hecho todo lo posible por colonizar estas tierras, siguen habitadas principalmente por húngaros étnicos. La gente habla magiar. Lo mismo sucede en el sur de Eslovaquia.

—Por eso los húngaros son tan pesimistas.

Ilich se dio cuenta de que Germán ya estaba borracho y, como no entendió el comentario, prefirió ignorarlo. Continuó con su tema favorito:

—Por eso casi todas las leyendas de vampiros que existen son húngaras.

—¿Cuándo me vas a enseñar el castillo de la vampira?

—Erzsébet Bathory tenía varios castillos. Pero el de Csejte, donde sucedió la mayoría de las cosas que le dieron mala fama, no estaba en Transilvania.

—¿Dónde estaba? Vamos a verlo.

—Las ruinas están en Eslovaquia, cerca del punto donde se encuentran las fronteras de Eslovaquia, Hungría y Austria.

—¿Y es verdad que era una lesbiana sádica y secuestraba muchachitas campesinas para matarlas lentamente y bañarse con su sangre?

—No era lesbiana. Pero creía que la sangre, por ser el asiento de la vida, contenía poder en sí misma, un poder que de alguna manera podría ser transmutado y utilizado.

—*Fucking crazy*! —exclamó Germán en inglés—, desgraciada loca.

—Ustedes hacían la misma vaina, ¿no? Ofrecerle sangre a Huitzilopochtli para que la vida continuara, para que el Imperio fuera eternamente joven.

—¿O sea que éramos vampiros?

—O sea que los vampiros y los sacerdotes aztecas trabajaban sobre el mismo principio. O uno muy semejante.

Cuando Germán abrió los ojos, a las seis de la mañana, estaba en su cama. Seguramente lo había llevado Ilich. Era un buen amigo y él sí sabía beber; Germán no. Él se emborrachaba de la manera más brutal, tratando de morir. Era un alcohólico y lo sabía. Así había destruido su matrimonio y cuanto amor le fue dado. Así había destruido también la poca disciplina que llegó a tener como chamán. Por eso ya no podía hacer nada. Había tratado de ir junto con Adél por el camino del conocimiento, pero ya ni siquiera podía visitarla en sueños. Lo había logrado algunas veces, era verdad, pero era muy difícil. No podía relajarse ni practicar los ejercicios de respiración porque el tabaco y el alcohol habían desequilibrado sus nervios. Un brujo borrachín: eso era, y alguien en esa situación no podía hacer nada, si acaso enseñar, ayudar a otros a hacer lo que él no podía.

—Sólo sirvo para que me ofrezcan en sacrificio a Ometochtli —le había dicho—. Era el dios de la bebida. A él se le sacrificaban los ebrios intoxicados.

Esa mañana, en esa pequeña aldea cerca del bosque, Germán sentía que las manos le temblaban y un sudor pegajoso, no de calor sino de resaca, le escurría por la frente. Miró sus manos. Sus manos eran tal vez lo único que todavía podía salvarlo, justificar su vida dándole forma a la piedra. Sólo por eso no había terminado ya con todo.

«La gente de razón bebe para ponerse contenta; los indios

para sufrir», decía su ex suegro, quien siempre lo despreció. Pero si tenía el corazón roto, ¿cómo no iba a beber? Decían entre su gente que antes de que llegaran los españoles, en la época de las Guerras Floridas, sucedía eso con algunos de los cautivos destinados al sacrificio. El sacerdote les abría el pecho y sacaba su corazón para ofrecerlo a los dioses, pero lo que ofrecía era un pedazo de carne y sangre sin vida. El corazón de un guerrero animoso latía con tanta fuerza que a veces saltaba de las manos del oficiante; el de los que no amaban la vida estaba muerto desde antes de sacarlo. Roto. Así estaba el suyo desde siempre. Ni siquiera tenía convicción en lo que pretendía enseñar. En el fondo le daba la razón a Bernadett: «No hay necesidad de saber, eso sólo nos aleja del Cielo; lo único que Dios quiere que sepamos es el amor». Eso era precisamente lo que él no sabía.

Encendió un cigarro sintiendo que el humo le lastimaba el estómago vacío. Qué más daba. Sólo se sentía culpable con Adél por ser un fraude, por no tener el valor de decirle francamente «Soy un borracho: no puedo enseñarte nada». Pero ella también le ocultaba cosas: Germán lo sentía. No era sincera con él. Tal vez ni siquiera le interesaba realmente aprender nada; sólo quería ayudarle a Hernández Garay a encontrar el famoso tesoro de Moctezuma. Por eso Germán le había mentido.

Apagó el cigarrillo sin terminárselo, asqueado, y fue al baño a vomitar. Se habían hospedado en una pequeña pensión; no había hoteles ahí.

Regresó a su cama. Pensaba en Adél. Una vez, en el Acapulco, se levantó al baño y cuando regresó la vio sentada de espaldas a él. Por sobre el borde de los *jeans* asomaba una tanga de encaje negro. Se quedó mirándola, embobado. En su mente, la imagen de Adél desapareció y fue sustituida por un recuerdo de México: el sol ardiente sobre el Anillo de Circunvalación. Germán se había emborrachado durante dos días y estaba tratando de recuperarse. El sol le pesaba sobre los hombros como una carga insoportable. Le dolían las piernas y deseaba desesperadamente una cerveza, pero no tenía ni un peso en la bolsa.

En su sueño de borracho llegaba al Zócalo. Junto a la reja

de la Catedral, un fraile daba un sermón sobre los horrores del Infierno. Era un hombre repulsivo, con la cara trazada por todos los vicios, como los curas que pintaba José Clemente Orozco. Hablaba del fuego eterno, de tormentos indecibles. Sin embargo nadie le hacía caso: la gente se pasaba derecho sin volverse a mirarlo. Iban a la Pirámide Mayor. Allá en lo alto, en los templos de Tláloc y Huitzilopochtli, iba a haber un sacrificio. Un camión con altavoces recorría las calles anunciándolo. Germán deseaba unirse a la multitud, pero tenía mucha sed en su sueño.

Se acercó a una mujer que lucía un vestido largo de la época colonial y llevaba el rostro cubierto con una máscara veneciana. Le pidió unas monedas para tomarse una cerveza. La mujer lo miró con desprecio y pasó de largo.

Entonces apareció el sacerdote que iba a ofrecer el sacrificio. Venía con su túnica negra como era la costumbre, escoltado por varios personajes, y Germán lo reconoció: era Claudio Hernández Garay. Germán pudo apenas reponerse de la sorpresa cuando vio detrás de él, marchando con pasos débiles de enferma, entre un caballero águila y un caballero jaguar, a Adél. Ella tampoco lo miró, pero Germán sí pudo verla bien. Tenía las pupilas dilatadas y los ojos vacíos de mirada, como si la hubieran drogado; la boca entreabierta, sedienta, blanca de sed. Ya había comenzado a subir las gradas del Templo Mayor cuando Germán comprendió que ella era la víctima a quien iban a sacrificar.

Echó a correr para salvarla. En su sueño sabía que sólo él podía salvarla. Pero tenía mucha sed y le dolían las piernas, y la multitud apretujada le impedía avanzar. Alguien lo derribó de un empujón. Germán logró abrirse paso arrastrándose por el suelo, entre tantas piernas de hombres y mujeres que se aprestaban a celebrar el sacrificio. Llegó hasta los primeros escalones y comenzó a subir, pero el sacerdote y la víctima iban cada vez más lejos hacia la cumbre de la pirámide. Germán hizo acopio de todas sus fuerzas para levantarse y correr detrás de ellos. Volvió a caer. Cuantas veces intentó levantarse volvió a caer. En algún momento, el sacerdote se volvió hacia él y le dirigió una sonrisa burlona. Germán quiso gritar.

El fantasma del mar

Decidieron irse a Cumaná en autobús y no en avión porque Adél quería mirar la selva. A lo largo de su vida había viajado y había visto muchas cosas: montañas, lagos, grandes ríos, ciudades muy antiguas y orgullosas, el mar... pero nunca había visto una selva tropical. Y desde que el autobús Rodavías salió de Caracas comenzó su asombro: árboles y árboles, arbustos, lianas, hojas gigantes de un verde esmeralda como ni siquiera lo había soñado. La vegetación se hizo más densa al entrar al estado Miranda y, al encanto de la naturaleza se le añadió el del paisaje humano: los bohíos, las pequeñas poblaciones de negros que aparecían de vez en cuando a la orilla de la carretera, con calles largas sin pavimentar y casas de bahareque o de madera pintada de colores brillantes. Mujeres enormes, rodeadas de niños desnudos, miraban pasar los coches sentadas a la puerta o hamacándose bajo alguna sombra.

Luego de siete horas de viaje llegaron a Cumaná: una ciudad muy bonita, llena de árboles tropicales y casas de colores vivos: azul mar, amarillo, rosa, naranja, verde perico... todo dominado por el fuerte de muros blancos que se levantaba en una colina. A pesar de que, al igual que en Caracas, mucha gente vendía en la calle mercancías baratas, aún se sentía al pasar por algunas casas un olor a frutas selváticas: mango, pomalaca, parchita... En el muelle, embarcaciones pequeñas y *ferries* hacían la ruta entre Cumaná y Araya o Isla Margarita.

Un taxi los llevó de la estación de autobuses al hotel Cumanagoto, a la orilla de la playa. El sol ya estaba bajando y Adél quería mirar el atardecer sentada en la arena, con las olas lamiéndole los pies. Pero se sentía hambrienta y sucia del viaje. Así que se apresuró a comer, a bañarse y a ponerse el traje de baño y, mientras Claudio iba a entrevistarse con la gente que había ido a ver a esa ciudad, ella bajó a la playa.

Había poca gente, casi todos adolescentes o niños. Jugaban en el agua y, de vez en cuando, sus voces se perdían a lo lejos entre los gritos de los pájaros.

Adél echó a andar en dirección al puerto. Iba distraída, concentrada en disfrutar todo eso tan nuevo para ella, y no fue sino hasta que ya se había alejado un poco cuando sintió que alguien la seguía. Fue una sensación de estar en peligro repentina e inequívoca. Vio a un muchacho de piel muy oscura, desnudo excepto por unos shorts de futbol rojos, que caminaba sigilosamente a unos veinte metros de ella.

El sol estaba ya en el horizonte y habían comenzado a encender las luces en los edificios del puerto; era esa hora azul y anaranjada en que los cangrejos se vuelven más activos y los matices de la arena se confunden con facilidad.

Adél se detuvo y se quedó pensando qué hacer: si regresar al hotel o seguir hacia los muelles y en algún instante, ya que estuviera más oscuro, desaparecer. Estaba asustada, con ganas de gritar o pedir ayuda, pero se dijo que debía ser fuerte y aprovechar esa oportunidad para ejercitarse y hasta para divertirse un poco. Sí, ¿por qué no jugar con ese miserable muchacho? ¿Se tocaría él el corazón para violarla, si pudiera? Sentía sus miradas trepando por su cuerpo como serpientes hambrientas, enroscándose en sus piernas y hozando entre ellas.

Resuelta, se sentó en la arena de cara al horizonte, como si quisiera contemplar la puesta de sol. Una de las primeras cosas que había aprendido con Germán era a ampliar el radio de visión, desarrollar una mirada de 360 grados.

El muchacho avanzó un poco más, hasta situarse detrás de ella, y ahí se quedó de pie observándola, dudando tal vez entre acercársele o esperar a ver qué hacía ella. Seguramente contaba con que la noche sería su aliada. En efecto, el sol era ya sólo una uña roja que se hundía al otro lado del mar; algunas estrellas habían salido, y los niños que jugaban entre las olas se habían marchado. Adél percibía todo esto mientras contemplaba el horizonte, mientras parecía disfrutar la caricia de la espuma en sus tobillos. Sus oídos y toda su piel se hallaban en alerta, registrando cualquier vibración en el aire, cualquier desplazamiento de energía alrededor de ella.

Cuando sintió que el muchacho estaba a punto de dar el primer paso, se incorporó súbitamente y se metió al agua. El muchacho permaneció inmóvil, tal vez considerando que sería más fácil esperarla en la orilla.

Seguro de su éxito, como un gato que tiene al ratón acorralado, comenzó a frotarse la bragueta mientras la mujer chapoteaba con el agua a la cintura. Sólo por precaución miró a los lados: no había nadie ya en la playa oscurecida, sólo la hembra y él; a lo lejos, hacia el norte, la sombra apenas iluminada del hotel; más lejos aún, en dirección opuesta, las luces inmóviles del puerto. Hasta ahí llegaba, lejana, la música de una discoteca.

De pronto la mujer se volvió de frente, como si quisiera salir ya del agua, pero en lugar de echar a andar hacia la orilla empezó a moverse sensualmente, como bailando al compás de una música inaudible. El muchacho reaccionó enseguida: se bajó los shorts y comenzó a excitarse con la mano, orgulloso, amenazante. Pero la mujer parecía no verlo; en todo caso, él dudó nuevamente entre meterse al agua y esperar una nueva señal.

Cuando Adél se quitó el brasier y empezó a sobarse los pechos, el joven ya no dudó. Terminó de desnudarse y aprovechó el reflujo de la primera ola que vino hacia él, arrastrándolo. Sin embargo, no encontró a la mujer donde había calculado que estaría. Eso lo excitó más: significaba que ella lo estaba provocando; quería enardecerlo, tal vez con la intención de burlarse de él. Pero era un excelente nadador y conocía perfectamente esa playa. Imaginó a la hembra por ahí cerca, aguantando la respiración bajo el agua cada vez más fría. Esperó un poco, listo para atrapar a su presa en dos brazadas en cuanto asomara la cabeza. Mas ella no aparecía y no era posible que alguien aguantara tanto tiempo sin respirar.

De pronto la vio acostada en la playa, completamente desnuda y plateada como un pez bajo la luz de la luna. Le había robado sus shorts y estaba jugando con ellos. Cuando el muchacho ya corría hacia ella, se levantó de un salto y volvió al agua. Él se arrojó en esa dirección con todas sus fuerzas, pero al llegar sólo encontró sus shorts flotando en la cresta de una ola. Y sobre la música de la discoteca, que se oía ya más lejana, se oyó una risa burlona.

El muchacho sintió que la ira le hervía en el cuerpo. Deseaba alcanzar a la mujer para golpearla, pero no sabía ya en qué dirección continuar su cacería. En algún momento sintió la mirada de ella sobre su espalda y se volvió: la vio un instante solamente. Luego volvió a perderla. Oyó otra vez esa risa que parecía venir de un ser invisible, y su deseo y su ira se convirtieron en miedo. Recordó las historias que contaba la gente acerca de sirenas fantasmales, demonios marinos y espectros ululantes que volvían locos a los hombres de mar. Miró a su alrededor, esta vez esperando encontrar a alguien que pudiese ayudarlo. Lanzó el silbido con el cual se comunicaba con sus compinches, pero sólo recibió por respuesta otra risita. Esta vez más cerca que antes. Jijiji, se reía como niña traviesa o como anciana loca. Jijiji.

El muchacho echó a correr hacia el puerto con tanta velocidad como se lo permitían sus piernas. Le parecía que la mujer iba detrás de él. Le parecía sentir en su espalda su aliento helado de bruja marina. Comenzó a gritar. Se fue gritando de miedo hasta que alcanzó las primeras casas.

—¿Dónde andabas? —le preguntó Claudio cuando la vio entrar a la habitación, todavía en traje de baño.

—En la playa.

Adél se sentía orgullosa de su triunfo, exultante, incluso excitada sexualmente. Pero Claudio no entendió su sonrisa ni el rubor que le abrillantaba las mejillas. Pensaría que estaba asoleada y nada más.

—Son más de las nueve —se encontraba recostado en la cama, vestido, mirando la televisión.

—Ya sé.

—Me dijeron que esa playa es peligrosa después del oscurecer. Hay asaltantes, maniáticos.

—Pues no me encontré ninguno —respondió Adél.

—¿Viste algo interesante por lo menos?

—No —en la cara de Adél se dibujó una misteriosa sonrisa de triunfo—. Y tú, ¿encontraste algo sobre el tesoro?

—Nada.

—Te lo dijo el detective. ¿Todavía crees que tenga sentido ir a Araya?

—No. Ya no. Pero vamos a descansar unos días aquí. Podemos ir a Mochima, que está cerca y dicen que es un paraíso. Todavía tengo otra reunión con las personas que vi hoy. Además recibí un SMS para que me comunicara con el historiador que me está ayudando en México.

—¿Respecto a lo del tesoro?

—Sí. Descubrió una pista. ¿Te acuerdas del fraile este de Guanajuato, que mencionaba el tesoro en unos documentos de 1768?

—Sí.

—Pues dice que el mapa fue escondido en alguna parte del costado oeste de la Catedral de México.

—¿Eso quiere decir que tenemos que ir allá?

—A Guanajuato primero. Mi amigo está trabajando ahí, en el archivo de un convento. Necesitamos ver si hay información más precisa.

—No puedo acompañarte, Claudio. Tengo que regresar a Budapest a más tardar el viernes. Te lo dije.

—No te estoy pidiendo que me acompañes. Es más, puedes ser más útil si estás en Budapest. Tal vez tengas que preguntarle algo al brujito.

—¿Por qué estás tan seguro de que él sabe?

—Es el último descendiente de una familia de sacerdotes acolhuas. Ellos heredaron lo que sobrevivió de la sabiduría tolteca y conocen muchas cosas: el funcionamiento matemático del calendario azteca, los símbolos secretos, los *mudras* de los iniciados.

El sentido del poder

—Los pases mágicos, que en el lenguaje de la meditación oriental se llaman *mudras* —explicaba Germán—, son posiciones de los dedos de las manos. Abren o cierran circuitos de energía y, en el caso del chamán, sirven también para encarnar espíritus animales o de la naturaleza, provocar visiones o moverse entre distintos planos de la realidad.

—Esa expresión: «pases mágicos» —respondió Adél— me ha sonado siempre a cuento de hadas. Me imagino un mago con sombrero puntiagudo lanzando rayos que salen de la punta de sus dedos.

—En realidad es algo muy común. La cruz que hacen los católicos al persignarse es un pase mágico. La bendición papal, con los dedos índice y cordial, es otro.

—¿Y hay muchos así en el mundo?

—Debe de haber cientos. Tengo entendido que, por ejemplo, cada una de las 25 runas vikingas puede representarse con un *mudra*.

—¿Y cuáles me vas a enseñar?

—Primero, las 20 que corresponden a los glifos de los días en el calendario azteca. Son útiles para muchas cosas; por ejemplo, para atraer la energía relacionada con determinada fecha aun cuando te encuentres en otra.

Adél se quedó pensando un momento.

—Germán, esto es magia práctica, ¿verdad?

Germán asintió. Adél continuó preguntando:

—¿Qué es realmente la magia? ¿Cómo funciona?

—La magia es el resultado de la unión del poder de lo alto con el poder del hombre. Porque el hombre solo no es suficiente para crear nada. Si ha de tener poder, debe merecer que éste le sea dado desde la Luz, o tomarlo de la Sombra.

—¿Lo segundo es lo que llamamos «magia negra»?

—Se llama de distintas maneras: magia negra, brujería, trabajo de la mano izquierda, pacto con el Diablo...

—¿Sí es posible hacer pactos con el Diablo entonces? ¿Son verdad todas esas historias: la de Fausto y Mefistófeles, las de las brujas que quemaba la Inquisición y todo eso del *Malleus Maleficarum*?

—Es una cosa muy compleja eso. Cuando te hablo de pacto con el Diablo me refiero a un proceso psíquico y espiritual en virtud del cual una persona se aleja de la luz para internarse más y más en la sombra; es decir, en los impulsos de muerte que resultan de las ilusiones de su propio ego: el temor y el apego, las pasiones en general: el deseo de poder, la lujuria, el odio, el orgullo, el culto a la personalidad individual. Estas cosas nos separan de los demás seres del mundo, nos hacen aislarnos en nosotros mismos, en esa inmensa y negra soledad que es la ausencia del amor.

—¿Qué es entonces la luz?

—La luz es un estado del alma. Es ese estado que alcanzamos al despertar del sueño del espacio-tiempo, de las ilusiones del ego, de las construcciones de la personalidad, del mundo de *maya* como lo llaman los hinduístas.

—¿Y un mago negro es alguien que no quiere despertar?

—No. Hay magos negros bastante despiertos, que saben todo esto. Lo que los diferencia de los otros no es la ignorancia, sino el uso que hacen del conocimiento y la fuente de donde obtienen su poder. Es decir, de donde lo roban. Porque la magia negra es estéril, no crea energía: la roba o la arrebata.

—¿Como los vampiros?

—Sí. Los vampiros no son otra cosa que magos negros. Pero también están, por ejemplo, los sacerdotes que ofrecen sacrificios de sangre. Es la misma cosa, el mismo proceso...

Germán iba a continuar explicando sus ideas, pero vio que

la mano con la cual Adél sostenía su cigarrillo estaba temblando. Y tenía una mirada feroz, de loca que tiene miedo de que vuelvan a inyectarla.

—¿Qué te pasa?

—No sé. No me gusta esto.

—No tienes que verlo de una manera totalmente negativa. El sacrificio tiene un sentido muy profundo en sí, desde su misma etimología: sacrificar algo es volverlo sagrado. Se sacrifican formas de vida inferiores para alimentar formas de vida superiores. Así, las plantas dan su vida para nutrir a las vacas, que a su vez dan la suya para nutrirnos a nosotros, que nutrimos a los dioses. Esta cadena alimenticia no se da solamente en el nivel físico, sino también en el etérico. En la santería cubana, por ejemplo, al igual que en muchas otras religiones, se sacrifican animales para sanar o fortalecer el cuerpo etérico de una persona, o bien para ayudarla a conseguir un fin. Es una ley del universo: se da vida a cambio de vida. En la India, en África, en muchos pueblos, se acostumbra sacrificar un animal cuando nace un niño para que la vida del animal vaya a cambio de la de aquél, para que los espíritus de la muerte queden saciados de sangre y no se acerquen a la cuna del bebé. Incluso en el cristianismo, de acuerdo con la tradición, José y María sacrificaron dos pichones cuando nació Jesús. Así que no hay nada raro en esto. El problema aparece cuando se pervierte el orden en la escala del ser. El fuego del éter debe ir de abajo hacia arriba, no de arriba hacia abajo ni en dirección horizontal. Sacrificar un ser humano para dar vida o poder a otro es magia negra, vampirismo.

—Ya no me digas, Germán. Estoy perturbada. Me perturba todo esto que me dices... pensar en el mal, en que existe, en que he estado cerca de él.

Germán prefirió no agregar ya nada. No deseaba atormentarla.

Era viernes, y el Acapulco estaba lleno de jóvenes y de gente fumando. El humo impregnaba todo como una neblina fosforescente.

—Cambiemos de tema —sugirió, casi suplicó Adél—. Dijiste que la lujuria era mala, ¿por qué? ¿No es eso una idea cristiana?

—Yo no dije que fuera mala, no utilicé la palabra «mala» en ningún momento. Dije que la lujuria es una de las muchas cosas que nos atraen al mundo de la sombra.

—¿Por qué?

—Porque nos quita libertad, nos hace dependientes y cobardes, como todo lo que genera apegos.

—Pero no siempre genera apego.

—Entonces no es lujuria. No te confundas: una cosa es el impulso agresivo de apropiarse de otro ser, y otra diferente es la natural atracción que resulta de las polaridades. Esta confusión, creada tal vez a propósito, sí es una idea cristiana.

—¿Entonces no hay reglas con respecto a la sexualidad?

—No hay reglas con respecto a nada: no somos niños. Lo que hay son hechos, causas y efectos. Es un hecho que si faltas a la castidad vas a sufrir.

—¿La castidad? ¡Esa es otra idea cristiana!

—No sé bien cómo entienden los cristianos la castidad. Para mí se basa en un principio muy sencillo: que donde está tu cuerpo esté tu corazón. Sólo así no te sentirás dividida dentro de ti y por lo tanto cualquier cosa que hagas será impecable. Nunca tendrás de qué arrepentirte si actúas de esa manera. Por eso lo opuesto a la castidad es la prostitución: la prostituta es un ser resquebrajado porque su cuerpo está en un lugar y su corazón está en otro.

Germán se detuvo nuevamente. Adél parecía a punto de soltarse a llorar.

—¿Qué te pasa? —le preguntó casi de mal humor—. ¿Dije otra vez algo malo?

Adél se llevó a los labios la copa que estaba bebiendo y no respondió hasta que se terminó todo.

—¿Y si tu corazón se ha dividido y sólo puedes poner la mitad de él donde está tu cuerpo? ¿Dirías que una mujer en esa situación es nada más *medio puta*?

Germán se dio cuenta de que Adél hacía referencia a un problema personal y no quiso contestar nada. ¿Qué podía decir?

Se quedaron callados durante largos instantes. Sólo rompieron el silencio, en algún momento, para llamar a Bernadett y pedirle otra ronda. Después Adél volvió a hablar.

—Te he mentido, Germán —le soltó de golpe, incapaz de hallar un preámbulo adecuado para esa confesión.

Como no hubo respuesta, continuó:

—Tú sabes que Claudio y yo somos pareja.

Germán asintió.

—Bien. Pues si me acerqué a ti fue originalmente porque él me lo pidió. No, no me lo pidió: me lo ordenó. Es un hombre extraño: muy fuerte, muy grande por dentro. Tiene mucho poder sobre mí. Y está empeñado en encontrar el tesoro de Moctezuma. Aunque parece que no está solo en su búsqueda; pertenece a una especie de sociedad secreta que intenta devolver la vida al pasado azteca. Tal vez tú sepas de ellos. Muchos son gente importante: políticos, hombres de negocios. Harían cualquier cosa por encontrar el tesoro, yo creo que incluso matar. Claudio está seguro de que tú sabes algo.

—Y te pidió a ti que me lo sacaras.

Adél asintió. De pronto se veía menos abatida, como si se hubiera liberado de un peso muy grande.

—¿Por qué no mejor me secuestraron y me obligaron a decirles lo que sé? Si los miembros de esa sociedad secreta son políticos mexicanos, ya deben de estar familiarizados con esos métodos.

—Porque entonces sólo dirías lo que sabes, no más. Y con eso no es suficiente para llegar al tesoro. Lo que ellos quieren es que lo busques. Claudio está seguro de que eres la única persona que puede hacerlo.

—Ya entiendo —respondió Germán con una voz helada y se quedó pensativo, mirando a Adél a los labios.

—¿No me odias? —le preguntó ella.

—No. Yo también te he mentido.

Pero no es oro

Adél reaccionó como sorprendida. No esperaba reciprocidad en eso.

—Te mentí —comenzó a explicarle Germán— porque sabía que tú me estabas mintiendo. Sabía que Hernández Garay te estaba utilizando para ponerme una trampa. Por eso te di pistas falsas.

—¿Lo de Venezuela?

—Lo de Venezuela y todo, empezando por el tesoro mismo.

—¿Qué quieres decir? ¿Existe el tesoro o no?

—Sí. Sí existe. Pero vamos a ver: ¿de qué crees tú que se trata?

—Es el oro de los aztecas, ¿no?

—El oro de los aztecas... ¿Tienes idea de cuánto se han robado los gobernantes mexicanos, desde el presidente de la República hasta el alcalde del pueblo más rabón? Por mucho oro que fuera, el tesoro de Moctezuma se quedaría chico ante las fortunas que han amasado esos. ¿Para qué iban a gastar tanto tiempo y recursos en buscarlo si sólo sería una pequeña parte de su tajada sexenal? Además ni siquiera podrían disponer de él si se hiciera público que lo encontraron.

—Entonces...

—Entonces la cosa es muy simple: el tesoro sí existe y su valor sí justificaría todo lo que ha costado buscarlo, pero...

—¿Pero?

—Pero no es oro. Y Hernández Garay y sus compinches lo saben. Como puedes ver, tampoco él ha sido sincero contigo.

—¿Entonces qué es?

—Eso tendrás que preguntárselo a tu novio o averiguarlo por ti misma. Pero mira, antes de que esté más borracho te voy a proponer un trato: si descubres qué es, te ayudo a buscarlo hasta el final. ¿Aceptas?

El gran torbellino

A partir de ese día, la relación entre Adél y Germán se volvió más intensa. Los dos tenían miedo, pero ese mismo miedo hacía excitante el acercamiento. Los dos sabían que se trataba de un combate, como en el fondo lo es todo encuentro amoroso. Porque en el principio del amor dos seres se identifican y se miden de poder a poder; si uno de ellos es demasiado débil, el otro no se siente atraído y se marcha; si uno es demasiado fuerte, el otro emplea toda su energía en los primeros contactos y se agota pronto. La danza amorosa —también esto lo sabían— sólo puede tener lugar entre bailarines igualmente fuertes. Entonces el abrazo de los sexos adquiere su dimensión completa como la experiencia central de la vida humana. Éste es el misterio de la polaridad del que hablan los sabios de todas las tradiciones, el misterio del que la abuela de Germán le hablaba: cuando la sangre de lo alto se une con la sangre de la tierra y el mundo es creado. Así es la naturaleza de lo divino: como es arriba es abajo. Lo espiritual no tiene sentido si no desciende a la tierra y, transmutándose en el fuego primordial de la fuerza creativa, le da forma a la existencia.

—¿Lo sientes? —le preguntó Adél a Germán esa noche cuando empezó todo. Iban caminando por una calle solitaria, hacia la casa de él, y de pronto empezaron a oír que el espacio entre ellos crepitaba. Se acercaron más, y entonces el crepitar se convirtió en una especie de tintineo, como si el viento perturbara diminutas hojas de cristal—. ¿Lo sientes? —repitió.

Germán respondió apretándole la mano. Una campana sonaba a lo lejos, lastimera, llamando algo o a alguien a través de la oscuridad. Pero nadie parecía escucharla. No había nadie caminando por la calle, sólo algunos coches, sordos.

El rumor del invisible río que llenaba el espacio entre ellos se volvió más claro, como si los ruidos de la calle no pudieran ya entrar hasta ahí, y comenzó a arder en pequeños copos de luz que se encendían y se apagaban. Era como en un sueño. Adél y Germán ya no podían estar seguros de que no lo fuera. La ciudad, los edificios, las sombras, el aire fresco de mayo: todo eso que era parte del mundo real había desaparecido.

No supieron cómo sucedió, en qué momento dejaron de andar, quién dio el primer paso, quién el segundo... estaban besándose en el vano de una puerta. Sí, llevaban mucho tiempo besándose. Los coches seguían pasando cerca de ellos, las campanas habían cesado de llamar y tal vez volvieron a hacerlo, algún enfermo cerró los ojos en la soledad de su cuarto, un niño despertó gritando por una pesadilla, el fuego se apagó en una chimenea, una gata dio a luz en un desván, una estrella explotó a miles de años luz de la tierra... y mientras tanto ellos se besaban.

—Esto es un don. Un don que nos ha sido concedido —murmuró Germán en algún momento, conmovido por ese milagro, cuando logró desprenderse de los labios de Adél.

Ella no le contestó porque no podía hablar, no podía pensar, no entendía lo que escuchaba. Apenas si, vagamente, comprendió que caminaban hacia la casa del hombre.

Y él estaba temblando; era ese frío que no es exactamente frío, pero se siente por dentro y no se puede controlar, como el que se apodera de un adolescente a punto de ser iniciado por una mujer madura.

Se dieron prisa en llegar al taller. Ahí, entre herramientas y polvo y piedras a medio tallar, la muchacha quiso buscar otra vez los labios del hombre. Pero él no la dejó: sabía que era posible hacer crecer el milagro. La llevó a su recámara y ahí, en la penumbra, le quitó las botas, la blusa, el pantalón. La dejó sólo en ropa interior. Toda la energía de Adél se hallaba exaltada. Podía sentirse en su jadeo, en sus pezones erectos, en sus piernas entreabiertas, en su piel erizada. Germán la volvió sobre el pecho y comenzó a besar su espalda de arriba abajo, tocándola apenas, agitando las ondas en ebullición de su aura. Desabrochó el brasier y luego siguió en dirección a la cintura. Sus besos se convirtieron en una marea a la cual Adél se abandonó, dejándose mecer por esas olas que la devoraban y luego la devolvían a la superficie y luego de nuevo la devoraban. La fuerza del hombre la llenó con su espuma desde el vientre hasta la garganta. Reventó de pronto y ella se sintió cubierta de algas y de estrellas de mar, de anémonas, de moluscos, de infinitos seres que entraban y salían de su piel, hasta que toda entera se disolvió en esa maravillosa proliferación de vida.

Cuando volvió en sí misma estaba gritando. Flotaba. Poco a poco, aquel plancton de luz líquida en que se había convertido su cuerpo comenzó a reintegrarse. Coaguló nuevamente en el ser material que era ella. El hombre se hallaba a su lado, con la cabeza recostada sobre su pecho izquierdo.

El tesoro de Quetzalcóatl

Mientras tanto en Coyoacán, México, Hernández Garay caminaba por la calle Francisco Sosa. Los frondosos árboles, las casas antiguas, los muros de piedra volcánica cubiertos de enredaderas, los aromas florales que escapaban por los balcones... todo eso le inspiraba una agradable sensación de hallarse en casa.

Cruzó la calle, hacia la fuente de los coyotes, y buscó una banca donde sentarse a la sombra de los árboles. Cerca de él, un organillero tocaba «Viva mi desgracia». Más allá, una muchacha rubia vendía artesanías de plata, una enfermera joven empujaba a un anciano en una silla de ruedas, una pareja de adolescentes jugaba con el agua de la fuente. Eran las 3:40 de la tarde. «¿Qué estará haciendo?», se preguntó. Entrecerró los ojos en una suave embriaguez, reteniendo en ellos sólo el verdor de las plantas, y dejó que la imagen de Adél lo llenara: su cutis de camelia, el pelo que un viento invisible agitaba sobre sus hombros. «Labios donde sangran las uvas exprimidas», murmuró, recordando un verso de José Juan Tablada.

A las 3:55, se levantó de su asiento y echó andar hacia el café El Parnaso. Cuando llegó, ya estaba ahí el gordo de cabeza rapada con quien había quedado de verse: Juan Manuel Toscano. A pesar del calor, vestía un traje negro.

Hernández Garay lo saludó según los usos de la Orden:
—*Mixpantzinco*.
—*Ximopanolti* —le contestó el gordo, poniendo en el piso

su portafolios para que Claudio se sentara en la silla de al lado. La corbata amarilla que llevaba parecía apretarle. Estaba sudando.

—¿Qué encontraste? —preguntó sin andarse por las ramas.
—Nada.
—¿Ningún símbolo?
—Nada, te digo. Hasta con binoculares estuve examinando la condenada catedral.

El gordo guardó silencio, concentrado en mover su *capuccino* con la cuchara. Hernández Garay llamó a un mesero y ordenó también un café. Una mujer con un trasero redondo y grande como una fruta cruzaba la plaza en ese momento. Las miradas de los dos hombres la siguieron. Cuando se perdió de vista, el gordo rompió el silencio:

—Bueno, explícame cómo está eso de que el tesoro de Moctezuma no era de Moctezuma.
—No. Era de Quetzalcóatl.
—¿El dios? ¿Y por qué un dios guardaba un tesoro?
—Quetzalcóatl no era solamente un dios, era también un personaje histórico.

Juan Manuel hizo una expresión de incredulidad.
—¿Algo así como Cristo?
—Exactamente —suspiró Hernández Garay, al parecer cansado de dar la misma explicación—. Era un dios-hombre, como Cristo.
—Hay muchas coincidencias entre la religión mexica y la cristiana, ¿no? Como esa historia de que Huitzilopochtli fue concebido virginalmente.
—Esa historia es falsa.
—¿Por qué?
—Porque muchas cosas en la historia de los mexicas son falsas.
—Las que escribieron los españoles.
—Las que escribieron ellos mismos.

El gordo sacó la pluma Mont Blanc que llevaba en el bolsillo, como si fuera a tomar nota de cuanto estaba oyendo, y se puso a jugar con ella. Hernández Garay continuó:

—Los mexicas no eran un pueblo civilizado, ni tenían un

origen mesiánico, como creían. Ningún dios les prometió que sería suya la tierra donde encontraran un águila devorando una serpiente. Esa tierra la hicieron suya porque no había otra, porque fue la única que quisieron dejarles los pueblos ya establecidos en el Valle de México. Esos pueblos sí eran civilizados y tenían una larga historia. Pero los mexicas poseían algo más importante: una extraordinaria voluntad de supervivencia. Gracias a ella sobrevivieron a la hostilidad de sus vecinos y llegaron a ser más fuertes que ellos, pasaron de ser una tribu nómada que comía serpientes a ser el imperio más grande de su tiempo. Gracias a esa voluntad de supervivencia, Juan Manuel, seguimos aquí. Gracias a ella estamos aquí tú y yo tratando de desentrañar este misterio.

—Sigue. Te estoy escuchando.

—Los mexicas tenían, pues, un pasado humilde que no se hallaba a la altura del esplendor que alcanzaron al paso del tiempo. Al igual que los romanos, los griegos, los hebreos y tantos otros pueblos imperialistas, debieron rescribir su historia, crear un discurso que legitimara su poder. Ixcóatl, un rey tiránico, mentiroso, sediento de poder pero que amaba profundamente a su pueblo, se encargó de destruir los antiguos códices y sustituirlos con una historiografía nueva. De acuerdo con ésta, no tenían ninguna relación con los vagabundos chichimecas, sino que eran descendientes de los sabios toltecas. Para hacerlo más verosímil, aceptaron incorporar en su panteón a Quetzalcóatl, la Estrella de la Mañana, pero su dios tribal siguió siendo siempre Huitzilopochtli. Fue él quien los guió en su carrera expansionista, quien les inspiró la ambición y el coraje guerrero. Y para justificar esto rescribieron no sólo la historia, sino también la mitología. Transfirieron a Huitzilopochtli los mitos más importantes relacionados con Quetzalcóatl, y a éste último lo conservaron ya sólo como una especie de deidad honoraria. Con ello, por supuesto, oscurecieron el verdadero mensaje y finalmente alcanzaron su objetivo: dar legitimidad espiritual a una política expansionista que se sustentaba en la práctica del sacrificio humano.

—Entonces la historia de que Coatlicue estaba barriendo cuando le cayeron del cielo unas plumas y quedó embarazada...

—Esa historia es una reelaboración del mito de Quetzalcóatl. Pero su madre no era Coatlicue, sino Chimalman. Quetzalcóatl nació del pecho de ella, ya armado y listo para unirse a los ejércitos de su padre.

—¿Y mató a sus hermanos y cortó en pedazos a su hermana?

—Ése no fue Quetzalcóatl. Al contar el mito de tal manera, con Huitzilopochtli como héroe, los mexicas quisieron representar el triunfo del sol sobre las estrellas (los 400 hermanos) y la luna (Coyolxauhqui): el triunfo del día sobre la noche. Al mismo tiempo esto les sirvió para enterrar la religión de sus antepasados, los aztecas que venían de Aztlán, en la costa de Nayarit. Ellos vivían del mar, que en todas las culturas se ha relacionado con la Luna y los poderes femeninos. Así que en su religión ocupaba un lugar central el culto de la feminidad sagrada, manifestada en la figura de Coyolxauhqui. A esta diosa nunca se le sacrificaron seres humanos; se le ofrecían peces, estrellas de mar, pájaros nocturnos. Era una religión pacífica, femenina y por lo mismo contraria al militarismo y a la ambición imperialista. Eso era lo que no les gustaba a muchos aztecas. Por eso se fueron hacia el sur, repudiando el destino modesto de los devotos de la Luna. Cambiaron su nombre de aztecas por el de mexicas, aunque nunca olvidaron del todo su origen, y adoptaron al belicoso Huitzilopochtli como su dios tutelar. Le dieron a él el lugar central en su cosmología, ocultando tal vez deliberadamente el lado oscuro del dios solar.

—¿A qué llamas el lado oscuro?

—Huitzilopochtli no es sino la manifestación victoriosa de Tezcatlipoca, «el espejo humeante», el hechicero que fraguó la caída de la Serpiente Emplumada.

—Qué interesante. Si Quetzalcóatl es algo así como la figura crística de los aztecas, Tezcatlipoca, en su papel de tentador, viene siendo el diablo. Pero, ¿no dice la tradición que eran hermanos?

—Sí. Hermanos gemelos. El Bien y el Mal son siempre hermanos gemelos. Por eso es tan fácil confundirlos. Por eso se parecen tanto entre sí.

—Bueno, ¿qué pasó con ellos? Recuerdo que Tezcatlipoca le dio a beber pulque a Quetzalcóatl.

—Sí. Llegó hasta él disfrazado de mercader huasteco y, con el pretexto de ofrecer sus chucherías, hizo que Quetzalcóatl se mirara en su espejo humeante. Quetzalcóatl se vio ya viejo, contrahecho por la edad, acabado y lleno de vicios. Y se deprimió mucho. Para consolarlo, Tezcatlipoca le invitó unos tragos de pulque, que luego se convirtieron en cinco jícaras completas. Ya borracho, Quetzalcóatl no supo lo que hacía, se dejó llevar por sus impulsos y cometió incesto con su hermana. Nunca pudo perdonarse por eso: se acabó.

—Lo acabó el sentimiento de culpa, no el hecho en sí.

—De acuerdo. Pero lo más fascinante de esta historia es que da cuenta del proceso de cómo un culto estelar fue sustituido por un culto solar; cómo los valores de la espiritualidad dieron paso a los de la dominación, y la luz revelada se perdió en el fuego de la luz creada.

Juan Manuel Toscano había sacado de su portafolios una pequeña libreta y estaba tomando nota de algunas cosas. Hernández Garay miró hacia la iglesia, detrás de la cual el cielo lucía de pronto encapotado. Se difundió en el aire ese aroma verde y húmedo que siempre adquirían las calles de Coyoacán antes de la lluvia.

—Muy interesante —el gordo cerró su libreta—. Pero estábamos hablando del tesoro y hasta aquí no ha aparecido.

—Se encuentra al final de la leyenda. Quetzalcóatl no pudo recuperarse de la caída espiritual que significó para él el incesto con su hermana. Perdió toda su fuerza y su interés en vivir y en gobernar. Dejó morir Tollan, su ciudad. Y cuando vio que ésta iba a caer en manos de Tezcatlipoca, mandó esconder los libros sagrados y el tesoro del reino.

—Lo que estamos buscando —suspiró el gordo.

—Sí. Lo que estamos buscando.

Comenzaba a llover. Los jipitecas levantaban sus puestos mientras algunas personas, con paraguas o cubriéndose la cabeza con un periódico, se apresuraban a hacerle la parada a un microbús. En mitad de la plaza, de pronto abandonada, el viejo quiosco se quedó solo.

Tláloc en Coyoacán

A pesar de la lluvia, Juan Manuel Toscano se despidió.
—Mañana es la reunión en el Prendes, a la una de la tarde —dijo, y ya se iba sin esperar respuesta de Claudio, pero inopinadamente se volvió:
—En cuanto termine, te llamo para contarte.
—Sí. Quédate tranquilo —aunque en realidad le molestaba que lo hubieran dejado fuera de esas negociaciones. Sobradamente había demostrado su lealtad a la Orden, había hecho muchos méritos para subir en la jerarquía; ahora mismo era el único que estaba trabajando realmente en la búsqueda del secreto. Y sin embargo el Gran Maestre seguía prefiriendo a otros.

El gordo se cubrió la cabeza con su portafolios y echó a andar hacia su coche tan rápido como pudo.

La plaza había quedado desierta. Tláloc se divertía arrojando jícara tras jícara de agua sobre Coyoacán; chapoteaba, reía a carcajadas, incapaz de contener las manifestaciones pluviales de su buen humor. Ciertamente, toda esa área de la ciudad sufría por su causa. El tránsito vehicular se había vuelto lentísimo; en la avenida Miguel Ángel de Quevedo temblaban empapadas las esculturas de mujeres desnudas que adornaban los camellones; en los Viveros, el chubasco había sorprendido a los cientos de ardillas que tenían su casa en esos árboles, además de a algunos deportistas que se apresuraron hacia sus coches con la ropa de *jogging* chorreando agua; en las estaciones del metro, la gente se amontonaba en las escaleras aguardando a que escampara, y por todas partes habían hecho su aparición los vendedores de paraguas e impermeables; los empleados de las oficinas cercanas corrían para abordar microbuses olorosos a gente mojada; un dálmata brincoteaba celebrando la lluvia en el parque de la Bombilla, mientras su dueña enronquecía gritándole que volviese; un estudiante besaba a su novia bajo el toldo de un negocio de fotocopias; un expendedor de revistas tapaba su mercancía con una gran hoja de plástico transparente... y Tláloc seguía risa y risa.

Hernández Garay ordenó otro café, resignado a esperar hasta que escampara. El clima lo había puesto melancólico, tal vez porque muchos de sus recuerdos venían de esos largos meses de lluvia en el Distrito Federal, que solían coincidir con las vacaciones. Aunque el hecho mismo de volver imponía el recuerdo: caminar nuevamente por esas calles, sentir otra vez los viejos olores, el sabor hondo del café mexicano... curiosamente, en esa nostalgia no había imágenes de mujeres. Era otra cosa lo que recordaba: sus años en la Universidad, su militancia en un pequeño grupo revolucionario, sus ansias de cambiar al país de manera radical y violenta, las marchas, las discusiones de madrugada en apartamentos llenos de humo y cerveza y carteles del Che Guevara, de Zapata, de Lenin... como nunca estuvo satisfecho, nunca sintió que estuvieran andando hacia ninguna parte. Por eso finalmente, aunque muy a su pesar, los abandonó. Y ahora ya no le importaban ni quería saber de ellos, si seguían por ahí. Lo que en la juventud era ensoñación, impulso idealista —reflexionó Claudio con amargura— en la madurez se convierte en sórdido egoísmo. Y entonces nos preguntamos: «¿Cómo pude ser amigo de ese canalla? ¿Cómo es que alguna vez amé a semejante animal de presa?»

Años después de todo aquello, cuando ya había terminado la Universidad, se unió a la Orden. Parecían enemigos de aquello por lo que antes peleaba, pero finalmente coincidían más con sus propios ideales: la restauración del esplendor imperial azteca, el retorno al militarismo esotérico, la recuperación de los valores esenciales del sacrificio, la guerra santa y la virilidad solar. Eso era lo que buscaba la Orden.

Por supuesto, se hallaba consciente del fanatismo y los excesos a que estas ideas podían llevar, pero nunca le había tenido miedo al fanatismo. Le gustaban los fanáticos, de cualquier clase que fuesen; finalmente eran ellos —pensaba— quienes hacían marchar la historia. Sus temores, en todo caso, no iban en esa dirección; lo que Claudio Hernández Garay temía era errar la estrategia, no llegar a ninguna parte. Aunque él, por lo pronto, sí había llegado. Tenía poder e, incluso fuera de ese círculo, había hecho una carrera exitosa como intelectual. Estaba solo, era cierto, pero ése era el precio de todo poder. Y ya casi había terminado de pagarlo. Un poco más de lucha y podría estar en paz, con Adél. Sí, tal vez la traería a vivir con él a México. Sus padres le habían dejado en herencia una propiedad en Coatepec, Veracruz, un sitio idílico: la casa de estilo rural, con frescos corredores en los cuales las hamacas apenas si se estremecían en la brisa olorosa a café que venía de las plantaciones, rodeada de árboles selváticos, húmedos platanares y flores tropicales, arrullada por la música del agua que corría por todas partes. Un pequeño paraíso.

El sonido de la lluvia golpeando las baldosas de la plaza había dejado de acompañar, en su mente, las imágenes del pasado. Adél lo llenaba ahora. Adél. Era una sacerdotisa: poseía tres cuerpos que ofrecer cada noche al hombre que la amara. Y ésa era la menor de sus cualidades. Hernández Garay se había enamorado de su inteligencia en primer lugar, de su sensibilidad, de su espíritu guerrero. Después de todo, su signo en la astrología azteca era la caña. Y así era ella: suave y fuerte al mismo tiempo, flexible y dura. La caña podía ser un arma y golpear o atravesar la carne, o bien tomar la forma de una flauta y traer paz a un espíritu afligido. Parecía frágil, casi aérea, pero los vientos que arrancaban otros árboles a ella sólo la mecían. Sí, así era Adél; así supo él que era desde que la conoció en Eger. Claudio había ido de visita, a disfrutar el exquisito vino de esa región. Y antes de verla caminando por la plaza Dobó hacia el castillo, la presintió; algo misterioso la anunció para que él levantara la vista de la computadora donde estaba trabajando y la viera. Todo ocurrió de una manera mágica, como si hubieran encontrado los dos su destino en ese momento. Ella también lo sintió a él y se volvió y le sostuvo la mirada. Dos meses después ya eran novios y Adél estaba asistiendo a su curso de cultura mexicana en la Universidad, a pesar de que ya se había graduado hacía un año en Debrecen. Iba a Budapest una vez a la semana, sólo a escucharlo. Finalmente Claudio la convenció de que se fuera a vivir allá y buscara un programa de doctorado. Allá estaría ahora, estudiando, acordándose tal vez de él.

Como no paraba de llover, Claudio pidió la cuenta y pasó a la librería de la cual el café formaba parte. Estuvo un buen rato mirando libros, buscando algo que llevarle a Adél como regalo. En algún momento, topó con un volumen que llamó su atención: *El culto de la Diosa Blanca en el México antiguo*, de Michael Bower. Lo tomó del estante y, a medida que recorría las páginas, su interés fue creciendo. Parecía una obra seria y bien documentada, en la cual el autor hacía un examen de las tradiciones mágicas prehispánicas aplicando las teorías de Robert Graves.

Claudio se apresuró a la caja para pagar el libro, como si temiese que alguien pudiera ganárselo. A Adél le llevaba un separador con la foto de Frida Kahlo y un álbum de discos compactos de Lucha Reyes.

La Confederación Bolivariana

Pasadas las cuatro de la tarde, los seis hombres que se habían reunido en el restaurante Prendes, en el centro de la ciudad de México, terminaban de firmar el acta donde se asentaban los resultados de aquella conversación. Ya relajados por el coñac con que estaban celebrando el acuerdo, el Gran Maestre de la Orden de la Iglesia Nacional Mexicana y el gordo Toscano les relataban a los cuatro extranjeros —dos venezolanos y dos argentinos— las historias de todos los personajes que podían verse en el gran mural.

—Ése era uno de los nuestros —Toscano señaló a un hombre rubio con pinta de estrella de cine.

—Tomás Garrido Canabal —explicó el Gran Maestre, al ver que los extranjeros no reconocían al personaje—. Era gobernador de Tabasco, un patriota, aunque tuvo algunos excesos que casi lo convierten en figura de comedia.

—¿Cómo cuáles? —preguntó uno de los argentinos, mojando en el coñac la punta de un puro.

—Obligó a casarse a todos los curas, dejándoles la alternativa de morir fusilados como mártires de la Iglesia; mandó quitar cruces e imágenes religiosas de las tumbas de los cementerios y las sustituyó con columnas que sólo tenían un número, un nombre y una fecha, nada de epitafios; cambió las fiestas religiosas por ferias agrícolas y ganaderas, y los nombres de santos que tenían las poblaciones de su estado por nombres de héroes y personajes ilustres.

—¿De verdad? —preguntó sorprendido el hombre del puro.

—Hasta prohibió que la gente dijera «adiós» al despedirse —añadió Juan Manuel Toscano.

—Lo más increíble eran los nombres que se le ocurrían —continuó el Gran Maestre—: a un burro le puso «el Papa»; a un buey, «Dios»; a una vaca, «la Virgen de Guadalupe».

Los venezolanos comenzaron a carcajearse y contagiaron a los argentinos.

—Ni a sus hijos perdonó —continuó Claudio—: a uno de ellos le puso Luzbel.

—¡Pobre! ¿Nunca se cambió el nombre?

—Claro que se lo cambió, ya exiliado en Costa Rica, luego de que su padre cayó del poder.

Siguieron conversando así una hora más, bebiendo y fumando. Lucían satisfechos todos, emocionados. Uno de los venezolanos conocía a Claudio Hernández Garay: se había entrevistado con él hacía unas semanas, en Cumaná. Era militar, aunque su aspecto de galán maduro de telenovelas hacía difícil creerlo. El otro que iba con él, en cambio, tenía la cara totalmente picada de viruelas y esto le daba un aspecto siniestro, de matón o de torturador. Los argentinos, impecablemente vestidos, habrían pasado por hombres de negocios. «Los hombres de negro», los llamaría después Juan Manuel Toscano, cuando comentara con Claudio la reunión.

En resumen, el contenido del documento que habían firmado esa tarde era el siguiente:

Los seis hombres, en su calidad de líderes de sus respectivas organizaciones políticas, se comprometían a trabajar en la conformación de lo que habían denominado Eje México-Caracas-Buenos Aires. El propósito del mismo sería crear una Confederación Latinoamericana, bajo los principios ideológicos del Libertador Simón Bolívar. A través de una política exterior de diplomacia agresiva y, de ser necesario, recurriendo a la fuerza militar mediante operaciones conjuntas y contundentes, el Eje aseguraría tres objetivos en su primera fase: 1) la reanexión de América Central al Imperio Mexicano, del cual se había separado; 2) la reintegración a Venezuela de las repúblicas liberadas por Bolívar; 3) la incorporación a la Argentina de Uruguay, Paraguay y Chile, junto con la parte sur del Perú.

Una vez realizada esta reorganización geoestratégica, la confederación procedería a constituirse en Estado con el nombre de Confederación Bolivariana Americana (CBA) y tendría un gobierno parlamentario tripartito, formado por líderes de los tres países, más un secretario general electo por votación de los mismos.

Quedaba pendiente decidir cómo se definirían las relaciones con Estados Unidos, Brasil, Cuba y la República Dominicana.

Ya se vería. Lo primero era llegar al poder.

Días después, en el Acapulco

—¿Frida Kahlo? —preguntó Germán días después, en el Acapulco, mirando el separador que Adél llevaba en su libreta de apuntes— ¿Lo compraste aquí?

Ella hubiera querido mentir, pero no pudo hacerlo:

—No. Me lo trajo Claudio de México.

Se sentía incómoda. Había dejado que las cosas con Germán crecieran y le parecía que debían hablar de eso, definir su situación. Pero no estaba segura de nada. Los dos la atraían, por distintos motivos. A ninguno quería perderlo.

Germán también debía de sentirse incómodo y sin embargo no preguntaba nada ni pedía nada. Aceptaba la situación, o eso parecía. Incluso estaba de buen humor.

—Yo la conocí hace muchos años, cuando era niño.

—¿A quién?

—A Frida Kahlo.

—¿De verdad? —A Adél le cambió la cara de zozobra que traía—. Cuéntame.

—A ella le gustaban mucho los mercados y el barrio de la Merced, en general. Iba por flores. De repente le entraba la locura y compraba muchísimas. Se las tenían que llevar en camioneta. Pero en sus últimos años ya no podía ir, casi no salía de su casa. Mi abuela la conocía bien porque le vendía hierbas para sus dolores y creo que también para otras cosas. Frida era una mujer muy rara: no creía en la religión, pero se aferraba a sus supersticiones personales. A mi abuela le caía bien por eso. Estas cosas me las contaba ella. Yo todavía no nacía cuando Frida iba al mercado. La vi una sola vez, en la época en que ya no salía a la calle.

—¿Cómo fue?

—Mi abuela tenía unos retablos que había rescatado de la iglesia de la Soledad, cuando la cerró el gobierno de Elías Calles.

—¿Unos qué?

—Retablos. Son cuadritos que manda hacer la gente en México para dar gracias por algún milagro. Los hacen pintores modestos por unos cuantos pesos. Mi abuela tenía seis. Eran su tesoro y no se hubiera desprendido de ellos por ningún motivo, además de que no valían casi nada en términos de dinero. Pero cuando pasé a quinto año de primaria no había para comprarme el uniforme, y mi abuela ya tenía algunas deudas por mi causa. Se acordó de que Frida y Diego Rivera coleccionaban retablos y me dijo: «Llévale estos a ofrecer. Igual y te los compra». No sabíamos dónde vivían, pero una criada venía una o dos veces al mes por las hierbas que mi abuela seguía surtiendo. Así que me fui con ella hasta Coyoacán, en camión. Todavía me acuerdo de la impresión que me causaron los judas de la entrada. La criada me dejó ahí parado, entre los dos monigotes, y fue a ver si la señora estaba en condiciones de recibirme. No me aburrí. Había muchas cosas que mirar ahí mismo, en el pasillo. Además era el primer viaje que hacía en mi vida y estaba emocionado. Porque ir hasta Coyoacán en aquella época era todo un viaje. Frida me recibió en el jardín, en su silla de ruedas. Estaba fumando y tenía una expresión de amargura que le cambió al verme. Después supe que nunca había podido tener hijos y, tal vez por eso, le daba por adoptar animales. Los niños no le gustaban, por latosos y tentones, pero a mí me vio tan tímido que le caí bien. Se me quedó viendo con una curiosidad casi alegre, como seguramente miraba a los monos y a los pericos. Me dijo: «¿Así que me traes a vender unos retablos?» «Sí, señora», le contesté. «Hace mucho que no compro ninguno. El que sigue con la colección es mi esposo». Yo ya iba a darle las gracias y a despedirme, pero me echó en la cara el humo de su cigarro y me preguntó: «¿Por qué quieres venderlos?» Le conté lo del uniforme y la historia de cómo mi abuela se había hecho de ellos, no fuera a pensar que me los había robado de alguna iglesia. «Está bien», me dijo, aunque en ningún momento me había ordenado que los sacara de la bolsa donde los llevaba. «¿Cuánto cuesta tu uniforme?» «Catorce pesos con todo y los zapatos», le contesté. «Te voy a dar quince por los retablos. A Diego le dará mucho gusto. Pero vete ya, por favor. No me siento bien». La cara le había cambiado, como si algo le doliera. Nunca volví a verla.

—Qué historia tan triste la suya.

—A mí me impresionó mucho verla, y eso que no sabía quién era.

—¿Fue por eso que decidiste dedicarte al arte?

—Quién sabe cuál fue la razón. Yo mismo me lo pregunto.

Adél guardó silencio largos instantes, reflexionando. Luego espetó:

—¿Por qué tienes tanta amargura, Germán?

—La vida es amarga —parecía resentido con ella por algo, como un niño a quien le niegan un juguete—, y el que no se haya dado cuenta de eso merece sufrir muchas vidas más.

—Eres un artista. ¿Cómo puedes hablar así?

—No metas al arte en esto.

Adél sabía lo que le estaba ocurriendo a Germán, pero no quería hablar de ello porque no se sentía segura de sus sentimientos. Prefirió explorar el terreno:

—Claudio me oculta cosas.

Germán pareció reanimarse con esa declaración:

—¿Qué clase de cosas?

—No lo sé. Tiene secretos.

—¿Crees que ande con otra?

—No es eso. Es sobre su trabajo, sobre lo que hace.

Germán guardó silencio, esperando a que ella continuara.

—Ya te había dicho que es miembro de una especie de sociedad secreta.

—Supongo entonces que tienen algún voto de silencio.

—No creo que sea sólo eso —aunque Adél había iniciado el tema sin darle mayor importancia, era visible que comenzaba a alterarse—. Siento que hay algo malo, Germán. Esos hombres me huelen a fascistas. Quién sabe qué están buscando.

—El tesoro de Moctezuma, ¿no?

—No sé.

Se quedaron callados durante largos instantes. Mientras tanto, Bernadett se acercó a servirles otra ronda de *palinka*. Adél fumaba, metida en sus reflexiones.

—¿Y tú? —rompió el silencio Germán—, ¿lo sigues buscando?

Adél no le contestó. Se quedó mirándolo con sus bellos ojos llenos de zozobra. El hombre insistió:

—¿Ya sabes qué es?

—No.

—Piensa —ahora era él quien estaba en condición de atormentarla—. ¿Qué puede ser?

Ella seguía callada. No quería pensar en eso. No quería pensar en nada. Pero él era implacable.

—¿En qué consiste ese tesoro?

—Es un secreto.

—Por supuesto que es un secreto. Pero, ¿qué clase de secreto? ¿Qué clase de secreto puede buscar con tanto afán una pandilla de fascistas?

—No sé. No puedo pensar ahora.

—¿Qué buscan los fascistas? ¿Qué puede buscar un hombre que no desea dinero?

—¿Poder?

—¡Exactamente!

Adél lo miró estupefacta. Todo era tan obvio que se habría echado a reír si no estuviera horrorizada.

—Poder... —repitió.

—Dijiste que querían restaurar el antiguo esplendor azteca, ¿no? Pues ese esplendor se hallaba basado en el poder.

—¿Ese es el tesoro de Moctezuma?

—Algún secreto debían tener los mexicas. ¿Cómo le hicieron, si no, para convertirse en un gran imperio en tan poco tiempo, después de haber sido una tribu de expósitos que comían culebras? Llegaron sin nada, pidiendo permiso de levantar sus chozas, y en poco más de cien años ya habían sometido a casi todos sus vecinos y sus dominios se extendían hasta Guatemala.

Adél se había quedado muda.

—Te prometí que te ayudaría a buscarlo si me respondías. Y lo has hecho. ¿Todavía te interesa seguir?

—Sí. No. No sé.

Germán se acercó a ella con ganas de besarla, pero sólo la tomó en sus brazos.

—La grandeza, el poder, el amor —fue lo que se le ocurrió decirle para consolarla, aunque en realidad lo dijo para sí mismo—, ¿qué otros monstruos como ésos han nacido de nuestro dolor por vivir en un mundo inmensamente solitario?

Desde la mesa de madera, acaso recordando desde el lejano y oscuro Mictlán al niño que una vez llegó a venderle unos retablos, Frida Kahlo parecía mirarlo.

La sombra de la sombra

Germán intuía la tristeza que había hecho su casa en el corazón de Adél. Y se sentía egoísta por esperar algo de ella, justo ahora cuando era él quien debía dar apoyo. Por eso había tratado de distraerla con la enseñanza, no sin fortuna, pues la muchacha, haciendo gala de un temple guerrero poco común, estaba haciendo a un lado sus angustias para concentrarse en el aprendizaje. Acababa de terminar una tarea muy difícil y había salido bien del reto. Se trataba de realizar un viaje al inframundo; es decir, a las zonas más profundas de su inconsciente, y traerle a Germán una piedra blanca que él había puesto ahí en algún momento. Para hacerlo debía enfrentarse antes a Xochitonal, «el caimán del reino de los muertos», aquel que atormenta las almas de los desencarnados que tienen miedo de dejar la tierra. Está ahí, acechando en el fondo del agua, en el río humeante que rodea al Mictlán. Quienes llegan sin miedo, aquellos que vivieron para algo más alto que su placer, casi siempre logran vencerlo y así llegar a entrevistarse con el Señor de los Muertos. Pero hay otros que no pueden cruzar: los que no quieren darse cuenta de que ya no están en su cuerpo, los que se han dado cuenta pero no lo aceptan, los que dejaron muchas cosas pendientes, los que vivieron indignamente y tienen miedo. Ésos carecen de la fuerza necesaria para vencer al monstruo, quien los destroza una y otra vez entre sus dientes negros como navajas de obsidiana. Vuelven a la ribera y ahí se lamen sus heridas durante mucho tiempo. Luego vuelven a intentar porque no les queda otro remedio.

Pero hay otros, además de los desencarnados, que tienen el poder de viajar a ese río: los que estuvieron cerca de morir, mas se salvaron milagrosamente; y los que van por voluntad propia: los brujos, los hombres de conocimiento, los artistas que, como Dante y como Orfeo, fueron allá y regresaron para dar testimonio. Todos ellos han probado los dientes de Xochitonal y han vencido. Pero no se entrevistaron con el Señor Mictlantecuhtli porque sólo quien ya no va a regresar puede verlo a la cara.

No basta el aprendizaje para pasar esta prueba; hay que tener dentro el espíritu de un guerrero y tampoco eso es suficiente: se necesita la bendición de lo alto. Sólo la luz de lo alto puede contrapesar las tinieblas de lo bajo. Adél lo sabía y tenía miedo. Pero el miedo es nuestro aliado —le dijo Germán—: el miedo nos ayuda a afinar la sensibilidad. Y hay que ser muy sensible para penetrar en el inframundo.

Finalmente pasó la prueba. No le dijo nada a Germán cuando regresó: parecía adormecida por el efecto de alguna droga. Sólo abrió su mano y dejó caer la piedra blanca. La había sacado del fondo del río, a donde Germán la arrojara.

En todo esto pensaba él, con orgullo, mientras caminaba por la avenida Rákóczy. Eran como las seis de la tarde, tal vez un poco más. El sol de verano brillaba todavía en las hojas de los árboles, y las muchachas caminaban casi desnudas por las anchas banquetas, dejando una estela de agradable olor a desodorante. Budapest en junio era una ciudad completamente distinta a la otra Budapest: la del invierno, la de la oscuridad, la de los seres nocturnos.

De repente, saliendo de una licorería, vio Germán una figura conocida: era Bernadett, que llevaba una bolsa con dos botellas. ¿Adónde iría? Era su día libre en el Acapulco. ¿Iría a su casa? Por fin podría él averiguar algo sobre su vida: saber si vivía con un abuelo anciano o tenía un hijo ilegítimo al que ocultaba vergonzosamente.

La dejó adelantarse un poco más y echó a andar tras ella. La muchacha siguió hasta el bulevar József y tomó por éste hacia el sur. A la mitad de la tercera cuadra se detuvo y entró en un local —Germán vería después que se trataba de una tienda de abarrotes—. Salió a los pocos minutos, con una bolsa de pan, y continuó en la misma dirección. Luego tomó por Ullói hacia el Este y se internó en las calles viejas y solitarias del barrio de Ferencváros. Germán dudó antes de seguir. Una vez lo golpearon por ahí unos malvivientes, sólo porque le pidieron un cigarro y él lo negó. Era un moridero lleno de escondrijos, de casas en ruinas ocupadas ilegalmente por inmigrantes de quién sabe dónde. Debió dejar más distancia de por medio, para no correr el riesgo de que la muchacha lo descubriera. Ya había pensado que debía de vivir por ahí, en alguna de esas vecindades de cuatro o cinco pisos.

Casi llegando a las clínicas, Bernadett dio vuelta nuevamente, hacia el Sur, y se metió por una callejuela donde sólo hierba crecía en los jardines abandonados, al otro lado de verjas herrumbrosas. Un olor a mierda y a basura recalentada por el sol se desprendía de las banquetas. Adelante había un terreno baldío donde una tribu de gitanos había levantado chozas de madera. En una de ellas entró la muchacha. Entonces, pensó Germán riendo de lo infantil de sus fantasías, no era una princesa tártara. Iba a acercarse más cuando sintió que alguien lo venía observando. Ya había tenido esa sensación, minutos antes, pero estaba concentrado en seguir a Bernadett y no puso atención. Pensó en un pretendiente celoso, uno de esos gitanos que cargaban navaja. El sol se había perdido ya tras los edificios: no le sería difícil ocultarse entre las sombras del crepúsculo. Sólo que cuando quiso hacerlo, la figura que lo seguía comenzó a llamarlo:

—¡Germán!

Era Ilich.

—¿Qué haces por aquí? —le preguntó Germán, incómodo.

—Vine a ver una de esas casas de ahí enfrente. Ahí se cometió un crimen famoso en los años cincuenta, una cosa medio vampírica: un tipo drogó a su esposa y le sacó la sangre con una cánula. Y tú, ¿qué haces aquí? Hay que ser muy arrecho para andar por estos rumbos.

—¿Y tú lo eres? —Germán sentía que Ilich le estaba ocultando algo. ¿Por qué no le había hablado antes? Le molestaba ese encuentro.

—Yo fui guerrillero. ¿Crees que los hampones de por aquí me van a asustar?

Germán se quedó callado. ¿Se habría dado cuenta de que iba siguiendo a Bernadett? ¿Cómo pudo ser tan distraído? Adél se reiría de él si supiera.

—Bueno —Ilich cambió de tono—, vamos a tomarnos algo, ¿no? ¿O ibas a alguna parte?

—No. Andaba paseando nada más.

En ese momento vieron salir a Bernadett, quien no reparó en ellos o no quiso demostrarlo. Iba con un hombre moreno, de estatura media, y empezaron a discutir ahí, en la calle. El tipo movía los brazos con violencia mientras Bernadett, de espaldas a Ilich y a Germán —imposible mirarle la cara—, lo escuchaba sin moverse, tensa. En algún momento, el hombre la agarró del brazo y la estrujó. Luego pareció calmarse.

—Ey, ¿no es esa la muchacha del Acapulco?

—No sé —respondió Germán, fingiendo desinterés—. Creo que sí.

Bernadett y el hombre aquel se fueron caminando en dirección opuesta a donde ellos estaban. ¿Quién sería ese tipo? ¿Su amante, su esposo?

Germán se sentía culpable con ella, como si le hubiera robado algo con espiarla, y también, de una manera incomprensible, se sentía conmovido. Lo conmovía el recuerdo de esa muchacha, de sus ojos de ciervo manso, de su sonrisa que nunca había sido para él más que amable.

Eger

—¡Lo encontré! —exclamó Hernández Garay.

—¿Qué cosa? —preguntó Adél, tratando de salir un momento de sí misma, buceando hacia la superficie desde la umbrosa profundidad de sus pensamientos.

Se encontraban en Eger, tomando una copa en una vinatería al aire libre en la histórica plaza Dobó, al pie del castillo.

—El secreto del fraile de Guanajuato: la clave de la Catedral —parecía muy emocionado con eso, y evidentemente esperaba que Adél compartiera su entusiasmo. Pero ella se había ido muy lejos en su mente: no estaba con él. Sus ojos sin brillo se negaban a verlo, contemplando en cambio la copa de *sárgamuskotály*, de hermoso color topacio, que la mesera acababa de traerle. La música que cerca de ellos tocaba un trío de gitanos —dos violines y un contrabajo— parecía hundirla aún más en la melancolía. La tarde pardeaba.

—¿Qué tienes?

—Nada.

—¿Cómo que «nada»? Tú traes algo.

—No.

—Me chocan estos juegos.

Adél no respondió. Su atención seguía en la música o en la copa, tal vez en las dos cosas.

—No te interesa lo que te estoy diciendo, ¿verdad? —insistió Claudio.

A lo lejos, a su espalda, el viento agitaba las banderas del castillo. Hacia allá se perdió la mirada de Adél: en esas murallas colosales que habían logrado detener el asedio de los turcos en el siglo XVI.

—Sí. Sígueme contando.

—No. No te interesa.

Después de otro largo silencio en el que sólo se escuchaban la música y las conversaciones en idiomas extranjeros de los turistas que ocupaban las mesas vecinas, la muchacha se decidió a enfrentarlo:

—¿Qué es lo que quieres conseguir descubriendo eso? —lo miró a los ojos.

—¿A qué te refieres?

—Al famoso tesoro. ¿Lo quieres para ti?

—No.

—¿Entonces? Suponiendo que se tratara de oro, ¿se lo vas a entregar al Presidente de México y a divulgar en la prensa que lo has descubierto tú?

Hernández Garay no sabía qué contestar. Ahora era él quien miraba obstinadamente su copa. Adél esperaba una respuesta.

—No sé —respondió por fin el hombre, pero sin levantar la cara—. No he pensado en eso; lo primero es encontrarlo.

—No me estás diciendo la verdad, Claudio.

Otra vez, silencio.

—¿Qué es eso que no puedes decirme?

Silencio.

—¿Por qué no confías en mí? ¿Crees que voy a traicionarte?

—No.

—¿Entonces? ¿Por qué no me dices qué es lo que buscas, para quién, con qué objetivo? ¿A quién fuiste a ver en Venezuela? ¿Con quién hablas a veces por teléfono, cuando no quieres que oiga? No se trata de una mujer, ¿verdad?

Eran demasiadas preguntas. El hombre se sentía acorralado.

—Hay cosas que no puedo decirte, Adél.

—¿Por qué?

—Porque no me pertenecen: no puedo revelar secretos que no son míos.

—¿De quién son?

—Soy miembro de una sociedad, tú lo sabes.

—¿Y hacen un voto de silencio o qué?

Claudio asintió. Adél buscó otro ángulo desde dónde tratar de penetrar en ese misterio.

—¿Qué clase de sociedad es esa? ¿Qué quieren hacer con el tesoro?

—No puedo decirte nada.

—No van a saber que traicionaste tu voto. Yo no se lo diría a nadie. Y finalmente no tendrían por qué importarme tus asuntos. Pero si te estoy ayudando, lo menos que puedes hacer a cambio, creo yo, es dejarme saber en qué me estás metiendo.

—Te lo diré después. No me presiones ahora.

—Es ahora cuando necesito una respuesta.

—No me ayudes más si no quieres.

—Claudio —Adél pareció suavizar su actitud. Atravesó el brazo por encima de la mesa, entre las copas, y comenzó a acariciar la mano del hombre—... no me excluyas así.

—Está bien —él también pareció suavizarse—. Te lo voy a decir todo, pero dame tiempo. Unos días nada más, mientras te voy explicando el contexto. Si te lo digo así, de golpe, no lo entenderías.

—Bueno —respiró Adél, aliviada, y llamó a la mesera para pedirle otra copa de *sárgamuskotály*—. Entonces vamos a tratar de relajarnos y de estar contentos.

Hernández Garay iba a ordenar una copa de «sangre de toro», pero Adél lo detuvo:

—Pide mejor *aszú* —sugirió—. Te va a gustar. Es el vino más dulce que hay: es vino de pasas.

En seguida llamó a los gitanos y les pidió que le tocaran una canción de esas tristes que los húngaros suelen pedir cuando ya están borrachos y tienen ganas de llorar: *Akácos út*: «Camino de acacias». Súbitamente era otra: sus ojos habían recuperado el brillo y sus mejillas lucían encendidas por el vino dorado que estaba bebiendo. En cuanto llegaron las copas levantó la suya y le dijo a Claudio:

—Por tu descubrimiento.

Lo tomó por sorpresa con ese brindis.

—¿Descubrimiento?

—Me dijiste que habías encontrado el secreto del fraile, ¿no? ¿Me vas a decir de qué se trata?

—¡Claro! —exclamó Hernández Garay, casi tan animado como ella— Te conté que había estado revisando la Catedral al derecho y al revés.

—Y no encontraste nada.

—No. ¿Sabes por qué? Porque no hay nada.

—¿Entonces?

—El fraile redactó sus documentos en 1768. ¿Comprendes el error? Lo que yo debía hacer no era ir a mirar todo como idiota, sino investigar qué había en la catedral en aquel entonces.

—Parece lógico.

—¿Y sabes que estaba ahí, empotrado en un costado? ¡La Piedra del Sol!

—¿El calendario azteca?

—¡Sí! Luego de la caída de Tenochtitlan anduvo rodando de un sitio para otro. Los españoles no lo destruyeron a cañonazos, como habían destruido tantas otras cosas, porque era como un trofeo: les gustaba que los vencidos sintieran su derrota al ver cómo aquella obra central de su cultura era tratada como una piedra vil. Finalmente quedó enterrado bajo el cascajo en alguna parte. Lo encontraron en 1760 y el entonces virrey de la Nueva España, don Joaquín de Monserrat, lo mandó colocar en el costado Oeste de la Catedral Metropolitana. Dicen que los guardias del palacio lo usaban para practicar el tiro al blanco. Imagínate. Ahí estuvo hasta que el presidente Porfirio Díaz tuvo la afortunada idea de hacerlo trasladar al Museo Nacional de Arqueología e Historia, en 1885.

—Entonces el secreto...

—El secreto está en el calendario azteca.

Adél lo miró esperando la continuación. Pero Hernández Garay parecía haber concluido.

—¿Qué más?

—¿Cómo que qué más? Eso es todo por ahora.

—¿Pero cuál es el secreto que descubriste? No me digas que el tesoro de Moctezuma es el calendario azteca.

—No. Pero la clave para llegar a él se encuentra relacionada de algún modo con el calendario.

—¿Cómo?

—Eso es lo que tenemos que descubrir ahora.

Había caído la noche sobre Eger. Una luz plateada, como de luna, se reflejaba en las almenas y en las torres del castillo. En lo alto, las banderas se agitaban inquietas.

Adél y Claudio echaron a andar por las calles ya menos llenas de turistas, iluminadas suavemente por una luz anaranjada y cálida, de fuego antiguo; de alguna casa salía música y ruido de fiesta, voces alegres de mujeres embriagadas. Tomaron por una callejuela que seguía la curva de la muralla y llegaron a la orilla de un foso donde invisibles ranas croaban sin parar. Cruzaba éste un pequeño puente levadizo al otro lado del cual se levantaban las paredes de piedra de un mesón de la Edad Media. Ahí entraron los dos con ganas de cenar bien y beber más vino y tomaron asiento ante una enorme mesa de madera basta, frente a la chimenea encendida. Los meseros, vestidos con ropa de la época, pasaban llevando vino y trozos de carne en la hoja de una espada o en piedras caldeadas al fuego.

Adél comió y bebió con avidez, tratando de olvidar sus dudas y estar contenta. Pero no se sentía satisfecha; le costaba trabajo confiar en ese hombre que tenía con ella tantos secretos, sobre todo cuando lo miraba arrancar la carne chorreante de la espada con una actitud de animal de presa. La angustiaba pensar que pudiera hacerse cómplice de algo que después reprobaría.

Por su parte, Claudio se dedicó igualmente a comer y a beber esperando acallar así el malestar que también él sentía. De pronto pensaba que tal vez esa mujer se convertiría a la larga en un obstáculo en su carrera y, como Eneas, no tendría él ni siquiera la libertad de elegir entre el amor y el destino: simplemente la dejaría aunque tuviera que romperse por dentro. Pero el hecho era que la amaba y no deseaba llegar a ese punto.

Comoquiera que fuese, trataron de disfrutar la cena y la noche y empezaron a platicar de otras cosas: de historia, de arte, de todo aquello que los había hecho enamorarse uno del otro. Adél sonreía y, una vez más, el encanto del hombre la conquistó. Contra su intención original de quedarse más días en su ciudad, descansando y reflexionando, se dejó convencer por él: regresarían juntos a Budapest al día siguiente.

Cuando cerraron el restaurante, poco después de las 2 de la madrugada, Claudio fue a dejarla a su casa y él se retiró a un hotel. No era necesario, puesto que los padres de Adél lo habrían invitado a pasar la noche ahí, pero él pretextó que ya era muy tarde y no quería causar molestias. En realidad sentía que necesitaba estar a solas. Le dio un beso a su novia en la puerta y regresó a su coche.

Los dos durmieron poco y mal, dando vueltas en la cama, pensando, haciéndose preguntas.

A la mañana siguiente, Claudio aceptó la invitación a desayunar en casa y ayudó a Adél a empacar. Antes del mediodía ya estaban en la carretera. Adél iba distraída en sus pensamientos porque ya había hecho ese camino muchas veces y no veía en él nada nuevo, pero para él el paisaje seguía siendo hermoso. En especial recordaría una imagen: sobre la carretera, enfrente de un deshuesadero de automóviles, había un campo de girasoles. Y en un extremo de éste unos gitanos habían levantado una choza de retazos de madera, con una manta sobre la puerta a manera de toldo. Al lado se hallaban sentados dos niños en un viejo sofá color naranja. Un niño y una niña. Como de cuatro y cinco años. Miraban pasar los automóviles en la carretera mientras bebían algo en sucias tazas de plástico. No pensaban, desde luego, en la gente que iba ahí; no se preguntaban quiénes eran ni qué querían, ni por qué, en su búsqueda de poder, estaban dispuestos a destruir tantas cosas.

Las gotas caían lentas y pesadas

Era apenas principios de septiembre, y las hojas de los árboles ya se estaban poniendo amarillas en Budapest. Comenzaba a hacer fresco en cuanto bajaba el sol, y en la calle las muchachas ya no traían minifalda ni la cintura descubierta. Se sentía ya la proximidad del otoño: la rueda de la vida terrestre que volvía a descender.

Contra lo que Germán Guillén esperaba, Bernadett no le dijo nada cuando volvió a verlo en el Acapulco. Se comportó con él de manera absolutamente normal, como si no hubiera pasado nada, y él decidió no preguntar para no incomodarla. Con el paso de los días hasta empezó a dudar: tal vez la muchacha a quien había seguido hasta el arrabal no era ella; era otra, parecida. De cualquier manera no tuvo oportunidad de pensar mucho en eso. Tenía otro motivo para sentir con melancolía el final de los días soleados: Adél había desaparecido. Tarde tras tarde, noche tras noche estuvo esperándola en el Acapulco y no llegó. Después de una semana intentó hablarle por teléfono, pero nadie contestó. Germán no creía que estuviera todavía en Eger.

Ciertamente, mientras él fumaba y bebía y contaba los clientes que iban llegando al bar, Adél vagaba solitaria y despeinada por las orillas del Danubio, contando los yates que se detenían para que turistas colorados y aún veraniegos bajaran a comprar *souvenirs* o a tomarse una copa. Ella también extrañaba a Germán, también fantaseaba con encontrárselo por casualidad, pero había decidido alejarse de él un tiempo, pensar, llegar a una respuesta sobre lo que sentía por Claudio sin que la presencia de Germán pudiera influenciarla. De los dos hombres se había apartado en esos días.

En realidad pasaba la mayor parte del tiempo en la Biblioteca Nacional Széchenyi: había emprendido por cuenta propia una investigación sobre historia de México. Y, si bien al principio no encontró nada distinto a lo que estudiara en sus cursos de cultura mexicana, poco a poco fue atando cabos.

Llovía muy fuerte la tarde en que encontró la respuesta que buscaba. Había estado lloviendo toda la semana, y en la televisión hablaban de inundaciones en varios poblados del norte del país. Sin embargo, a Adél no le importó empaparse: una sensación de horror la hacía ver todo como a través de una nube y empezó a llorar sin darse cuenta; no podía pensar más que en buscar a Germán y preguntarle si era posible, si podía ser cierto lo que había hallado.

Salió de la sala de lectura y bajó corriendo las enormes escaleras del edificio. Abrió su paraguas incluso antes de llegar a la puerta y, una vez afuera, echó a correr hacia la estación del metro. De pronto todo lo que veía le resultaba maligno, amenazador, ajeno a cuanto había sido su mundo: los carteles que cubrían las paredes del andén anunciaban películas de estreno o cremas faciales, los ojos de los pasajeros que la observaban en el vagón, el ruido del tren al frenar o al perderse con un silbido en el laberinto de los túneles.

Media hora después, sentada detrás de la barra, Bernadett la vio entrar al Acapulco con los zapatos y los pantalones empapados y el paraguas recién cerrado chorreando agua. No había nadie más en el lugar: la lluvia había ahuyentado a los clientes. Adél fue directamente a la mesa que solía ocupar Germán, se quitó la chaqueta impermeable, se sacudió el pelo mojado y se sentó de espalda a la pared, dispuesta a aguardar. Pero ese día, precisamente, Germán se había cansado de esperarla y de mojarse inútilmente y decidió quedarse a trabajar en su taller.

Adél ordenó un coñac y encendió un cigarro, tratando de calmarse. Una y otra vez repetía en su mente el diálogo que había imaginado tener con Germán:

—¿Cuál era el secreto del poder de los mexicas?
—No lo sé. No te entiendo.
—Entonces te lo preguntaré de otra manera: ¿de quién venía su poder, de qué dios?
—De Huitzilopochtli.
—¿Y qué les pedía Huitzilopochtli a cambio?
—Sacrificios humanos.

Sí, eso era, no podía ser otra cosa el tesoro que buscaba la sociedad para la cual Claudio trabajaba: el secreto de cómo convertir la sangre en poder. La ciencia del sacrificio humano.

Adél comenzó a reírse sola ahí en la penumbra anaranjada del rincón: una risa espantosa, envenenada, de asesina que contempla incrédula el cuerpo al que ha quitado la vida. Una risa que le causó escalofríos a Bernadett.

Afuera, la noche se desangraba en esa lluvia que no terminaba. Las gotas caían lentas y pesadas, adhiriéndose a lo que tocaban como coágulos negros en cuyo centro agonizaba, encerrado, un punto de luz.

El dragón y la paloma

—¿Quieres que te traiga algo más? —se acercó a preguntarle Bernadett, cuando la vio más calmada.

Adél le contestó, con un movimiento de la mano, que quería lo mismo. La mesera le llevó la copa y todavía se quedó ahí, frente a ella, mirándola. Afuera seguía lloviendo y no había clientes: no necesitaba darse prisa en nada.

—¿Puedo ayudarte? —le preguntó.

—No, gracias.

—¿Es por Germán? —insistió Bernadett, realmente preocupada. Adél iba a contestarle de mal modo, pero la vio —nunca se había detenido a mirarla— y hubo algo en ella que la tocó por dentro y la hizo suavizar su actitud.

—No. No es por Germán —le respondió con una voz queda, como si tratara de no hacerle daño: un dragón acariciando con su ala negra a una paloma. Así lo percibía ella, olvidando en ese momento lo que la sabiduría de Quetzalcóatl le había enseñado: ahí donde parece haber mayor debilidad es donde la fuerza suele ser más grande. La caña, que parece tan frágil, permanece de pie mientras los grandes árboles son arrancados por la tempestad o humillados por el rayo. Incluso —le había dicho el viejo chamán— pasa con las mujeres: cuando más débiles parecen es cuando más poderosas son.

Adél no recordaba nada de eso. Se revolvía herida dentro de su cueva, ardiendo en su propio fuego, mientras la paloma, a riesgo de quemarse, había entrado hasta su mundo de oscuridad creyendo que podía ayudarle.

Ciertamente, desde su mansedumbre, Bernadett aguardaba una respuesta.

—Es por otro hombre —le dijo Adél, finalmente—... mi pareja.

—Pensé que Germán era tu pareja.

—No. Es mi amigo.

Las dos se quedaron calladas durante largos instantes. Sólo se oía el siseo del dragón, que fumaba nerviosamente.

—Bueno —Bernadett rompió el silencio—, ¿pues qué pasa con él?

Adél tardó en responder. Buscaba las palabras. Había perdido su arrogancia de pronto: ya no era un dragón, sino una muchacha asustada que quería que la abrazaran.

—Él... se ha involucrado en algo... que no es bueno.

—¿Es un hombre malo?

—Tiene ambición de poder.

—Los hombres deben ser poderosos. No podrían proteger a las mujeres ni a sus hijos si no lo fueran.

—Es que no me entiendes —Adél volvió a cambiar de tono: otra vez el dragón—. El problema no es el fin, sino los medios —rubricó esta afirmación tomándose de un trago lo que le quedaba en la copa.

Bernadett se levantó a servirle más, sin que Adél se lo pidiera. En realidad quería pensar lo que iba a decirle.

—No te voy a preguntar de qué se trata —empezó al regresar—, ni quiero que me lo digas. Pero, ¿qué estás haciendo aquí?

Adél se le quedó mirando.

—No te entiendo.

—¿Qué haces aquí, en lugar de estar con él?

—¿No me entendiste? Te estaba explicando...

—¿Lo abandonas precisamente ahora, cuando te necesita a su lado para no perderse en el camino?

—¿Qué puedo hacer yo?

—Eso sólo lo sabrás estando con él.

Adél se había quedado muda. No sabía cómo reaccionar a esas palabras.

—Los hombres son seres maravillosos, Adél. Tienen una fuerza muy grande, tan grande que a veces no saben qué hacer con ella y se pierden. Necesitan buscarle un centro a esa fuerza, dirigirla hacia algo que pueda dar vida y hacerla crecer, para que no se vuelva contra ellos. Las mujeres somos ese algo.

Terminó de decir esto y se levantó; dejó a Adél ahí sola, pensando. Pero cuando regresó ya no la encontró ahí: en su mesa sólo había un billete, un cenicero todavía humeando y una copa vacía.

Afuera —Bernadett salió a asomarse— continuaba lloviendo. Ni un ser humano caminaba por la calle oscura.

Visitante nocturna

Era ya de madrugada y Germán Guillén estaba dormido cuando Adél llamó a su puerta.

—Necesito que me ayudes —le dijo la muchacha en cuanto él abrió. Estaba empapada por la lluvia y olía a alcohol y a cigarro. Sin embargo no parecía ebria y, aunque sus ojos revelaban un enorme cansancio, su voz no sonaba quebrantada.

Germán, en pijama, la dejó pasar.

—Ya te oigo —le ofreció asiento en el viejo sofá color azafrán donde a veces, cuando la borrachera no lo dejaba llegar hasta su cama, se quedaba dormido—. Voy a traerte algo para que te seques. Estás empapada.

Fue a la recámara y regresó en seguida con una toalla.

—¿Quieres un café?

Adél asintió. Mientras el hombre iba a la cocina, se secó los cabellos y se quitó las botas, las medias y los pantalones mojados. Subió los pies al sofá y se estiró el suéter hasta cubrir con él sus heladas rodillas, tratando de calentarlas. Se quedó mirando las piezas sin terminar que había sobre la mesa de trabajo, las herramientas, el grillete y la cadena con la estaca que la conectaba a la tierra, el cenicero repleto de colillas.

Así la encontró Germán cuando volvió con dos tazas humeantes que llenaron la habitación de un aroma cálido y remotamente tropical.

—¿Quieres un cigarro? —le ofreció.

—No, gracias. Ya fumé mucho. Estoy asqueada.

El chamán encendió uno para sí y se sentó frente a ella, en un banco de los que usaba para trabajar.

—Pensé que ya no querías volver a verme —le dijo con la intención de provocarla a hablar, porque ella no empezaba.

—He tenido días extraños.

—¿Qué pasó?

—Nada. Necesitaba estar sola, pensar.

—¿No has visto a Claudio, entonces?

—No. Tampoco a él. Te digo que necesitaba estar sola. Necesito que me ayudes.

—¿A qué?

Adél sorbió un poco de su café, con cautela para no quemarse, antes de responder:

—A encontrar el tesoro de Moctezuma.

—Creí que en eso estábamos —le respondió Germán, con una sonrisa ambigua.

—Ahora es diferente. Tenemos que encontrarlo pronto, antes que Claudio, ¿me entiendes?

—¿Te pasaste a la competencia?

—No hagas chistes ahora. Todos estos días los he pasado en la biblioteca, investigando, tratando de atar cabos.

—¿Y?

—Lo que descubrí supongo que ya lo sabías. Es demasiado obvio —Adél hizo una pausa, esperando alguna reacción por parte de Germán, pero no la hubo—. El poder del Imperio Mexica se sostenía en la práctica del sacrificio humano —otra pausa—. Eso era el sostén y el motor de su impulso expansionista. Sus dioses pedían sangre a cambio de favorecerlos. Y lo que era más importante: el equilibrio cósmico se mantenía gracias a la ofrenda de sangre. Sin ésta, el sol se pararía, no tendría ya la fuerza necesaria para salir cada mañana y el mundo moriría, se extinguiría en una noche infinita. Los mexicas eran responsables de que eso no sucediera.

—Continúa, por favor. Te escucho —Germán se dio cuenta de que la taza estaba temblando en las manos de Adél, y ya no era porque le hubiera calado el frío de la lluvia.

—Mejor sí dame un cigarro —le dijo ella, pasándole la taza

vacía y recibiendo a cambio la cajetilla y el encendedor. Luego de la primera bocanada de humo continuó:

—Pero no cualquier persona podía ofrecer un sacrificio.

—Sólo los sacerdotes.

—Efectivamente. El asesinato de un esclavo a manos de otro podía producir sangre, pero esa sangre no generaba poder; había perdido su *chalchíhuatl*, su magia. Era inservible.

—Creo que ya sé por dónde vas.

—Huitzilopochtli no era un dios celoso, como el de los hebreos. Mientras lo tuvieras bien alimentado podías creer en todos los que quisieras. Pero los sacerdotes mexicas sí eran celosos con él: eran su pueblo elegido. Otras tribus también hacían sacrificios, pero a ninguna le habían redituado tanto.

—¡Ya! Ya te entiendo: el tesoro de Moctezuma...

—Era el secreto de cómo convertir la sangre en poder.

—Claro: era el secreto de la construcción de su imperio.

Adél no agregó más. Germán tampoco. Se quedaron callados, fumando. Germán sirvió más café.

—Bueno, y a todo esto, ¿por qué quieres madrugarle a Claudio?

—Para evitar que él encuentre el secreto y lo use para hacer daño.

Germán se quedó pensando. La habitación se había llenado de humo.

—Eres muy inteligente —dijo por fin— y creo que tienes una gran intuición. Todo lo que dijiste acerca del secreto del poder mexica es casi exacto. Sólo te equivocaste en un detalle, que mañana te explicaré porque es largo y ahorita ya es muy tarde.

Adél hizo una expresión de ansiedad, pero no protestó. Se había acostumbrado con Germán a no pedir más información de la que le era dada en el momento.

Él continuó:

—Pero lo que dices de Claudio me parece lógico.

—¿Qué cosa?

—Que lo que él busca es el secreto de cómo convertir la sangre en poder.

—¿Me vas a ayudar entonces?

—Ya te había dicho que sí. Y ahora con más ganas.

—Tendremos que actuar rápido, organizar todo lo que sabemos y lo que podamos encontrar.

—Los húngaros y su sentido práctico...

—Mayor que el de los mexicanos, por lo que he visto —parecía dar por terminada la conversación—. Bueno, ¿puedo quedarme a dormir aquí en el sofá?

Germán se acercó a ella y comenzó a acariciarle las piernas.

—¿Por qué no en la recámara?

—No quiero mezclar las emociones en esto. No vamos a llegar a ningún lado si lo hacemos.

Él iba a insistir, pero comprendió que sería inútil. Por lo tanto se levantó y bostezó largamente.

—Tienes razón. Ahorita te traigo una sábana y una cobija.

—Y una almohada, ¿sí?

Germán fue a buscar las cosas.

—Una pregunta —dijo, luego de que le ayudó a Adél a hacer su cama en el sofá. Seguía con la mano metida en el pantalón del pijama.

—¿Sí?

—¿Quieres que te siga enseñando aun mientras buscamos esto?

—Sí.

—Y otra pregunta más, la última y ya te dejo dormir: ¿todavía amas a Claudio?

Adél se tardó en responder, y al final lo hizo con una sola palabra:

—Sí.

El corazón solar

Germán habría querido levantarse tarde, pero antes de las 9 de la mañana Adél fue a despertarlo. Entró a su cuarto y empezó a hacerle cosquillas con sus cabellos en la nariz.

—¿Qué pasa? —preguntó abriendo un ojo.

—Te traje un café —le dijo la muchacha, coqueta, acercándole a la cama una taza caliente.

Germán le dio las gracias sin mucho entusiasmo y volvió a cerrar los ojos. Adél probó otro recurso: le quitó las cobijas de encima.

—Me quiero dormir.

—No. Me dijiste que me ibas a explicar un detalle sobre el tesoro, pero era largo y ya era muy tarde. ¿Ya no te acuerdas? Me lo dijiste anoche.

—¿Anoche? Querrás decir hace un rato. ¿Qué hora es?

—Las nueve.

Germán se incorporó por fin. Se puso una liga en el cabello y aceptó el café que Adél le ofrecía.

—Está bien. Pero tengo hambre. Vamos a la cocina y te cuento mientras preparas el desayuno.

—Eres un encajoso —protestó Adél, pero fue a ver qué había en el refrigerador que pudiera utilizarse.

—Pues mira —comenzó Germán un minuto después, sentado cómodamente—. De acuerdo con tu teoría, los mexicas fueron siempre un pueblo de bárbaros sedientos de sangre. Pero resulta que no fue así, y no necesito ser historiador como

Claudio para decírtelo. La matanza de seres humanos como ofrenda comenzó durante el reinado de Ixcóatl, quien, como ya sabes, era devoto del mago negro Tezcatlipoca. Y luego Moctezuma I propuso a sus aliados el establecimiento de la *Xochiyaóyotl*, la Guerra Florida, con el fin de obtener más víctimas. Y claro, el imperio fue creciendo como siempre pasa con las civilizaciones militaristas, independientemente de si practican sacrificios o no.

—¿Quieres decir que aun con otra religión habrían llegado a ser así de poderosos?

—Quién sabe. La sangre es una cosa muy misteriosa, muy mágica. Incluso la de animales. ¿Has comido sangre frita o cosas así?

—Alguna vez, hace años.

—Qué bueno que no lo haces más. La sangre guarda el registro etérico de todo el dolor y toda la violencia con que fue derramada. Ese dolor y esa violencia es lo que te estabas comiendo; es lo que se comen quienes consumen alimentos preparados con sangre de animales, como la morcilla, la moronga o la sangre frita. Pero si el derramamiento se hace de manera ritual, entonces el sacerdote puede dirigir la explosiva fuerza de ese acto de violencia hacia un objetivo designado por él mismo.

—Entonces sí puede convertirse la sangre en poder y sí era eso lo que buscaban los mexicas.

—Los mexicas ya habían logrado desarrollarse sin necesidad de sacrificios. Pero cuando empezaron a hacerse poderosos se volvieron soberbios. Ya no querían recordar sus orígenes como pueblo nómada ni la religión lunar que practicaban sus abuelos de Aztlán. Supongo que Hernández Garay te habrá hablado de esto: Ixcóatl mandó quemar los códices y ordenó que la historia volviera a escribirse, en términos distintos.

—Sí —respondió Adél, sentándose al fin junto a Germán para desayunar—. Crearon todo ese discurso de que eran descendientes de los sabios toltecas.

—Exactamente: hicieron que su historia coincidiera con todo lo que se sabía sobre la de los toltecas. Y casi, *casi*, lograron lo mismo con la religión.

—Según Claudio sí lo hicieron: por ejemplo, desarrollaron la mitología de Huitzilopochtli robando sus elementos básicos de la de Quetzalcóatl.

—Pues digamos que no lo hicieron bien.

—Explícame eso.

—Huitzilopochtli no era más que el nombre victorioso de Tezcatlipoca, el gran enemigo de Quetzalcóatl. El primero era el dios más importante de los mexicas; el segundo, de los toltecas. ¿Ves el conflicto que hay aquí?

—Sí.

—El problema que Ixcóatl debió resolver era cómo reclamar su filiación a un pueblo cuyo gran iniciador era enemigo de su dios tutelar.

—Lo asimilaron a su propia religión, como hicieron los romanos con los dioses egipcios y asirios, como hicieron los mismos españoles con los mexicas.

—No sólo eso. Pervirtieron sus enseñanzas con el objetivo de que así se perdieran para siempre. La civilización atlante tolteca se encontraba en un alto grado de evolución espiritual; era un pueblo de sabios que había llegado a conocer y a descifrar los misterios del Universo: la naturaleza de la materia y la energía, los principios de la manifestación y la transmutación. Pero un día desaparecieron, nadie sabe exactamente cómo: si hubo alguna catástrofe natural, los invadieron los bárbaros o simplemente se marcharon de la tierra. El caso es que quedaron abandonadas sus ciudades, todas las ciudades relacionadas con el culto de Quetzalcóatl: Teotihuacan, Tollan, Cholula... sólo algunas de sus enseñanzas sobrevivieron. Éstas habían llegado al rey Ixcóatl por medio de sus asesores y entre ellas se encontraban las que se refieren a la solarización del hombre. Pero Ixcóatl, deseando complacer al tenebroso Tezcatlipoca que así consumaba la victoria sobre su enemigo, las pervirtió instaurando la práctica del sacrificio humano. Los *tlatoanis* que vinieron después continuaron observándola porque, efectivamente, en ella descansaba su poder. Las Guerras Floridas servían en primer lugar para minar el poder militar de los pueblos vecinos. Y de esto surgió el orden político, social y religioso que heredó finalmente

Moctezuma II. Pero él sabía lo que los brujos de Ixcóatl habían hecho con las antiguas enseñanzas. Por eso tenía miedo de que regresara Quetzalcóatl. Por eso no tenía la conciencia en paz y le hizo tantos regalos y concesiones a Cortés. Porque creía que Cortés era Quetzalcóatl e iba a castigarlo.

—¿Entonces la religión original no exigía la práctica del sacrificio?

—Por supuesto que sí. Las enseñanzas de Quetzalcóatl eran muy claras en ese sentido: el hombre tolteca, el hombre de conocimiento, debía sacrificarse, desintegrar su viejo Yo a través del proceso de transmutación y ofrecer su corazón al sol.

—¿Era una metáfora entonces?

—Era un proceso psíquico y espiritual. El proceso en el que estás metida desde que me pediste que te enseñara.

—¡Es increíble lo que me estás diciendo! —Adél había dejado de comer. Ya ni siquiera reparaba en su plato, frío.

Germán, en cambio, había terminado. Los dos se quedaron pensando durante largos minutos, callados. Por la ventana, que daba al patio del edificio, el sol matutino entraba tendiendo sobre la mesa un mantel de luz. Y una abeja se golpeaba contra los cristales buscando la salida. Pero ni Adél ni Germán veían esto. Finalmente fue ella quien rompió el silencio:

—¿Cómo es posible que de una aspiración tan luminosa, tan espiritual, surgiera algo tan horrible?

—Así pasa siempre: donde hay mucha luz hay mucha sombra; donde hay mucha sombra hay mucha luz.

—¿Cuál es el secreto que estamos buscando entonces? ¿Es el mismo que busca Claudio?

—Creo que no. Creo que buscamos diferentes secretos.

Germán iba a continuar explicando esto cuando sonó el timbre de la puerta. Fue a abrir, incómodo de andar todavía en pijama. Adél corrió a la sala por su pantalón, aún húmedo por la lluvia de la noche, y se metió con él a la recámara.

Era Ilich.

La visita le dio gusto a Germán, quien llamó a Adél para presentarla, ya que tanto le había hablado de ella al venezolano. Pero a aquél no pareció interesarle. Estaba muy emocionado con otra cosa:

—¡Encontré una historia de un vampiro! —exclamó— ¡Aquí en Budapest y en este mismo distrito!

—¿Dónde?

—Eso todavía no te lo puedo decir. Primero necesito contarte todo, si me invitas un café.

Adél prefirió retirarse a la recámara. No le había caído bien ese tipo, que hablaba con Germán como si ella no estuviera presente. Además le chocaba esa costumbre de los extranjeros de relacionar Hungría con vampiros o con gitanos.

Hizo la cama, que Germán había dejado en completo desorden, y se acostó boca abajo sobre las mantas. Hasta ella llegaba la voz de Ilich, con un lejano color caribeño.

—En realidad no estoy seguro de que fuera un vampiro, pero una vaina muy negra se traía y bien pudo serlo. Era un aristócrata llamado Zoltán Daruka, que habría pasado a la historia como el primer asesino serial de la Hungría moderna de no ser porque las influencias de su familia lo impidieron. Su carrera comenzó en 1896. ¿Recuerdas qué sucedió en ese año?

—¿Las celebraciones del milenio de cuando las tribus magiares llegaron a ocupar la cuenca de los Cárpatos?

—Sí. Ya sabes: fue una cosa muy grande, con inauguraciones de grandes obras, desfiles, todo eso. Asistieron como diez millones de personas, que para esa época era algo extraordinario, y entre ellos había muchos extranjeros. Tú sabes cómo era la vida en ese entonces en todas partes: la idea del progreso, la industrialización, el nacionalismo. Todo eso produjo mucha locura. Y bueno, este Daruka veía las fiestas desde los balcones de su palacete y empezó a sentirse horrorizado de ver tanto gitano, tanto judío, tanto eslavo... además el ejercicio de la prostitución se había vuelto ya un mal social en Budapest, y con el negociazo que significó la llegada de miles de turistas, las chicas no se daban abasto. Ya no fue posible mantenerlas controladas en la «tierra de los ángeles», como tan poéticamente llamaban al distrito rojo; se apropiaron de la ciudad. Daruka sintió que estaba viviendo en Sodoma o en Gomorra y se dio a la tarea de emprender una limpieza étnica: comenzó a matar mujeres, todas inmigrantes o de las minorías.

—¿Fue algo así como el Jack el Destripador húngaro?

—Sí, pero Daruka no las dejaba abandonadas en la calle. Las llevaba a su casa y parece ser que ahí les sacaba toda la sangre.

—¿Para qué?

—No lo sé. No hay información sobre eso. Pudo haber sido un vampiro.

—O quería la sangre para otra cosa.

—Es curioso: el tipo venía de una familia noble; entre sus antepasados ilustres estaba el conde de Saint Germain, un sabio alquimista que dedicó su vida a hacer el bien a la humanidad. Este Daruka sabía de sus enseñanzas. ¿Qué hizo con ellas?

—¿Qué hizo con ellas? —repitió Germán en voz baja, casi aterrado. Y luego de unos instantes de silencio le preguntó a Ilich:

—¿Vamos a ir a ver esa casa?

—Para eso vine por ti.

—Voy con ustedes —anunció Adél, saliendo inopinadamente de la recámara.

La casa del vampiro

En la calle, el día estaba nublado y se sentía que iba a llover otra vez. La gente llevaba paraguas, y en los cafés al aire libre las mesas parecían abandonadas. El verano quedaba atrás.

Adél, Ilich y Germán se fueron caminando por calles que les eran harto conocidas, como si en lugar de ir a explorar un lugar nuevo hubiesen ido a tomarse una copa al Acapulco. Cuando dieron vuelta en una esquina, Germán presintió que se dirigían al edificio negro donde *siempre* estaba una anciana cuidando la puerta. Olía el peligro o algo muy oscuro ahí, pero su curiosidad fue más fuerte.

Efectivamente, ahí iban. Efectivamente, ahí estaba la anciana pidiendo limosna. Ilich se adelantó y le pidió en húngaro que los dejara pasar.

—No vive nadie aquí —le respondió la mujer. Uno de sus ojos era muy pequeño y al parecer ya no veía nada; el otro estaba lleno de odio.

—Sólo vamos a mirar el edificio —insistió Ilich.

—No pueden pasar. Está cerrado.

Adél y Germán observaban desde atrás, sin intenciones de intervenir. Ilich no le hizo caso a la anciana: empujó la puerta, que ciertamente estaba cerrada. Pero la cerradura era muy vieja y tal vez hubiera sido posible abrirla. Sin embargo, la guardiana se puso de pie, enfurecida.

—¿Qué buscan aquí? Ustedes han de ser ladrones. Váyanse. Váyanse ya. No voy a permitir que roben nada en este lugar

—comenzó a gritar blasfemias y toda esa clase de improperios que en Hungría se conocen como «oraciones de húsar».

Adél le dirigió a Germán una mirada suplicante, que no le dejó más remedio que intervenir.

—Vámonos. Podemos regresar otro día —le dijo a Ilich en español, para que la vieja no entendiera, pero ella siguió gritando. Y siguió gritando aun cuando ellos ya estaban lejos, al fondo de la calle.

—Demonio de vieja —exclamó Ilich, sofocado por la ira.

Era ya casi la una de la tarde y tenían hambre. Echaron a andar en busca de algún restaurante no muy caro. En el Burger King de Blaha Lujza, un póster con la foto de un campesino mexicano de la época de la Revolución anunciaba hamburguesas picantes.

Finalmente entraron a un lugar donde vendían *gyros*: carne condimentada y asada de manera muy similar a como se hace en México la carne al pastor. Ahí estuvieron un par de horas, y luego Ilich insistió en que volvieran al edificio negro, a ver si la anciana ya se había ido. Pero desde la esquina se dieron cuenta de que seguía ahí. En un rato empezaría a llover, y con menos ganas abandonaría su refugio en el vano de la puerta.

Con las primeras gotas, llegaron al Acapulco. En el transcurso, la relación entre Ilich y Adél no había mejorado: ella se veía tensa. En algún momento, mientras el venezolano iba al baño, le había explicado a Germán:

—No me inspira ninguna confianza. Es alguien que no quiere a la gente, y los hombres así pueden ser crueles si ven la oportunidad.

Sin embargo se quedaron en el bar hasta que terminó de llover, ya de noche, y entonces salieron a caminar por las calles solitarias del barrio. Acurrucado en el vano de una puerta, un indigente canturreaba con voz muy vieja: *Jaj, de sokat áztam-fáztam katona koromban...*: «¡Ay, cuánto padecí la lluvia y el frío cuando era soldado!»

—Qué canción tan bella —comentó Adél, deteniéndose un momento para escucharlo. Iba a separarse del grupo para irse a su casa, pero Germán le dijo a Ilich que se adelantara y fue a alcanzarla. Le pidió que pasara otra noche con él.

—No es lo que piensas —le explicó al verla dudar—. Necesitamos hablar de algunas cosas y hacer un pequeño viaje.

—¿Adónde?

—A la casa del vampiro.

Adél comprendió que, si Germán había utilizado la palabra «viaje», en vez de decir simplemente «Vamos a regresar al edificio negro», era porque no se refería a ir caminando. Y aceptó dormir con él sin dudar más, aunque poniendo una condición:

—Pero mejor nos quedamos en mi casa. Necesito cambiarme de ropa.

Las casas paralelas

«Relaja tus piernas», escuchaba Adél, en su mente, la voz de Germán. «Las sientes cada vez más ligeras, van perdiendo peso, se vuelven ingrávidas...» Habían hecho ese ejercicio juntos varias veces, hasta que Adél aprendió a hacerlo sola. «Relaja ahora tu cintura, tu espalda. Ya no pesan. Es como si flotaran sobre la cama. Ya no sientes las sábanas en tu piel, sólo el aire sostiene. Relaja tu cuello, tu cabeza, que se ha convertido en una burbuja de luz. Relaja los músculos de tu cara: tu frente, tus párpados, tus labios...» Eso era: relajarse completamente, respirar como si estuviera dormida, no distraerse con pensamientos, pero tampoco luchar contra ellos, dejarlos fluir sólo... ése era el primer paso. Sin embargo, a Adél le estaba resultando muy difícil. Se encontraba exhausta por todo lo que había vivido en esos días, y no podía evitar que sus pensamientos la perturbaran y la devolvieran a la tierra. Pensaba en Claudio, en Germán, en Bernadett, en su propia vida que ahora le parecía tan incierta. Además tenía miedo de quedarse dormida durante el ejercicio y que Germán se fuera sin ella. O hacer el viaje dormida, como ya le había ocurrido, y luego no saber si lo que vivió era realidad o era un sueño. Quiso hacer un esfuerzo, pero recordó que no debía esforzarse; debía fluir solamente, volverse ligera, ingrávida... cuando sintió que lo había logrado cambió la respiración. «Es como meter segunda», le había dicho Germán. Sintió cómo la sangre llevaba por sus venas, a gran velocidad, una luz hecha de partículas doradas y cristalinas. Luego dejó de sentir. Le parecía que su cuerpo se había disuelto en la oscuridad de la habitación.

Abrió los ojos, se incorporó y dio unos pasos hacia su escritorio, que se hallaba pegado a la ventana. Ahí estaban unas fotocopias de un libro que había sacado de la biblioteca, una taza con el logo de su universidad llena de lápices y plumas, una plantita, una vela color turquesa, un portarretratos con la foto de Claudio... se volvió hacia la cama, donde su cuerpo dormía plácidamente. «Tengo un barro espantoso en la mejilla», pensó. En ese momento, Germán cruzó la puerta cerrada:

—¿Lista? —le preguntó con una voz que sólo ella habría podido escuchar.

Adél asintió.

Salieron por la ventana.

De haber estado despierta, tal vez habría sentido la anciana cuando los dos cuerpos visitantes entraron al edificio: una casi imperceptible vibración en el aire nocturno. Pero se hallaba dormida, acostada a todo lo ancho de la puerta, quizá previniendo que los tres malhechores de la mañana pudieran regresar.

Adentro, tal como la vieja había dicho, no parecía vivir nadie. En las habitaciones, llenas de polvo y telarañas, había muebles que alguna vez debieron ser suntuosos, pero el largo abandono los había destruido. Había también muchos libros, cuadros de caballos o con escenas de la vida rural húngara. Todo ello parecía envuelto en una fosforescencia rojiza que los ojos del cuerpo físico no habrían notado. Era una cosa opresiva, angustiante. Adél sintió el impulso de salir de ahí y volver a su cuerpo.

—¿Por qué se ve así todo?

—Ya te lo he explicado: los objetos guardan los registros etéricos de las acciones humanas. Ahí está todo. El olvido no existe en el mundo invisible. Si no me crees, acércate a cualquiera de estos objetos y tócalo: te llegarán imágenes de lo que ese objeto presenció. Pero antes que lo hagas déjame decirte que puede ser una experiencia muy desagradable, y si no la soportas volverás en un segundo a tu cuerpo y despertarás gritando.

—¿Qué es lo que hay o hubo aquí?

—No lo sé. Pero mira ese halo como de sangre que tienen todas las cosas.

—¿Qué es?

—Aquí tuvieron lugar actos de crueldad. Y el dolor que causaron no ha desaparecido: está aquí, impregnando los objetos, las paredes: un grito que no termina. Toca cualquier cosa y lo oirás como si te hubieras puesto unos audífonos.

—Vámonos de aquí, Germán, te lo suplico.

—Espera. Vamos a movernos a otro plano.

—¿Qué quieres decir?

—Ya te lo dije: nada se borra. Encontramos estos registros porque están anclados en objetos que todavía tienen un correspondiente en el plano físico. Pero debajo de ellos hay otros. Quiero verlos. Aumenta tu frecuencia vibratoria y sígueme.

Adél obedeció y de pronto, sin haberse movido, se encontraron en otro lugar, un lugar completamente distinto aunque el edificio parecía ser el mismo. Una luz diurna y suavemente violácea, de mañana primaveral, entraba por las ventanas y bañaba los muebles, ahora de mármol y oro. Del jardín llegaba el sonido de una fuente, un sonido de agua que cayera llevando en su corriente miles de pequeños cristales.

Adél y Germán se quedaron ahí mucho tiempo, aunque en el mundo físico habrían sido sólo unos minutos. Estuvieron mirando las cosas en todas las habitaciones del palacete, sintiéndolas con sus manos inmateriales, bañándose en esa claridad aurilila que tenía el poder de limpiar todo cuanto tocaba.

Cuando finalmente salieron, Adél estaba ansiosa por comentar la experiencia, pero Germán le indicó que sería mejor hacerlo en sus cuerpos físicos. Ella aceptó. Dos fuegos fatuos cruzaron rápidamente la noche de Budapest.

Adél despertó en la mañana con una maravillosa sensación de frescura en todo el cuerpo, relajada, llena de energía. Se levantó enseguida y fue a ver a Germán, quien dormía en la sala.

—¿Fue verdad? —lo despertó— ¿Realmente estuvimos ahí? ¿Vivimos todo eso?

—Tengo la impresión de que sí, pero no estoy seguro de qué es lo que recuerdas.

—No seas tonto. Lo del edificio en ruinas: la casa del vampiro y la de Saint Germain.

—Bueno, eso sí fue verdad.

—¿Pero cómo es posible estar en dos lugares distintos dentro del mismo espacio? Dijiste que me ibas a explicar todo cuando regresáramos.

—El espacio y el tiempo, como se sabe desde que Einstein hizo su teoría, son relativos. De hecho son la misma cosa: el espacio-tiempo. No existe sino en tanto que la materia se manifiesta en él. Es lo que en el hinduismo se llama el plano de *maya*: la ilusión, y en la Edad Media se conocía como el mundo sublunar. Por su misma naturaleza es flexible: se puede estirar o encoger. Y lo más interesante es que esto que llamamos el Universo se encuentra atravesado por un número infinito de líneas espaciotemporales. Cuando podemos pasar de una a otra entramos en la quinta dimensión. Es posible hacerlo, pero hay que encontrar los puntos de cruce, las puertas dimensionales. Durante el viaje que hicimos pasamos por una de esas puertas, estuvimos en dos espacios paralelos. El primero —la casa del vampiro— pertenece al mismo plano de realidad en el que estamos ahora: es el edificio material tal como lo verías si entraras ahí con tu cuerpo físico; lo único digamos extraño es la intensidad con que las bajas vibraciones se manifiestan ahí: toda esa energía negativa, esa aura de la sangre. El segundo espacio, visto desde aquí, es una interpolación etérica; visto desde su propia dimensión, es un lugar tan real como tu apartamento o el mío. No lo afecta en absoluto el que su línea espaciotemporal se cruce con la nuestra en ese punto que es la casa del vampiro. En México también hay muchos lugares así; hay pirámides y templos etéricos en el Zócalo, en Teotihuacán, en Chichén Itzá, en el Tepozteco, en los lagos de Montebello...

—¿Es posible visitarlos?

—No todo el tiempo están abiertos. Y no a todos se puede entrar: algunos de ellos están ocultos, en otros es necesario ser admitido: pasar alguna prueba.

—¿Por qué?

—Porque ahí se guardan enseñanzas que no pueden revelarse a cualquiera.

—¿Como las de Saint Germain?

—Sí. Como las de Saint Germain.

—Pero, ¿qué buscaba él?

—Buscaba la transmutación alquímica de las cosas negativas: la violencia, las pasiones desordenadas, el pecado, el *karma* o como se le quiera llamar a esa inmundicia invisible que se nos va adhiriendo cuando gravitamos hacia lo oscuro.

—¿Como lo que limpiaba Tlazoltéotl entre los mexicas?

—Más o menos. No andas tan errada en tus asociaciones. Saint Germain llegó a una conclusión que coincidía en mucho con las creencias de los mexicas: que el amor puede destruir toda la porquería y convertirla en luz. Sí, esta idea se encuentra detrás del culto de Tlazoltéotl. Ella era la diosa del amor, pero de la cara oscura del amor, a diferencia de Xochiquetzal, que presidía sobre las relaciones diurnas y limpias de los novios y los esposos. Tlazoltéotl cobijaba a las prostitutas, a los adúlteros, a los que queman cuando aman. Y paralelamente a ésta, tenía otra función: con ella se confesaban los moribundos para que los limpiara de sus malas acciones. Supongo que a esto te refieres. Por eso se le conocía como «la comemierda». Ella recibía sobre sí la inmundicia de los hombres, que así podían irse limpios al Mictlán. Ahora bien, una persona que, como Saint Germain, ha indagado y llegado a conocer los principios de la alquimia espiritual, puede llevar a cabo el proceso inverso: convertir la luz en tinieblas. Daruka sabía esto, seguramente. Debió de haber sido un gran estudiante de las enseñanzas de su antepasado y las pervirtió convirtiéndose en un vampiro: alguien que tiene el poder de robar la vida de los demás y usarla para nutrir su propia oscuridad.

—¡Increíble! Eso es exactamente lo que hizo Tezcatlipoca con las enseñanzas de Quetzalcóatl.

—Así es. No puede ser casualidad el que Daruka utilizara una cánula para desangrar a sus víctimas, tal como lo hacían los sacerdotes aztecas.

Adél guardó silencio. En la sala-cocina-comedor de su pequeño apartamento sólo se oía el tictac de un viejo reloj de cucú y, más lejano, el rumor de la estación de autobuses que se hallaba frente al edificio.

—¿Quién es la vieja que cuida la puerta? —volvió a hablar finalmente.

—Ella no tiene ninguna relación con esa historia. Siente apego por ese lugar porque es afín a su propio nivel de vibración: algo terrible habrá vivido.

—¿Tú crees que nuestro tesoro se encuentre en uno de esos templos etéricos?

—No lo sé. Tal vez no esté en un templo sino en un archivo. Y en ese caso será mucho más difícil entrar. Los archivos etéricos se abren sólo en determinadas fechas, a veces cada mil años o algo así, coincidiendo con alguna conjunción planetaria.

—¿Cuándo vamos a empezar a buscarlo, Germán?

—Ahora mismo, ¿qué te parece?

—¿Ya, en este instante?

—Sí, ya. ¿O estamos esperando algo?

—Muy bien. ¿Por dónde empezamos?

—Empecemos por reunir la información. Yo tengo la clave por la cual los compinches de tu novio asesinaron a un hombre.

—Yo tengo otra, que Claudio me dio —presumió Adél, entusiasmada—. Acaba de descubrirla y tal vez hasta sea la misma. Se trata del calendario azteca.

—¿El calendario azteca?

—Sí, ahí está la punta del hilo. Pero no tenemos más que eso.

—Con eso es suficiente. Vamos a mi taller ahora mismo. Bueno, primero desayunamos algo y luego vamos. Necesito mostrarte algo.

—¿La clave que te dio la viuda?

—Veo que estás al tanto de todo. Efectivamente, eso quiero mostrarte.

Desayunaron rápido y en seguida salieron hacia la estación del metro. Media hora más tarde llegaban al taller de Germán.

—Mira —puso en las manos de Adél la cajita que le había entregado la viuda, aún envuelta en papel para regalo.

Adentro había una pequeña reproducción del calendario azteca hecha en plata de Taxco, con cada detalle trabajado en finísimas incrustaciones de turquesa y otras piedras semipreciosas.

La Piedra del Sol

—¿Qué vamos a hacer con esto? —preguntó Adél— ¿Para qué nos sirve?
—No lo sé.
—Ya investigué en la biblioteca y en la internet todo lo relacionado con el calendario azteca.
—¿Hallaste algo interesante?
—Bueno, interesante encontré muchas cosas.
—¿Como qué?
—La Piedra del Sol era mucho más que un calendario, aunque ahora se le conoce así. Era un instrumento de cálculo, un sistema oracular...
—¿Viste alguna referencia a las bisagras dimensionales?
—¿Qué es eso?
—Eso está relacionado con lo que estamos buscando. El calendario azteca era todo lo que dices, pero además tenía otra función: la de ayudar a los sacerdotes y a los guerreros a moverse entre dos modos de percepción del tiempo: el solar y el lunar. El tiempo lunar, femenino y plateado, es más flexible que el tiempo solar: masculino y dorado, y por lo tanto facilita el desplazamiento de la conciencia entre distintas dimensiones. Como lo que hemos hecho tú y yo.
—Sigue. Te estoy entendiendo.
—Al observar el calendario, habrás notado que, alrededor del sol central, hay un primer anillo donde se encuentran las cuatro eras macrocósmicas, los cuatro soles...

—Nahui Ollin.

—Sí. Alrededor de este anillo va el segundo, donde están representados los glifos de los veinte días solares, que para fines de cálculo se organizan en trecenas: trece meses lunares.

—Ya, pero ¿cómo puede ayudarnos eso?

—No lo sé. Podría señalar de alguna manera la ubicación del templo que buscamos. Pero además hay otra cosa.

—¿Qué?

—El calendario era también un instrumento para que los iniciados pudieran conectarse con la conciencia superior. Fíjate: en cada ciclo señala el punto astronómico en que la órbita de la Tierra coincide con la de Venus, creando un puente etérico entre los dos planetas.

—¿Por qué Venus?

—Venus era el planeta más importante de la cultura atlante tolteca. Era la estrella de la mañana, encarnada en la Tierra en la figura de Quetzalcóatl, y se suponía que de allá venía toda la sabiduría de este pueblo.

—Pero, ¿cómo se puede encontrar una pista en todo eso?

Germán no tuvo respuesta.

—¿No te dijo nada la viuda? —insistió Adél— ¿No sabes hasta dónde había llegado su marido?

—Ella no quería hablar mucho: tenía miedo.

—No quería hablar mucho... eso quiere decir que sabía algo.

—Estaba asustada, te digo. Tenía miedo de que la estuvieran siguiendo.

—Necesitamos hablar con ella, Germán. ¿Es posible llamarla por teléfono? ¿Tienes su número?

—No estoy seguro. No hemos vuelto a comunicarnos.

—Vamos a buscarla. Tal vez ya se le haya pasado el miedo.

Germán tenía muchas cosas viejas amontonadas por todas partes: en estantes, en libreros, en el ropero, en cajas de cartón amontonadas bajo la mesa de trabajo. El número telefónico de la viuda, en caso de hallarse todavía entre esas cosas, debía de estar en una agenda de 1995 o 1996. Comenzaron a buscarla en donde había papeles y entre los libros. Pero no había nada más que basura: folletos turísticos, invitaciones a eventos culturales, programas de mano de conciertos, tarjetas, fotocopias de materiales que alguna vez había necesitado Germán... Adél se puso a buscar hasta en los bolsillos de la ropa vieja.

Era ya de tarde cuando decidieron dar por terminada la búsqueda y prepararse algo de comer. Después tomaron una siesta, arrullados por el sonido de la lluvia que caía afuera. Despertaron en algún momento, hicieron el amor, volvieron a dormir. Es decir, Germán volvió a dormir; Adél no pudo: se arrepentía de haber dejado que eso pasara otra vez porque estaba confundida, no había tomado aún una decisión respecto a Claudio. Además no quería distraerse de la misión que había emprendido. Si mezclaban las cosas no iban a funcionar como equipo. Y pensaba también en el calendario azteca: evidentemente era el punto de partida correcto. ¿Si no cómo se explicaba esa coincidencia, de que tanto la viuda como Claudio hubieran llegado ahí? Pero, ¿por dónde iba el camino a seguir?

—Germán... —dijo cuando sintió que el hombre cambiaba de posición para abrazarla. Había oscurecido.

—¿Sí? —Germán se movió hacia la orilla de la cama y encendió la lámpara del buró.

—¿Y si vamos a México?

—¿Qué dices?

—En algún momento tenemos que ir. No es posible hacer esta búsqueda desde aquí.

—¿Y qué vamos a hacer allá?

—Buscar a la viuda, para empezar. Ella debe saber algo más. Su marido habrá dejado algún documento, notas por lo menos. Ella puede ayudarnos a reiniciar la búsqueda en el punto donde él la dejó.

—Tienes razón. Pero, ¿qué voy a hacer con mis alumnos? Tengo cuatro: dos niños muy aplicados, una adolescente y una siquiatra.

—Diles que sólo serán unas vacaciones. Si están contentos contigo, entenderán y no se van a buscar otro profesor.

—¿Y de dónde vamos a sacar dinero para el viaje? Yo no tengo tanto.

—Yo sí. Guardé todo el dinero de la beca que me daba la universidad. Son mis ahorros.

Germán tardó en responder.

—Está bien.

—Sólo una cosa: no quiero que este viaje sea una luna de miel. ¿Me entiendes?

—Sí.

—¿Me prometes que así será?

—Te lo prometo: nada de calentura de ahora en adelante. Dormiremos como hermanitos.

—Mañana vamos a la agencia de viajes entonces.

La Luna Negra

Al día siguiente, a la misma hora en que Adél y Germán miraban la lluvia por los ventanales de la agencia de viajes, esperando a que un empleado se desocupara y los atendiera, Claudio Hernández Garay recibía en el aeropuerto de Ferihegy a su amigo Juan Manuel Toscano, quien iba de vacaciones con su esposa y su hijo de diez años. De ahí los llevó a su apartamento, a que dejaran su equipaje y se instalaran, y luego, mientras la señora y el niño curioseaban en las tiendas de la calle Váci, los dos hombres se fueron a comer a un restaurante porque el gordo se moría de hambre.

—Bueno —dijo cuando terminó de contarle a Hernández Garay los pormenores de su viaje, ya reanimado por la cerveza y la carne a la tártara—, ¿y tú cómo has estado? ¿Cómo van las cosas con tu vampira?

—Pues a veces mal y a veces bien, como todas la relaciones.

—Así contesta uno cuando van mal.

Hernández Garay hubiera querido no hablar de eso, pero llevaba varias noches de no dormir bien por estar pensando en Adél y necesitaba sacarlo.

—No nos hemos visto desde hace casi dos semanas ni me ha hablado.

—¿Y eso?

—Tenemos diferentes maneras de pensar.

—No le habrás contado de nuestras cosas.

—Algo he tenido que decirle. Si me está ayudando es inevitable, ¿no crees?

—Venía leyendo este libro en el avión —comentó el gordo como si fuera a cambiar el tema—. ¿Lo has leído?

Era un volumen en inglés: *The Midrash and other Hebrew Sources*, de J. Yitzhaq.

Claudio negó con la cabeza:

—No sabía que estuvieras tan interesado en la cultura hebrea.

—Un médico debe estudiar la enfermedad. Este libro cuenta la historia de Lilith.

—¿La primera mujer de Adán?

—Sí, ¿conoces la historia?

—No. Sólo he oído que existió antes que Eva y luego se convirtió en demonio o algo así.

—Te la voy a contar. Después de separar la luz de las tinieblas, la tierra de las aguas, etcétera, Dios creo a los seres vivos y luego tomó un puñado de polvo; con esto creó a Adán y todavía le alcanzó para hacerle una compañera: Lilith. Cuando la pareja despertó del sueño de la creación, Adán quiso montar a Lilith, pero ella no se dejó: «¿Por qué no te quedas quieto y me dejas que me suba yo? —le dijo—. No quiero ser la que quede debajo». «Pero tienes que obedecerme: eres mi esposa». «Por supuesto que no: fuimos hechos de la misma manera, con la misma sustancia, y no tengo por qué obedecerte». Y se volvió a dormir. Adán, por supuesto, se puso como fiera: ¿cómo que no le iba a obedecer? ¡Para eso se la había dado Dios! La despertó y comenzó a reclamarle. Estuvieron peleando hasta que la mujer, harta de él, lo dejó haciendo su rabieta y se fue a dar una vuelta por el Jardín. Adán se quejó con Dios. Y Dios, dando la primera muestra de solidaridad masculina, mandó a dos ángeles a que fueran a buscar a Lilith y le enseñaran a obedecer a su marido. Estos dos tontos la estuvieron buscando por todas partes y sólo después de mucho la encontraron; estaba bañándose en la playa. Le dieron el mensaje: decía Dios que regresara con Adán y le obedeciera. Ella se burló. Los ángeles tenían toda la intención de someterla a la fuerza, pero no podían meterse al agua, a riesgo de que se mojaran sus alas y luego no pudieran volar. Así que se sentaron en una roca a esperar. Lilith les gritó:

«Mejor no se cansen. Prefiero quedarme aquí y ser devorada por una bestia marina, que regresar con Adán». Los ángeles comprendieron que hablaba en serio. Volvieron al Cielo y le dieron razón a Dios de cuanto había pasado. Él sintió que hervía en toda su divina cólera y tuvo deseos de aniquilar a su mala creatura. Pero aún no existía la Muerte.

—No se había cometido el Pecado Original.

—Así es. Y como Dios mismo no podía estar por encima de su propia Ley, lo único que se le ocurrió hacer fue expulsar a Lilith del Paraíso; es decir, enviarla al reino del Caos, los dominios de Satán. Ahora bien, Satán era tan omnisciente como Dios y había seguido con interés el desarrollo de los acontecimientos en el Jardín. La personalidad y el temperamento de Lilith le habían fascinado y, como estaba seguro de que tarde o temprano Dios iba a hacer lo que hizo, había tomado la decisión de hacerle un gran recibimiento. Y ciertamente, en cuanto llegó, Lilith recibió el título de Luna Negra y fue coronada reina de la Noche: Lilith Malkah ha-Shadim, la versión hebrea de Perséfone y de Mictlancíhuatl.

—¿Y qué pasó con Adán?

—Quedó desconsolado y frustrado. Bueno, el pobre ni siquiera había podido hacer uso de sus derechos conyugales. Lloró tanto que volvió a quedarse dormido, como bebé. Dios se apiadó de él y decidió hacerle otra compañera, pero esta vez con cuidado. Estuvo pensando: tenía que hacerla de alguna parte del mismo Adán, a fin de que fuera subordinada y dependiente. Pero, ¿de dónde?, se preguntaba. De la cabeza no, porque sería más inteligente que su esposo; de los ojos no, porque iba a ser lujuriosa; de la boca no, porque sería murmuradora; del corazón no, porque sería celosa; del hígado no, porque sería gruñona; de las manos no, porque sería violenta; de los pies tampoco porque iba a ser vagabunda. ¿De dónde entonces? De una costilla, decidió por fin; así sería humilde y recatada.

—Muy interesante.

—Espera. Todavía no termina la historia. Mientras esto sucedía en la Tierra, Lilith ya estaba ansiosa por entrar en funciones como demonio. Príncipe de los Súcubos, era el título que le había dado Satán.

—Querrás decir Princesa.

—Príncipe. Los demonios, como los ángeles, no tienen sexo. Pero los demonios sexuales, cuando deciden tomar forma humana lo hacen de una manera espectacular.

—Bueno, continúa con la historia.

—Sí. Recordarás que, después de Caín y Abel, Adán y Eva tardaron mucho tiempo en procrear a Set. Durante este tiempo estuvieron separados, vagando cada uno por su lado. Dice la tradición que tuvieron relaciones sexuales con demonios, Eva con Samael, y Adán con Lilith. De estos adulterios nació una raza de humanos malignos: los que fundaron las primeras ciudades, aquellos de quienes Caín temía que lo mataran. Y de ellos también nacieron los titanes a quienes Dios quiso destruir con el Diluvio.

—Que supongo no eran gigantes en el sentido literal.

—No. Eran titanes en el sentido nietzscheano: voluntades enormes y revolucionarias.

—Por eso Dios quiso exterminarlos.

—Efectivamente. Pero no lo logró del todo. En el momento de subir al Arca, una de las nueras de Noé ya estaba embarazada de un hombre de la raza maldita con quien había cometido adulterio. Llevaba en su vientre la semilla del Mal.

—Y así le ayudó a sobrevivir hasta ahora.

—Sí, es el Mal que nos aleja de lo solar y nos atrae hacia lo nocturno, lo orgánico, lo acuático. El poder desintegrador de la feminidad.

—El poder de Lilith.

—Así es. Las mujeres se dividen en dos clases: las hijas de Eva y las hijas de Lilith, las que nos llevan a la Luz, como Beatrice llevó a Dante, y las que nos llevan a la Sombra.

—¿Y los hombres?

—Los hombres también: hay hijos de Adán y hay hijos de puta.

Hernández Garay guardó silencio. El gordo Toscano concluyó:

—Ya sabes por qué te conté esta historia, ¿verdad? Mira bien de quién te enamoras.

—Bueno —respondió Claudio, molesto—, cambiemos de tema.

—Sólo quería ayudarte.

—Está bien. Cuéntame, ¿cómo van las cosas allá?

—De maravilla. La semana pasada celebramos una ofrenda... de acuerdo con el rito antiguo.

—¿Qué quieres decir? —interrogó Claudio, presintiendo la respuesta.

—Una ofrenda, te digo. A nuestra madre Coatlicue, para darle las gracias por tanta abundancia que nos ha mandado.

—¿Mataron a alguien?

—Hicimos un sacrificio.

Claudio trataba de disimular, de actuar como si todo eso fuera normal para él, pero no se sentía bien. Llamó al mesero y le pidió un coñac.

—¿Quién fue la víctima?

—A Coatlicue se le ofrecen mujeres jóvenes.

—¿De dónde la trajeron?

—De la calle. ¿Qué importa eso?

Hernández Garay no dijo más. Cuando entró a la Orden, hacía ya varios años, todo era diferente. Parecían una sociedad pequeña, idealista, que quería trabajar por el bien del país. Al menos eso les decían a los neófitos, a quienes como él se habían acercado sin considerar cuáles podían ser las últimas consecuencias de esa militancia. Luego comenzó a subir en la jerarquía, y los altos Maestres le revelaron otras ambiciones. Las apoyó todavía. Incluso llegó a creer en ellas: la restauración del Imperio Azteca. Pero cada vez se volvían más radicales. Ya querían aliarse con otros ambiciosos y hacer una guerra de conquista. Y ahora esto...

Como si hubiera entendido lo que estaba sintiendo, Toscano trató de animarlo:

—Escogiste un país muy inspirador para venirte a vivir, Claudio —le dijo—. El espíritu de la Cruz Flechada te dará la luz necesaria para no perderte en el camino.

La sombra de la Cruz Flechada

La familia Toscano pasó dos semanas en Hungría, la mayor parte del tiempo viajando por distintas ciudades, visitando castillos, ruinas, balnearios. Claudio les prestaba su coche para esas excursiones. No le molestaba tener que usar el transporte público; al contrario, le parecía más rápido y muchas veces más cómodo: no tenía que concentrarse en conducir, podía pensar en sus cosas, se sentía relajado. Sólo volvía a ponerse tenso cuando sus huéspedes volvían a Budapest, que era su base de operaciones. Entonces tenía que hospedarlos en su casa, con la consiguiente obligación de atenderlos, platicar con ellos y llevarlos a conocer la ciudad. En otras circunstancias, no le habría pesado nada de esto: Amelia y el niño le caían bien. Pero con el gordo se sentía cada vez más incómodo. Había roto la primera regla de un caballero águila: no mostrarse herido; no dejar que nadie, ni siquiera los amigos, tuviera la oportunidad de usar sus heridas para sacarlo de su centro. Se había rajado. Ahora el gordo podía ir a decirle al Gran Maestre que ya no se podía confiar en él.

Aquella mañana, mientras iba en el tranvía cruzando el Danubio por el puente Margit, Claudio pensó angustiosamente en Adél: ¿dónde estaba? Ya no quería verlo, eso era claro. ¿Andaría con Germán, entonces? ¿Por qué no se lo decía de una vez? Él entendería. Entendería que Adél se había desilusionado u horrorizado de él. Él mismo sentía horror de pronto. «Ya somos todo lo que aborrecimos cuando teníamos veinte años», decía José Emilio Pacheco.

Volvió a pensar en Juan Manuel Toscano, en el Gran Maestre, en todo lo que era la Orden, en los sacrificios. ¿Eran realmente necesarios? ¿Por qué? Buscaban a las víctimas entre los sectores más vulnerables de la sociedad: las obreras de las maquiladoras, los niños de la calle, los vagabundos... todos aquellos por los que antes había luchado. Cerró los ojos y sintió que la luz que llegaba hasta ellos a través de los párpados estaba roja de sangre. Pero luego, como un regalo tranquilizador que le vino de lo Alto, su mente se llenó con los tonos verdes y turquesa de la imagen de Quetzalcóatl: el dios sabio que tenía la prudencia de la serpiente y la sencillez de la paloma, el dios amoroso que sólo pedía sacrificios de mariposas.

El movimiento de algunos pasajeros apretujándose hacia las puertas lo hizo abrir los ojos. Limpió con la palma de la mano los cristales de la ventanilla, empañados por la lluvia, y miró hacia la avenida. La próxima era su parada. Iba a encontrarse con los Toscano en el centro comercial Mamut, no muy lejos de donde vivía Adél. El plan del gordo era dejar haciendo compras a su mujer y a su hijo y que, mientras tanto, Claudio lo llevara a ver el edificio de la avenida Andrássy donde, en los años 30, estuvieran los cuarteles de la Cruz Flechada, el partido fascista húngaro.

—Todos esos sabían mucho —comentó Juan Manuel después, cuando ya habían visto el edificio.

—¿Quiénes? —le preguntó Claudio, distraído.

—Las órdenes solares del siglo XX: los nazis, la Guardia de Hierro de San Miguel Arcángel, la Cruz Flechada...

Juan Manuel hizo una pausa para ver si Claudio preguntaba algo, pero, como no fue así, continuó:

—Habían descubierto eso que llamaban «el cordón de oro»: los puntos comunes entre las creencias de todas las antiguas civilizaciones solares: los egipcios, los hindoarios, los tibetanos, los aztecas... ¿Sabías, por ejemplo, que hay esvásticas en algunas ruinas de México?

—No.

—Además fíjate: todo ese movimiento de rescate esotérico comenzó con una hermandad que se llamaba Logia Thule. ¿No te suena familiar?

—No sé.

—Thule era una ciudad mítica, la capital de una civilización desaparecida, tal vez la de los atlantes. Y si te interesara lo que te estoy contando, ya habrías advertido que hay mucha semejanza entre esta palabra y Tollan o Tula.

El gordo habría esperado que Claudio lo mirara fascinado y exclamara: «¡De verdad!» Como no fue así, se sentía frustrado.

—Bueno, ya dime qué es lo que te pasa. ¿Sigues agüitado por lo de tu novia?

—No. Te estaba poniendo atención.

—Mentira. Has estado muy pensativo.

—Bueno, pensaba en lo que hemos estado platicando.

—¿En lo de los sacrificios?

Claudio hubiera querido responder: «Sí, en eso. Aborrezco lo que están haciendo. Aborrezco la idea de ser cómplice de ustedes en estos crímenes». Pero sabía que Toscano no iba a entenderlo: lo despreciaría por débil o por «evangelizado», como llamaba a quienes aún defendían la imposición del cristianismo. Así que prefirió dejar la confrontación para cuando realmente fuese inevitable.

—No. Pensaba en las otras cosas: ¿tú crees que de verdad sea buena idea eso de reintegrar Centroamérica al Imperio? ¿No sería añadir más pobres a los que ya tenemos?

—Se trata de una acción simbólica, afirmativa. No está basada en consideraciones utilitaristas.

Claudio no dijo nada más. Se sentía molesto, traicionado. Sus «hermanos» de la Orden habían estado dosificándole la información, tratándolo como a un niño que no debe saber ciertas cosas porque todavía no entiende.

Tlacopac

—Mi marido era muy reservado con sus cosas.

En la ciudad de México, en una casa del barrio de Tlacopac, Germán y Adél platicaban con la viuda Olivia Rojas.

—Sólo al final, cuando ya temía que lo mataran, empezó a contarme algo. Fue en esos días —dijo mirando a Germán— cuando hice el viaje a Hungría para verte.

—¿Sabes quién lo mató?

—Estoy segura de que fue la Orden, Germán.

—¿Qué Orden?

—¿No sabes nada de ellos?

—No. No quisiste decirme nada antes.

—Tenía miedo —Olivia hizo una pausa: tomó un sorbo de té de la taza que sostenía en la mano y enseguida continuó—. Se trata de una sociedad discreta, como dicen ellos, porque no es exactamente secreta. Quiero decir, la mayoría de los mexicanos no saben que existe, pero en los altos círculos de la política son una historia ya vieja. Como tú sabes, el presidente Elías Calles, quien era masón de grado 33 y por lo tanto conocía muy bien los movimientos de la política subterránea, quiso nacionalizar la religiosidad del pueblo. Así que en 1925 fundó la Iglesia Católica Mexicana, una especie de religión de Estado que, en principio, sólo aspiraba a independizarse de Roma. Pero a largo plazo se buscaba reformar totalmente el culto católico, integrando a éste elementos de las antiguas religiones prehispánicas. El proyecto de Calles no tuvo éxito porque la población lo rechazó desde el principio. Apenas si llegó a integrar seis parroquias y trece sacerdotes. Y desapareció, al menos oficialmente. Pero la idea de tener una religión nacional, inspirada en el culto solar de los aztecas, siguió fascinando a algunos hombres. La situación en el país no era favorable para darle continuidad, y sus líderes debieron ser pacientes y contentarse con una actividad mínima que se limitaba a la redacción de panfletos y a reuniones en pequeñas logias. Finalmente vieron la oportunidad. En los años treinta se unieron a un grupo llamado Acción Revolucionaria Mexicanista. Su dirigente, Nicolás Rodríguez Carrasco, era un fanático anticomunista y antisemita y contaba con el apoyo de Artur Dietrich, representante de la Organización para el Extranjero del Partido Nacionalsocialista alemán. El gobierno del presidente Lázaro Cárdenas los proscribió, pero ya era tarde. De la fusión entre esas dos pandillas surgió la Orden de la Iglesia Nacional Mexicana: los ejecutores de mi esposo.

Germán miró a Adél de reojo: estaba pálida.

Olivia se terminó el té que estaba bebiendo y concluyó:

—Están en todas partes. Sus lazos con el nazismo alemán les permitieron hacer alianzas con los fascistas sudamericanos.

—¿Por qué mataron a su esposo? —preguntó Adél— ¿Era miembro de la Orden?

—Lo fue en algún momento y luego quiso desertar. No sé bien qué pasó. Un día presenció o participó en algo, una especie de ceremonia, supongo, que lo perturbó más allá de lo que podía manejar. No quiso decirme. Se aisló mucho, no volvió a ser el mismo. Intentó renunciar a la Orden por las buenas, pero no lo dejaron. Llevaba muchos años investigando la historia del tesoro de Moctezuma. Creo que ellos mismos le habían dado esa misión. No iban a dejar que se fuera así nada más, con todo lo que ya sabía. Trataron de convencerlo de seguir con ellos. Como no aceptó, recurrieron a la extorsión, a la intimidación, a la amenaza…

—¿Por qué no esperaron a que su esposo encontrara el tesoro?

—No sabían hasta dónde había descubierto. Yo misma no lo sé.

—Pero, ¿por qué no esperaron a ver algún resultado?

—El resultado habría sido que mi esposo hiciera público su hallazgo. Y eso era precisamente lo que querían evitar.

—¿Por qué?

—No conozco los detalles, pero sé que es algo que puede dar poder y puede hacer mucho bien o mucho mal, dependiendo de cómo se use.

La viuda terminó de hablar y, como si estuviera cansada de responder preguntas, volvió los ojos hacia el ventanal. En el jardín, grande y lleno de plantas, un colibrí revoloteaba buscando alimento.

—¿Te molesta si enciendo un cigarro? —preguntó Germán, que ya no se aguantaba las ganas de fumar.

—Sólo abre la ventana, por favor.

Adél, mientras tanto, observaba todo lo que había en la habitación: los muebles, la mesa cubierta de portarretratos, los objetos de viajes que se exhibían en una vitrina, el enorme cuadro justo enfrente de ella con un paisaje del Tepozteco, las tazas de té, las cucharas, el huipil que vestía Olivia Rojas... era una mujer atractiva, de ojos negros y piel como de barro caliente que subía de color en su rostro de facciones delicadas y fuertes al mismo tiempo, facciones de mujer madura que ha aprendido a asimilar el dolor con dignidad.

—No sé de qué manera podría ayudarlos —dijo por fin, como volviendo en sí. En el jardín, el colibrí había desaparecido.

—¿Su esposo no dejó nada que pudiera dar alguna pista? —preguntó Adél—. ¿Sólo el calendario? ¿Nada más?

—Hay algunos archivos en su computadora, pero ya los he revisado y no creo que contengan nada importante. Sin embargo...

—¿Qué?

—Varios meses después de su muerte, cuando por fin me sentí con ánimo para abrir sus cajones y poner sus cosas en orden, encontré un pedazo de papel que por algún motivo tenía escondido.

—¿Qué decía?

—Lo traigo enseguida.

La viuda salió de la habitación unos instantes y luego regresó con el papel que había dicho. Sólo tenía unos números: 26/23.

Germán la miró interrogante.

—Por más que le he dado vueltas, no logro asociarlo con nada. Así que no me pregunten qué significa.

Germán estaba a punto de decir algo más, pero Olivia se adelantó:

—¿Quieren que los lleve a su estudio? Tal vez ustedes descubran cosas que yo no supe ver, que vi sólo con mis ojos de esposa y de viuda.

—Si no es mucha molestia...

—Quédense a trabajar ahí todo el tiempo que necesiten. Es más, quédense a dormir aquí en la casa, si no tienen otros planes. Hay dos habitaciones para huéspedes totalmente independientes. Estarán cómodos.

—Dejamos las maletas en el hotel.

—Puedo mandar al chofer por ellas. ¿Aceptan? —sin esperar respuesta, Olivia fue a buscar al chofer y a preguntar a las sirvientas si estaba lista la comida.

Adél comenzó a relajarse. Se sentía bien en esa casa, con esa mujer. Pensó que sólo por haberla conocido ya valía la pena el viaje a México.

Después de la comida y de que se instalaron en sus nuevas habitaciones, Adél y Germán fueron al estudio. La viuda les entregó las llaves del escritorio y de las gavetas y se disculpó por dejarlos solos. No dio explicaciones, simplemente se retiró.

—¿Qué hace? —le preguntó Adél a Germán cuando sintió que Olivia ya se había alejado y no podría escucharla. Cada vez estaba más interesada en esa mujer.

—Pasa mucho tiempo encerrada —explicó Germán—, en meditación y en oración.

—¿Por qué las dos cosas?

—En la oración le hablamos a Dios; en la meditación, lo escuchamos. Es un diálogo.

Adél iba a preguntar algo más, pero lo olvidó al ver la figura de madera labrada que adornaba la pared detrás del escritorio:

—¡El calendario azteca!

—Sí, y esa serpiente azul —comentó Germán señalando hacia la pared opuesta— es Quetzalcóatl: el Dragón Celeste.

—¿Por qué a veces se le representa de color azul y a veces negro?

—La verdad es que no lo sé.

—Le voy a preguntar a Olivia, tal vez ella sepa.

—Bueno, ¿por dónde empezamos?

—Tú busca entre los papeles y yo en la computadora, ¿te parece bien?

—Sí. ¿Se podrá fumar aquí?

—Mejor salte al balcón, ¿no?

Germán iba a hacerlo cuando la sirvienta llamó a la puerta y entró llevando un cenicero.

—Me dijo la señora que le trajera esto y que si se le ofrece otra cosa nada más me llame.

—Muy bien, gracias —dijo Adél, mirando la cara de satisfacción de Germán.

Pasaron toda la tarde revisando y leyendo cosas, hasta que la sirvienta volvió para avisarles que la cena estaba lista y la señora los esperaba.

En el comedor, la conversación fue más relajada.

—¿Por qué a Quetzalcóatl se le representa a veces azul y a veces verde? —preguntó Adél, quien no había podido dejar de pensar en eso.

—El azul es porque Quetzalcóatl representaba al planeta Venus; el negro era el color del sacerdote ataviado para el autosacrificio.

—¿Autosacrificio?

—Sí. Los sacerdotes aztecas no sólo se encargaban de sacrificar a otros, también podía darse el caso de que debieran hacer la ofrenda de su propia vida. Para esa ceremonia se pintaban el cuerpo de negro y se adornaban con huesos de águila o de jaguar. Quetzalcóatl se había sacrificado a sí mismo; en lugar de pedir sangre, como los otros dioses, la había dado. Fue el único que lo hizo.

—Qué interesante. ¿Y por qué se le representaba como una serpiente emplumada?

—Es un símbolo de iniciación y transformación: cómo el alma humana, que se arrastra y busca refugio en la tierra, es capaz de elevarse por encima de sus imperfecciones y volar al cielo.

Siguieron hablando de eso: de las costumbres y la religión de los aztecas. A Olivia le sorprendió gratamente que Adél estuviera tan enterada. Le preguntó si era la primera vez que venía a México y si Germán ya la había llevado a conocer algunos lugares. Les ofreció llevarlos a pasear por los canales de Xochimilco y a comer mole a San Pedro Atocpan. Adél le comentó que quería ir al museo de Frida Kahlo, lo cual pareció complacer a Olivia, y la conversación comenzó a girar alrededor de ese personaje y su relación con Diego Rivera; Olivia le preguntó a Adél si había leído todas las biografías y libros escritos al respecto y, como la respuesta fue negativa, le ofreció prestarle varios para que empezara a leerlos esa misma noche.

—Frida no poseía ningún conocimiento mágico —le dijo—, pero veía cosas, ¿sabes? Tenía abierta frente a sus ojos una ventana que nadie podía ver. Sólo ella la veía. Y a través de ella miraba un mundo lacerado que no era sino la contraparte de sus propios laceramientos. Por eso era tan obsesiva con sus temas: porque el paisaje de su ventana, más que cambiar, se hacía hondo. Sólo se hacía hondo.

—¿Cuáles eran esos temas que la obsesionaban?

—Los mismos que nos obsesionan a nosotros: la transmutación. La transformación de lo muerto en vivo y de lo vivo en muerto. Nosotros sólo vemos los resultados. Ella podía ver el proceso, podía *sentirlo*. Eso era lo que pintaba.

Estuvieron hablando de arte: del movimiento muralista, de los pintores que siguieron después, de las nuevas corrientes en Europa y en México, todo al calor del tequila y la cerveza y de un pozole estilo guerrerense que conquistó el estómago y el corazón de Adél, aunque menos de lo que Olivia misma ya la había conquistado.

Casa de las calaveras

—¡Ya está! —exclamó Germán, haciendo a un lado el libro que había estado leyendo, uno de los muchos que Olivia les prestó con la esperanza de que pudieran ayudarles.

—¿Qué cosa? —le preguntó Adél, levantando apenas la vista de los papeles que ella, a su vez, estaba revisando.

—La clave. Es «Casa de las calaveras».

—¿De dónde sacaste eso?

—«Casa de las calaveras» —repitió Germán—. Eso es lo que significan los números que tenía apuntados el difunto.

Adél dejó los papeles y se cambió de asiento para quedar cerca de Germán y escucharlo bien.

—Mira —comenzó él a explicar—: tenemos dos claves, ¿no es así? El calendario azteca y estos números. Eso significa que deben estar relacionados. ¿Voy bien?

Adél asintió.

—¿Cuál puede ser esa relación? Aquí está la respuesta —le enseñó el volumen que había estado leyendo: *The Aztec Calendar: Math and Design*, de Charles William Johnson—. De acuerdo con este autor, la piedra del sol no era únicamente un sistema calendárico y un modelo macro-microcósmico del universo; también, en su aspecto más práctico, era un instrumento de cálculo. Al girar en torno del puntero, los veinte glifos del tercer anillo podían dar rápidamente la fecha que correspondía a cualquier cantidad. El número 260, por ejemplo, fácilmente divisible entre 20, cae en el día Xóchitl, el vigésimo. Para dar con la fecha de números no divisibles entre 20, sólo hay que sumar la diferencia. El 265, por ejemplo, se calcula contando 5 glifos después de Xóchitl, en sentido contrario a las manecillas del reloj, lo cual nos da Cóatl: la serpiente. Con el mismo método podían calcularse cantidades enormes, y lo más genial de todo era que sólo había que tomar en cuenta los dos últimos dígitos: así, el día 1 768 165 caía otra vez en Cóatl. Gracias a este diseño, los aztecas podían calcular, entre otras cosas, la fecha exacta en que el ciclo de 584 días de Venus coincidiría con el ciclo terrestre.

—¿Y luego? —le preguntó Adél, aturdida con la complicada explicación.

—¿No lo ves? —Germán parecía feliz con su descubrimiento—. Ahí está la clave de los números: el 26 nos lleva al glifo de Miquiztli, «calavera»; el 23, al de Calli, «casa». Juntos serían «Casa de las calaveras».

—¿Y eso qué significa? ¿Se refiere a algún lugar concreto?

—No, que yo sepa. Debe tratarse de una metáfora.

—Una metáfora —repitió Adél, insatisfecha—. ¿Tú crees?

—Se me ocurre.

—Pero no podemos hacer nada con una metáfora, Germán. Debe haber algún lugar que se llame así y tal vez el secreto, o algo que nos lleve a él, se encuentre ahí. Vamos a investigar.

—Pensé que podríamos salir a tomarnos una copa —reclamó Germán, desilusionado.

—Lo haremos después. Vamos a seguir con esto.

El secreto del calendario azteca

—*A francba!* —maldijo Adél en húngaro.

Después de dos días, todo lo que habían encontrado en el estudio eran notas y citas de libros que simplemente confirmaban lo que ellos más o menos ya sabían: el pueblo tolteca era una raza de seres conscientes que habían alcanzado una comprensión clara del mundo espiritual y sus principios, y su gran iniciador había sido el dios-hombre Quetzalcóatl. Cuando éste fue engañado por el brujo Tezcatlipoca, perdió su poder y tuvo que abandonar su ciudad. Pero, antes de hacerlo, mandó ocultar en alguna parte su tesoro: los conocimientos del pueblo tolteca ascendido. Por su misma naturaleza, tales documentos no se encontrarían en forma de códices, como habría sido de esperarse, sino de otra manera: plasmados en un medio que permitiese encriptar una gran cantidad de información en un espacio mínimo. Tal vez la respuesta a esta necesidad fuera dada por los templos mismos, las estelas, el calendario azteca incluso, que describe por medio de símbolos el proceso de evolución de la conciencia macro-microcósmica astroplanetaria. De la «casa de las calaveras» no había nada.

—*A francba!* —Adél estaba cansada; le dolía la cintura y decía que ya iba a tener su periodo y le dolía también el vientre. Además lamentaba profundamente estar ahí, encerrada en ese estudio, en lugar de salir y pasear por esa ciudad alucinante de la cual Germán y Olivia le habían enseñado un poco, una mínima parte apenas, pero que bastó para fascinarla.

La noche anterior, cansados de revisar papeles y archivos de computadora, habían decidido relajarse y recorrer los bares del centro: La Ópera, El Lobo Estepario, el Dos Naciones, La India, Don Pepe, La Faraona... para finalmente irse a la plaza de Garibaldi, cantar con los mariachis y tomarse las últimas cervezas en un bar de malísima muerte: todo un descenso al Mictlán. Lo único malo fue que Germán se embriagó, comenzó a ponerse depresivo y les echó a perder un poco el ambiente con su hosco silencio y su sonrisa de burla. Pero aparte de eso, Adél, Olivia y hasta el chofer se habían divertido mucho. Esperaron el amanecer en la Plaza de las Tres Culturas, donde las ruinas prehispánicas, la iglesia novohispana y el moderno edificio de Relaciones Exteriores contaban a trío la historia de México. Desde ahí vieron cómo el sol nacía detrás de los volcanes, tiñendo de rosa las cumbres nevadas. En los multifamiliares de Tlatelolco, la luz se encendía otra vez en las ventanas, alguien se bañaba, alguien preparaba el almuerzo mientras oía en la televisión las noticias. Abajo: coches y silbatos de policías; los niños de uniforme verde o café bostezaban en las paradas de los microbuses; los empleados se amontonaban en las esquinas, en torno a los puestos de tamales y atole de arroz; los trasnochados, heridos por la luz de la mañana, caminaban hacia su casa como si arrastraran cadenas.

Ahora Adél estaba otra vez en el estudio, sola y fastidiada de estar revisando papeles, mientras Germán seguía durmiendo la cruda.

Salió al balcón a fumarse un cigarro. La vista al jardín era muy agradable: los macizos de azaleas, los islotes de agapandos, la barda cubierta de lujuriante hiedra, el árbol de durazno con un alimentador para colibríes colgando de una de sus ramas... Adél pensó en Claudio con nostalgia, con dolor. ¿Dónde andaría? Debía de estar sufriendo porque ella se había ido así, sin avisarle; había desaparecido nada más. Y ella no quería hacerlo sufrir. Lo extrañaba y por eso, en cierta forma, prefería quedarse encerrada trabajando que salir a divertirse. Porque cada vez que salían a algún lado pensaba en él, se preguntaba si por esas calles habría caminado él alguna vez, si se habría sentado en esa silla, si habría cruzado aquella puerta. Le dolía no haber hecho ese viaje con Claudio. Pero si estaba ahí era para ayudarle, para «salvarlo», como le había dicho Bernadett en la ahora remotísima ciudad de Budapest.

—¿Han encontrado algo? —escuchó de pronto la voz de Olivia, a su espalda, sobresaltándola. Se volvió.

—No mucho.

—Mi esposo tenía miedo de que un día entraran a la casa y se llevaran los papeles o la computadora. Por eso trataba de no llevar registro de nada. Pero encontró muchas cosas.

—Supongo que sí.

—Él y yo teníamos una intensa vida espiritual; era algo que nos unía mucho. Pero en su caso había un objetivo concreto. No sé si tú lo recuerdas, pero el 11 de julio de 1991 hubo un eclipse de sol.

—No. Creo que no me enteré.

—Claro, has de haber sido una niña. Pues durante este eclipse se abrieron puertas dimensionales que habían estado selladas durante miles de años. Fue posible conocer muchas cosas. Mi esposo supo aprovechar la oportunidad.

—Pero, ¿no te dijo nada? ¿No hablaba contigo de lo que iba descubriendo?

—Hubo un momento en que dejó de hacerlo. Quería protegerme de esa manera.

Adél terminó de fumar y volvieron adentro, aunque Adél no se puso a trabajar de inmediato. Primero siguió a Olivia a la cocina para pedirle un café a la sirvienta. Y todavía ahí se entretuvo platicando:

—¿Tienes hijos?

—No pudimos tener ninguno —respondió la viuda con una voz serena, honda, en cuyo fondo sobrevivía, sedimentado, un dolor ya viejo—. ¿Y tú? Supongo que no eres casada, ¿verdad?

—No.

—¿Tienes novio? Porque me queda claro que no andas con Germán.

Adél tardó un poco en responder:

—Sí. Tengo novio. En Budapest. Es mexicano.

—¿Y cómo se llama?

Esa pregunta alarmó a Adél: ¿qué tal si Olivia lo conocía, si sabía algo malo de él y ya no quería que siguieran siendo amigas? O peor aún: ¿qué tal si le contaba algo horrible sobre él, algo que ella hubiera preferido ignorar para siempre? El deseo de saber y el temor de enterarse combatían dentro de ella con la misma fuerza. Optó por el riesgo completo:

—Claudio Hernández Garay.

—Claudio —repitió la viuda, pensativa—. No conozco a nadie con ese nombre. ¿Y a qué se dedica?

—Es profesor visitante en la universidad donde estoy haciendo el doctorado.

—Ah, conque así se conocieron.

—En realidad no —sonrió Adél—. Ahí empezamos a andar juntos, pero nos conocimos antes. ¿Quieres oír la historia?

—Sí, cuéntamela.

Cuando Adél regresó al estudio, Germán ya estaba ahí leyendo unos papeles, en silencio, deprimido todavía por su borrachera de la noche anterior. Estuvieron trabajando juntos un rato, hasta que Adél se aburrió y dejó a un lado los documentos. Se quedó mirando a Germán sin decir nada, con una pereza enorme, y luego dejó que su mirada, lánguida, vacía, vagara por otros objetos: los libros, la ventana, el relieve de Quetzalcóatl, el calendario azteca…

—¡Eso es! —exclamó de pronto. Sus ojos se habían vuelto brillantes.

—¿Qué? —Germán apartó la vista de los papeles para mirarla.

Pero Adél no le contestó. Salió del estudio, ligera y llena de energía. Germán quiso ir tras ella.

—¿Adónde vas?

—A mi cuarto. Espérame aquí.

Regresó en seguida, con la pequeña reproducción del calendario azteca que le había dado Olivia a Germán en Budapest.

—Mira esto.

—¿Qué?

—¿No ves ninguna diferencia entre los dos calendarios? —se refería al pequeño, que llevaba en la mano, y al grande, que se hallaba detrás del escritorio.

—No sé. Los colores, los materiales...

—No es eso. Fíjate bien.

Germán no se sentía de humor aún, pero trató de poner toda su atención en comparar las dos piezas.

—No sé. No veo nada.

—Observa detalle por detalle, glifo por glifo.

Germán se puso a examinarlos minuciosamente, tal como Adél le decía. Durante unos minutos no vio nada, pero de pronto reaccionó:

—¡Ah!

—¿Lo ves? Los anillos no están alineados de la misma manera.

—Es verdad. ¿Cuál de las dos es la posición correcta?

—La del calendario grande, por supuesto.

—Entonces el pequeño...

—Nos está dando una clave, tal vez se trate de una fecha o un dato que debemos interpretar de cierta manera.

Germán se quedó pensando.

—No —dijo luego de unos instantes, con una sonrisa maliciosa—. No es eso.

—¿Entonces qué?

—Déjame ver —fue atrás del escritorio y comenzó a examinar el calendario grande, palpando con sus dedos de escultor los relieves de los glifos, las junturas entre los cuatro anillos concéntricos con que el tiempo humano giraba alrededor del sol. Luego, con las dos manos, trató de hacer girar la rueda externa. Se oyó un crujido.

—¡Es una caja fuerte! —gritó casi— ¡El calendario pequeño nos está indicando la combinación!

Adél la miraba con la boca abierta, como si no pudiera creerle.

—¡Ven, ayúdame! —la llamó Germán.

Ciertamente, los anillos del calendario grande no se hallaban fijos, sino que cada uno giraba independientemente de los otros formando distintas combinaciones.

—Tú conoces esto mejor que yo —dijo Adél, excitada como una niña que va a abrir un regalo—. ¿Por dónde empezamos?

—Por el centro, por el sol. Yo te voy diciendo: el puntero debe señalar hacia Ollin.

—¿Qué es eso?

—Es el cuarto glifo a la derecha.

—Ya está. ¿Ahora?

—Ahora hay que alinearlos con el primer rayo del tercer anillo.

—¿Éste?

—Sí. Eso es. El cuarto círculo está tal cual, me parece. Ya sólo gira el anillo exterior: el rayo debe coincidir con el punto donde se unen las dos serpientes de fuego.

Se oyó un crujido un poco más fuerte que los otros y el círculo central, el sol, pareció quedar suelto. Adél gritó de emoción y lo empujó hacia adentro. Se abrió. En el interior no había nada más que un pedazo de papel con un texto enigmático:

En la tierra del Rojo y el Negro
en ritual de significado oculto
la dama entrega al caballero
la seña que ha de llevar
a la Sexta Ciudad de Cíbola (?)
cuando la estrella de la mañana
baje al castillo a beber agua.

El rojo y el negro

Lo que más gusto le dio a Adél fue que ese descubrimiento les permitiría, por fin, salir del estudio, irse a trabajar a la calle.

Escogieron inicialmente La Providencia, un bar de la avenida Revolución al que se podían ir caminando desde la casa de Olivia Rojas. Llegaron ahí poco después de las tres de la tarde, pidieron tequila y aprestaron cigarros y encendedor. Había mucho ruido y desde ahí comenzó Adél a arrepentirse de haber elegido ese lugar.

—Lo que yo no entiendo —dijo Adél, mientras esperaba a que les sirvieran la orden— es por qué si este hombre, el marido de Olivia, sabía todo o casi todo y lo tenía anotado, no fue directamente a descubrir el secreto y se dejó de juegos.

—Yo también me he hecho esa pregunta —respondió Germán, en húngaro, para proteger lo más posible lo que estaba diciendo—. Y sólo se me ocurre una respuesta: el secreto se encuentra en un templo etérico que sólo se abre en determinada fecha, coincidiendo con algún fenómeno astronómico.

—¿Como qué?

—No sé: un eclipse, un solsticio, una luna azul o la combinación de varias cosas. Hace muchos años, en el 82 me parece, el solsticio de verano coincidió con la luna llena. En el punto astronómico donde los dos hechos coincidieron se abrió una puerta dimensional. Muchos brujos, blancos y negros, la utilizaron para traer a la Tierra energías que no eran de aquí. Por eso sucedieron cosas raras en esos días.

Germán iba a seguir con la explicación cuando oyó una voz a su espalda, llamándolo:

—¡Maestro Guillén!

Se trataba de un hombre con una personalidad muy fuerte, que atrajo a Adél de una manera oscura y difícil de explicar.

—¡Maestro Montero! —respondió Germán, con la misma voz de celebración con que lo había llamado aquel hombre, y se levantó para ir a abrazarlo en medio de las mesas.

Se presentaron. El hombre iba con dos acompañantes: una muchacha vestida de negro que tenía una expresión igualmente feroz, como si ella y Montero pertenecieran a la misma familia espiritual; y un joven que parecía inseguro e indefenso y sin embargo trataba de mostrarse igual a los otros dos. Ninguno le cayó bien a Adél. Cuando invitaron a Germán a sentarse a su mesa, ella temió lo peor: que Germán quisiera emborracharse con ellos y se olvidara del trabajo. Sin embargo, para su tranquilidad, sólo fue una copa.

—Supe que estabas en Hungría —comentó Montero.

—Sí. Vine sólo de vacaciones. Un mes.

—¿Cuánto hace que no nos vemos?

—Como diez años. El maestro Montero —le explicó Germán a Adél, para incluirla en la conversación— es un gran pintor.

Estuvieron hablando de arte, de gente que conocían los dos, y luego —qué alivio— Germán inventó una mentira:

—Bueno, maestro, nos retiramos. Quedé de llevar a Adél al museo de Frida Kahlo, y ya ves que cierran temprano.

Salieron de ahí y cruzaron la avenida rumbo al centro de San Ángel.

—Ya estaba preocupada —comentó Adél—. Pensé que ibas a ponerte a beber con ellos.

—Le tengo miedo a ese hombre. La última vez que bebí con él acabamos destruyendo sus cuadros y mis esculturas.

—Sí. Tiene una energía muy fea. Pero es guapo.

—No te gustaría si lo conocieras de cerca.

Fueron a La Camelia, un bar más tranquilo, y ahí por fin pudieron concentrarse.

—Bueno —dijo Adél, sacando de su bolso el papel con el enigma—, ¿por dónde empezamos?

—Por el principio. Supongo que «el caballero» es el que está buscando el secreto, o sea nosotros, ¿no crees?

—Y este secreto es una seña, una clave...

—Que nos va a entregar alguna dama...

—En la tierra del rojo y el negro.

—¡Perfecto! La primera parte del acertijo está resuelta. Sólo que... ¿dónde es la tierra del rojo y el negro?

—¡Verrières! —exclamó Adél, después de unos instantes de estarlo pensando.

—Ah, caray. ¿Y dónde es eso?

—En Francia. Es el pueblo donde se desarrolla la novela de Stendhal, *Le rouge et le noir*: la tierra del rojo y el negro.

—¿Y qué tiene que hacer el secreto de Quetzalcóatl en Francia?

—No lo sé. ¿Qué tiene que hacer el penacho de Moctezuma en Viena?

—No estarás pensando que vamos a ir allá.

—¿Por qué no?

—¿Con qué dinero?

—No hemos gastado ni en comidas ni en hoteles desde que estamos en casa de Olivia.

Germán ya no dijo nada. Más tarde, de regreso en la casa, le contaron todo a Olivia: lo de la caja fuerte, lo del texto, lo de la decisión que habían tomado. Ella los escuchó con una actitud casi maternal, como si hubieran sido dos muchachos planeando una excursión al bosque.

—Me parece muy bien —les dijo cuando terminaron de hablar—. Sólo que se han equivocado en un detalle: la tierra del rojo y el negro no es Verrières.

—¿Entonces? —preguntó Adél, sorprendida.

—Después de torturar a Cuauhtémoc, Cortés lo llevó consigo en su campaña de conquista hacia el sureste. No se atrevía a dejarlo solo porque tenía miedo de que provocara una rebelión. Finalmente lo acusó de conspirar contra él y lo asesinó en Izancanac, que era la capital de la provincia de Acallan. Acallan significa «la tierra del rojo y el negro».

Adél y Germán se miraron uno al otro.

—Tal vez allá sea donde deben buscar —concluyó la viuda.

—Pero, ¿dónde está eso exactamente?

—Ni Izancanac ni Acallan existen ya con ese nombre. Lo más cercano a ellos es esa maravilla arqueológica perdida en medio de la selva, que hoy se llama Yaxchilán. Es un lugar de difícil acceso, pero se puede llegar. Muchos turistas lo hacen. Hay que ir en lancha de motor, por el río Usumacinta, o en avioneta.

—¿Cómo es que lo sabes tan bien? —le preguntó Adél, intrigada—. ¿Has ido allá?

—Por supuesto. Mi esposo era de Tuxtla Gutiérrez y trabajó mucho por su estado. Así que constantemente estábamos viajando allá.

Olivia se quedó callada, como si en su mente estuviera reviviendo esos viajes, esos años.

—Si vamos allá —preguntó Germán—, ¿podemos decir que vamos de parte tuya?

—Por supuesto que sí. Todavía me quedan algunos buenos amigos entre los funcionarios del estado. Ellos se encargarán de que alguien los lleve hasta Yaxchilán y les ayudarán en lo que sea necesario. Yo los acompañaría con gusto si no tuviera cosas que hacer aquí.

—Ya nos has ayudado bastante —agradeció Adél—. Sería abusivo pedirte más.

Las cartas de la ausencia

Cuánta necesidad tenía hoy de escribirte. Necesitaba contarte... contarte la verdad, no esa verdad pequeña que fue todo cuanto me atreví a decirte, sino esta otra: la verdadera historia...

Esa mañana, cuando todo el cielo parecía hecho de blanco algodón sobre los tejados y las chimeneas negras de Budapest, Claudio Hernández Garay atravesaba la ciudad para ir a dejar un sobre en el buzón del apartamento de Adél. Era la novena carta que le escribía desde que ella desapareciera. La había buscado por todas partes, había intentado hallarla por teléfono, le había escrito por correo electrónico, había preguntado por ella en casa de sus padres, en Eger. Finalmente, agotados los recursos, decidió escribirle: algún día —pensaba— tendría ella que volver, y entonces la carta sería lo primero que viera al entrar a su casa. Pero fue sólo una carta: después de unos días, sintió que necesitaba escribirle otra, y luego vinieron otra y otra.

Es cierto que a veces me siento fuerte, que trato de no extrañarte y lo lograba. Pero es en momentos aislados. En las mañanas despierto pensando en ti, extrañando el olor de tu piel... Prefiero irme al campo, a correr. Corro mucho, hasta quedar sin aliento, y eso me da fuerza. Luego regreso y en lugar de ponerme a trabajar te escribo cartas, estas cartas que algún día verás. Te escribo y luego me voy a caminar por la orilla del río, a veces incluso en la noche, yo que nunca he sido noctámbulo como tú. En una ocasión sorprendí a una pareja haciendo el amor.

Me hubiera gustado que esos dos fuéramos tú y yo. Y como no éramos, los odié. Pasé de largo sin mirarlos más, y me fui lejos. ¿Todavía te gustan mis besos, Adél? Te extraño mucho. Extraño tu espalda, tus labios, tus ojos de tigre. No sé si pueda volver a escribirte. Siento que me estoy rompiendo por dentro. Es una lucha entre la esperanza y el desaliento. Una lucha entre ser fuerte y volver a soñar (se necesita tanta fuerza para soñar, Adél) y ser cínico y optar por la comodidad de la desesperanza. Eres una mujer a quien no es posible amar y a quien no es posible dejar de amar. El tiempo ya no me importa, ya no tiene sentido. Llámame hoy o dentro de unos o días o dentro de unos años. Cuando quieras. De todos modos —tú lo sabes— cuando sea que lo hagas encontrarás el mismo amor esperándote, llamándote. Me has hecho esperar tanto que ya no sé hacer otra cosa.

Ese mismo día, después de dejar la carta, Claudio hizo una larga caminata por la orilla del Danubio. La niebla envolvía lúgubremente el Puente de las Cadenas, con sus grandes arcos y sus leones de piedra. En otras ocasiones, ese espectáculo traía a la memoria de Claudio las fotos de la rendición de Hungría en la Segunda Guerra Mundial, en las cuales el puente aparecía roto por la mitad, hundiéndose como un barco en el río incendiado. Pero ahora pensaba en Adél. Pensaba mucho en ella, y eso era sólo parte de un problema mayor. Tenía miedo de haber equivocado el camino. ¿Qué hacía en Europa realmente? Tal vez había llegado ahí sólo para conocer a esa mujer, para encontrar su destino al lado de ella. ¿Por qué había entrado a la Orden? ¿Por qué seguía ahí? ¿A quién y hasta dónde debía un hombre ser leal?

De regreso en su casa y más o menos a la misma hora que en México Adél y Germán se despedían de Olivia Rojas para tomar un avión de Mexicana con destino a Tuxtla Gutiérrez, Claudio Hernández Garay llamó por teléfono a Juan Manuel Toscano.

—Es solamente para decirte que he decidido darme de baja.

«Darse de baja»: ¿no era ése un término de la escuela? Sí, era el que utilizaban sus alumnos para entrar o salir de los cursos. Claudio se sintió ridículo.

—¿Qué quieres decir?

Sin embargo, logró recuperar el aplomo.

—Que me retiro de la Orden, Juan Manuel. Me retiro de la Orden —repitió.

Al otro lado de la línea se oyó una risita:

—Pero, ¿tú estás loco o esa mujer ya de plano te ha chupado el cerebro?

—No voy a entrar en detalles respecto a mis motivos. Sólo te estoy avisando.

—No te entiendo, Claudio. Tú sabes que no es posible salirse de la Orden. Lo aceptaste así cuando tomaste el juramento de Huitzilopochtli. ¿Ya se te olvidó?

—Es que todo ha cambiado. Ya no estoy de acuerdo con algunas cosas. Antes...

—Te hemos ayudado mucho, Claudio. Le debes mucho a la Orden.

—Pero ya no puedo seguir...

—Hablemos más tarde, ¿te parece?

—No. Ya no me interesa hablar de esto. No voy a cambiar mi decisión: es definitiva.

—Te llamo mañana, ya que estés más tranquilo —y colgó.

Hernández Garay no quería pensar más en el asunto. Pero no se sentía en paz: tenía miedo. El gordo Toscano habría marcado el número del Gran Maestre en cuanto colgó. Ahora mismo estarían hablando de él, discutiendo las opciones de un castigo tal vez, uno de esos terribles castigos que la Orden reservaba para los traidores o para quienes rompían el voto de silencio. O tal vez estarían pensando en ofrecerle algo para contentarlo. Después de todo había sido un buen elemento.

Buscó en su librero el libro que había comprado en Coyoacán —*El culto de la Diosa Blanca en el México antiguo*— y salió con él a la calle. Se hallaba ahí la historia de Coyolxauhqui, la diosa dulce de largos cabellos negros a quien sólo se inmolaban criaturas pequeñas del mar y de la noche. Se hallaban ahí también relatos que se referían a su función como iniciadora del guerrero jaguar y, al mismo tiempo, guardiana de los misterios de la feminidad: los ciclos fértiles, los sueños, la fantasía creadora. Claudio recordó otro libro, aquel que llevaba Juan Manuel Toscano, del cual había sacado la historia de Lilith. Y pensó en la explicación que le hubiera gustado darle al gordo, nada más para cimbrar un poco su misoginia: Lilith representa la parte oscura de tu mujer interna, de tu *anima* en términos junguianos; la parte que te da miedo porque se resiste a tu poder y a tus interpretaciones; la parte que no puedes controlar y por lo tanto no puedes asimilar.

En el fondo de sus dudas, de sus temores, de su confusión, Claudio sintió que el rostro de Lilith y el de Coyolxauhqui se fundían en uno solo: el de Adél.

Dintel 26

En Chiapas, Adél perdió todo interés en el tesoro de Moctezuma; la sola idea de tener que pensar y trabajar la deprimía. Quería viajar por la región, conocer todo eso: la selva, las montañas, los pequeños pueblos perdidos. Pronto tendrían que regresar a Budapest, despertar del sueño del trópico, y Adél sintió que no iba a tener fuerzas para el regreso. Por ello aprovechó esos días todo lo que pudo, y algo le fue dado conocer. Fueron al Cañón del Sumidero, a Chiapa de Corzo. Luego, bajando ya hacia la costa, Adél disfrutó algunos de los paisajes más bellos que había visto: el pequeño pueblo de Jiquipilas, con sus casas pintadas de colores, su plaza desierta y su iglesia que parecía sacada de un poema. Pasaron también por otras poblaciones, algunas insignificantes, cuyos nombres ya no recordarían. Y todo era la misma belleza: ríos y ríos y arroyos, agua por todas partes. Un abismo verde.

Finalmente, Germán logró hacerla volver a la realidad. Reservaron una habitación en el hotel María Eugenia, de Tuxtla Gutiérrez. Un lugar cómodo con un bar agradable donde, por lo menos durante el día, antes de que se llenara de gente bailando o buscando aventuras sexuales, era posible trabajar en paz. Ahí recabaron toda la información que pudieron sobre Yaxchilán: planos, guías, libros de historia... les ayudó un amigo de Olivia Rojas, que trabajaba en la procuraduría del Estado. Esa misma persona se encargó de que los llevaran hasta Yaxchilán en avioneta; el piloto los dejó en la pequeña pista de aterrizaje y al despedirse les preguntó cuándo querían que pasaran por ellos.

—Ya no se moleste —le dio las gracias Germán—. A partir de aquí ya nos movemos solos. Nada más díganos cómo llegar a alguna población.

El piloto les explicó que tendrían que tomar una lancha a Frontera Echeverría y de ahí seguir en microbús hasta Palenque.

—Es un viaje pesado. ¿Para qué se cansan? Aquí cierran a las cinco. Yo puedo venir por ustedes a esa hora.

Germán se dejó convencer.

Adél se sintió fascinada con esas ruinas prodigiosas: la Acrópolis, el Laberinto, los templos con sus casi sesenta dinteles labrados. Y la selva. La selva con sus criaturas: las águilas pasaban volando a ras de los follajes y, en las riberas del río, los árboles cubiertos de plantas parásitas se movían animados por la actividad de numerosos insectos: mariposas camaleónicas, hormigas de diferentes colores y tamaños; escarabajos, libélulas, abejas... De tiempo en tiempo se oía el grito de pájaros invisibles.

A las cinco de la tarde, cuando un vigilante les avisó que ya iban a cerrar y unos cuantos turistas, cansados de caminar, esperaban sentados a que saliera la última lancha hacia Frontera Echeverría, sólo habían podido hacer un recorrido superficial por los templos, sin encontrar nada. El piloto los esperaba en la entrada de la zona arqueológica.

De regreso en Tuxtla Gutiérrez, a pesar del cansancio, todavía se reunieron para trabajar después de la cena. Volvieron a revisar los libros que tenían. Los dos se sentían aturdidos con tantas figuras y símbolos, tallas, estelas y dinteles. Adél presintió que rastrear una clave ahí sería como buscar una aguja en un pajar.

—Quienquiera que la haya escondido, no pudo hallar un sitio mejor —le comentó a Germán.

—No te desesperes. Vamos a proceder metódicamente, como húngaros. ¿Qué buscamos? Una dama, un caballero, una seña, una estrella, un castillo, agua. Dudo que encontremos todos estos elementos juntos, pero podemos ir anotando dónde están presentes uno, dos o tres de ellos.

—No creo que encontremos tres juntos.

—Por lo menos dos.

—Pero es que ni siquiera parecen cosas mayas —se quejó Adél—. Todo suena muy europeo, ¿no crees?

—Vamos a ver.

Germán se puso a contemplar a Adél mientras revisaba ella los libros. Miró con deseo esa piel ya dorada por el sol mexicano, con la línea blanca que habían dejado en sus hombros los tirantes de la camiseta. Aspiró su olor. A pesar de que se había bañado llegando de las ruinas, debajo del desodorante ya se sentía otra vez el aroma salado de su sudor.

—Escucha esto —le dijo Adél, de pronto, interrumpiéndolo en su contemplación—: «Dintel 26, templo 23. La consorte real de Itzamnaaj Balam II le ofrece la cabeza de un jaguar».

—A ver la foto —reaccionó Germán de inmediato.

—Mírala. La dama entrega una seña al caballero, ¿no es perfectamente claro?

—¿Cómo no reparamos en esto?

—Yo no recuerdo haberlo visto —comentó Adél, como haciendo memoria.

—No, ni yo. Pero, ¿no es una de las piezas que se llevaron al Museo de Antropología? Tal vez sí y por eso no la vimos.

—Tal vez estábamos distraídos. Tú mismo me lo has dicho: uno ve sólo las cosas que se dejan ver. Pero en realidad no importa: el dintel es de Yaxchilán, se encontraba ahí en la época de Moctezuma.

—¡Adél, mira: es el 26/23 del papel que encontró Olivia!

—Tu «casa de las calaveras», ¿eh? —se burló ella.

—¿Qué tal si es una pista falsa, si esa figura no existe?

Se miraban asombrados. Habían olvidado el cansancio de la jornada.

—¿Hay algún comentario sobre esa figura, alguna explicación? —preguntó Germán.

—Eso es lo que estoy buscando —le respondió Adél, fascinada con su descubrimiento—. Aquí está: «Ninguno de los científicos que se han encargado de reconstruir la historia plasmada en los dinteles de Yaxchilán ha podido explicar el simbolismo oculto en este ritual». ¡Esto es, Germán! ¡Esto es lo que estábamos buscando!

—El jaguar...

—Tenemos que volver mañana mismo.

—El piloto dijo que llamaría temprano.

—Tal vez hasta encontremos algo más —soñó Adél, entusiasmada como una niña.

—Bueno —concluyó Germán, bostezando—, pues entonces se acabó el trabajo por hoy. Ya mañana, cuando hayamos visto que esta cosa realmente existe, nos pondremos a pensar en la seña. Me voy al balcón a fumarme el último cigarro del día.

Adél lo siguió.

A pesar de tener tantas cosas en la cabeza, ambos durmieron profundamente y se levantaron temprano al día siguiente. Cuando el piloto llamó por teléfono, ya habían desayunado.

—Disculpe, capitán —le preguntó Germán en el camino—: ¿se puede alquilar una lancha por esos rumbos?

—Claro que sí, señor. En Frontera Echeverría. Cualquier persona le informa allá.

—¿Y sí nos puede usted dejar ahí en lugar de en Yaxchilán?

Adél lo miró sorprendida: no le había comentado nada de esos planes. ¿Adónde quería ir?

—Como ustedes gusten. ¿A qué hora pasaría a recogerlos entonces?

—Ya no dé más vueltas —la sorpresa de Adél iba en aumento—. Nosotros hallaremos el camino de regreso.

—Como ustedes gusten —repitió el hombre, demasiado discreto para hacer más preguntas.

El jaguar y la luna

Regresaron por el río cuando ya pardeaba la tarde. Adél iba fascinada a bordo de la lancha. Era un encuentro con el agua, pero también con la tierra: con el poder de la tierra de dar vida y de guardar memoria. Vieja abuela eternamente fértil. Todavía no llegaban al embarcadero cuando empezó a oscurecer, pero a Adél no le importaba ya el tiempo. Iba mirando. En esas rocas que se levantaban desde el lecho espejeante del sagrado Usumacinta —pensaba— se encontraban las claves del tiempo anterior, de la historia amerindia, pero también las espirales en que su descendencia habría de moverse. En lo alto, estrellas que hacía tres mil años ya estaban ahí brillaban agrupadas en constelaciones; unas a otras parecían enviarse mensajes. Parpadeaban, derramaban en un orgasmo infinito el resplandor seminal de la Vía Láctea. Algunas, quizá, ya habían muerto. Esa luz que Adél veía desde lo profundo del río anochecido había sido emitida cuando aquí la tierra y las aguas todavía no se separaban.

«Quisiera quedarme aquí para siempre», se dijo a sí misma, pronunciando las palabras en su mente con todas sus fuerzas. «Pasar el resto de mi vida en esta tierra, entre tantos animales, sintiendo cómo año tras año el sol hace más hondo el color de mi piel; vivir una vida natural, como la de todos estos seres: darme a un hombre y parirle hijos, ser capaz de mirar la muerte a la cara.»

Germán comprendió lo que ella sentía. Por eso decidió

celebrar ahí la iniciación. La había pospuesto desde que empezaron porque quería que fuese algo especial, algo que ella recordara siempre.

No le dijo nada, para darle la sorpresa. En Frontera Echeverría alquiló una lancha y compró una pala, una gruesa manga impermeable, varias velas, flores y otras cosas para la segunda parte del rito: la resurrección, el retorno victorioso del Mictlán. Como haciéndose su cómplice para darle el regalo a Adél, Metztli, la Luna, brillaba esa noche en toda su plenitud sobre la selva maya.

Después de navegar un buen rato a través de la oscuridad llena de murmullos, llegaron a un pequeño claro a la orilla del río. Ahí se apearon. Había algo vagamente melancólico en el paisaje: el silencio sólo perturbado por las voces de los animales, el lento fluir del agua, las sombras quietas de los árboles al otro lado del río. Se sentía la presencia de los viejos dioses.

—Por aquí —dijo Germán.

Adél se dejó guiar sin preguntar nada. Aunque no sabía aún de qué se trataba, sentía la solemnidad del momento. Cuando oyeron el sonido del jaguar, a lo lejos, Germán se detuvo: era la señal.

—Aquí.

—¿Aquí qué?

—Aquí vas a morir —y depositó en el suelo el bulto que llevaba.

Adél comprendió. Recibió la pala que su maestro le entregaba y comenzó a cavar.

—Me gustaría ayudarte —le dijo él—, pero esto es algo que debes hacer sola.

—Está bien.

—Mientras cavas, piensa en todo lo que fue tu vida: lo que deseaste y tuviste, lo que deseaste y no pudiste tener, lo que amaste, lo que lloraste; haz una lista de las personas que fueron importantes, empezando por tus padres. Despídete de todos, pídeles perdón si les debes algo, perdónalos si ellos te deben algo. Viaja en tu mente a los lugares donde fuiste feliz o desdichada, escucha otra vez la música que tenía el poder de conmoverte…

La voz de Germán era extrañamente dulce y antigua, como si de pronto no fuera su voz sino la de un anciano sabio. Y se puso a cantar como lo hacen los chamanes: sacando la voz desde el estómago. Una canción muy triste, que no estaba hecha de palabras sino de lamentos. Adél comenzó a sentir deseos de llorar. Luego sintió miedo, un deseo repentino de irse de ahí, de ponerse a salvo. Pero había perdido el control sobre sus actos. Seguía cavando, hundiendo la pala en la tierra blanda y negra de la selva, mientras el canto de Germán disparaba en su mente imágenes sueltas, desordenadas de su vida. Vio la cara de Claudio, recordó sus primeras conversaciones en los jardines de la Universidad. Él la había hecho leer *Pedro Páramo*, y ella lo leyó cuatro veces. Era el único libro que había leído cuatro veces. Le vino a la mente la escena en donde el padre Rentería va a darle los santos óleos a Susana San Juan y la hace repetir, de acuerdo con el ritual católico: «Tengo la boca llena de tierra».

—Tengo la boca llena de tierra —dijo Adél en voz alta.

Le contestó el lamento del jaguar a lo lejos, inmensamente triste. Germán seguía cantando.

—Tienes que entrar desnuda a tu tumba —le dijo unas horas después, cuando vio que ella ya había hecho un agujero lo suficientemente profundo— para que te vayas del mundo tal como viniste a él.

Adél comenzó a quitarse la ropa. Su piel pálida, empapada de sudor por el ejercicio y por el bochorno de la selva, brilló como vidrio a la luz de la luna.

Iba ya a descender cuando Germán le mostró algunas de las demás cosas que llevaba: las velas y las flores.

—Voy a poner esto sobre tu tumba, para que cuando estés allá adentro te la imagines bonita y te dé ilusión verte muerta.

Una vez que Adél se acomodó en el fondo, acostada boca arriba, Germán se despidió de ella. Los dos estaban conmovidos. Los dos hubieran querido decir muchas cosas, pero al final sólo Adél pudo hablar:

—Gracias —eso fue todo lo que dijo.

Germán cubrió el agujero con la manga impermeable y colocó piedras grandes en toda la orilla para que la manga no fuera a hundirse con el peso de la tierra. Luego echó la primera palada. Sabía que, durante el resto de la noche, el espíritu de Adél vagaría sin paz a través de las sombras, entre los viejos espectros de la tierra maya: los aluxes, la Xtabay... Y además la asaltarían sus propios monstruos: los fantasmas vociferantes del pasado, la culpa y el miedo, el rencor, los sueños rotos...

Cuando terminó de echar la tierra encima, fue a sentarse en una piedra cerca de la tumba, para cuidarla. Reinició su canto, que Adél seguramente escucharía allá adentro como una voz más que venía de muy lejos, del fondo de la memoria.

En algún momento, un jaguar hembra se acercó. Ignorando la presencia de Germán, comenzó a oler la tumba, tratando de averiguar qué había adentro. Dio varias vueltas alrededor. Luego se echó cerca de la cabecera y se quedó mirando la luz de las velas, ya casi consumidas, con sus ojos dorados y cintilantes. Finalmente se marchó. Había dejado su huella. Había reconocido al espíritu de Adél como hermano del suyo y ya nunca la abandonaría, en su nueva vida.

El alba despuntaba al otro lado del río cuando Germán comenzó a preparar las cosas para el ritual secreto de la resurrección.

Última noche en Tuxtla Gutiérrez

—Bueno, ¿qué vamos a hacer con esto? —refunfuñó Adél ya en el restaurante, frente a dos tamales de hoja de plátano.

—Casi está resuelto —Germán intentó animarla. Estaba contento. A través del ventanal se veía un día soleado, y el café chiapaneco despedía un aroma de días felices—. Vamos a recapitular: «*En la tierra del Rojo y el Negro / en ritual de significado oculto / la dama entrega al caballero / la seña que ha de llevar / a la Sexta Ciudad de Cíbola (?) / cuando la estrella de la mañana / baje al castillo a beber agua*». La primera línea se refiere a Yaxchilán.

—La segunda, la tercera y la cuarta, a la figura del dintel 26.

—Las cuatro juntas nos dan la clave: el jaguar.

—El problema empieza con la quinta —sentenció Adél, cansada—: «La Sexta Ciudad de Cíbola». ¿Qué significa el signo de interrogación?

—Supongo que el difunto no había logrado resolver esa parte. Recuerda que no estaba escondiendo el tesoro; lo estaba buscando, igual que nosotros.

—Conocía ya la contraseña para abrir el templo y sabía cuándo se iba a abrir éste y dónde estaba.

—Tal vez —reflexionó Germán—. Tal vez le faltaba más. No sabemos hasta dónde era capaz de traducir en una guía práctica el simbolismo que estaba manejando.

Adél se llevó a la boca un bocado de tamal y asintió, pensativa. Luego dijo:

—Las líneas 5, 6 y 7 nos dan un cuándo y un dónde.

—En realidad nos dan un cuándo y dos dóndes: el castillo y la Sexta Ciudad de Cíbola.

—El castillo está en la ciudad —aventuró Adél.

—¿Tú crees?

—Lo que más me choca es esta mezcla de elementos de distintas culturas. ¿Qué tiene que hacer un castillo al lado de Cíbola y de los mayas? —Adél se rascó un piquete de mosco en el cuello, nerviosamente, antes de continuar—. ¿Crees que el dónde se refiera a la localización del templo?

—Sí. Y el cuándo tiene que referirse a la fecha en que el templo se abre.

—Pero, ¿qué tenemos que hacer con el jaguar? Ya no nos va a dar tiempo de resolver nada, Germán. Nos quedan tres días, ¿te das cuenta? No van a querer cambiarnos la fecha del vuelo. Estaban saturados.

—Podemos terminar de resolverlo en Budapest. Si se trata de un templo etérico, no hay necesidad de estar físicamente cerca de él.

—Tienes razón —concedió Adél, ya menos pesimista—. Además todavía podemos avanzar algo en estos tres días. Olivia podría ayudarnos: ella sabe mucho de estas cosas.

—Mañana regresamos a la ciudad de México.

—Yo quería conocer Oaxaca. Quería ir al País de las Nubes. Suena tan bonito...

—Será la próxima vez que vengamos.

—Ay —suspiró Adél.

—Igual y con esto nos hacemos ricos. Se lo podríamos vender a los fachos.

—No digas tonterías, Germán. Mejor vamos a relajarnos esta noche, ¿sí?

—¿En tu habitación o en la mía?

—No seas buey. Vamos a bailar a algún lugar. Hace mucho que no bailo.

—En el bar del hotel se pone bueno el ambiente.

—Estoy harta del hotel. Vamos a otro lugar.

—Hay uno que se llama San Remo. Pero creo que no es de muy buena reputación.

—Qué me importa a mí la reputación. Quiero divertirme.

—Está bien, está bien —aceptó Germán, cuidando no despertar la ira de Adél.

Efectivamente, después de comer fueron a un bar a tomarse unos mezcales. Luego a otro, luego a otro y, casi a la medianoche, se fueron a bailar. Tuxtla Gutiérrez era una ciudad llena de vida nocturna, de música, de gente divirtiéndose. Y el calor opresivo del día se había convertido en un fresco agradable, que permitía andar por las calles en playera.

Adél pensaba en Claudio. Lo extrañaba locamente. Pero tal vez él ya no querría saber nada de ella; estaría resentido porque se fue sin avisarle, sin decirle nada: simplemente desapareció. Ya hasta andaría con otra. Tal vez nunca volvería a verlo, nunca podría contarle de su viaje a México, de Olivia, de Yaxchilán, de su muerte y su iniciación en aquel sitio maravilloso, con el espíritu del jaguar. Pero ese mismo espíritu le ayudaría a sobrevivir, a sobreponerse al dolor de la separación. Iría al Acapulco a ver a Bernadett, le llevaría algún regalito mexicano y le diría: «Misión cumplida».

Volvieron al hotel casi al amanecer, saturados de alcohol y de tabaco y cansados de bailar. Germán hubiera deseado descansar más, porque el vuelo a la ciudad de México salía a las once de la mañana y no quería sentirse mal en el avión. Pero Adél no parecía preocupada.

—No hay mal que no se cure con una cocacola fría, un sedalmerck y diez tazas de café —dijo.

La Estrella de la Mañana

Germán no había parado de beber. Estaba nervioso, tal vez por el viaje. Era difícil saber si se sentía impaciente por regresar a Hungría o quería quedarse en México. Parecía darle lo mismo.

Olivia no estaba cuando llegaron a la casa, pero los sirvientes los atendieron como si hubiesen estado esperándolos. Germán no quiso comer nada. Se sirvió un vaso del mezcal que había comprado en Tuxtla Gutiérrez y se fue a dormir mientras Adél esperaba a Olivia mirando la televisión. Un par de horas más tarde, fue a buscarla para avisarle que iba a salir.

—No me esperen a dormir —le advirtió—. Regreso mañana.
—¿Adónde vas? —le preguntó Adél, molesta.
—A visitar viejos amigos.
—¿No quieres que te acompañe?
—No. Ya hemos pasado demasiado tiempo juntos. Quédate con Olivia: lo disfrutarás más.

Tal como lo dijo, Germán desapareció. Adél vio por el ventanal cómo cruzaba el jardín hacia el portón de la entrada. Lo vio cansado, roto por dentro, solo, y sintió pena por él. Lo imaginó caminando por las calles más tristes, como lo hacía en Budapest, mirando a las mujeres, deteniéndose en algún parque a tomarse un trago de mezcal. Deseó poder protegerlo, ya que no podía amarlo.

Estaba sola cuando llegó Olivia, como a las nueve de la noche.

—¿Cómo les fue? —le preguntó la viuda, acercándose para darle un beso en la mejilla.

—Muy bien. Germán no está.

—¿No regresó contigo?

—Sí, pero se fue a la calle. Dijo que volvería mañana.

—Ya me extrañaba que no lo hubiera hecho antes —comentó Olivia—. ¿Ya cenaste?

—No. Estaba mirando la televisión.

Las dos mujeres fueron a la cocina a preparar sándwiches y ahí mismo se quedaron a comérselos, conversando. Adél hizo una narración minuciosa de su viaje a Chiapas, omitiendo sólo la ceremonia secreta de la resurrección. Olivia la escuchaba complacida.

—¿Fuiste a La Providencia?

—¿La cantina que está aquí cerca?

—No —sonrió la viuda—. Ésa es otra Providencia. A la que yo me refiero es una fábrica textil de la época porfiriana. No queda muy lejos de Tuxtla y es un lugar mágico, con su casa grande, su tienda de raya, sus talleres y sus barracas. Te hubiera gustado: todo tiene ahí un aire de esplendor perdido, de tiempo estático. Es un pueblo fantasma, lleno de voces y de juegos de luz. Imagínate que quién sabe qué productor de los años cuarenta eligió ese lugar para rodar una película que se llamó *Rincón brujo*.

—Ya no me digas, Olivia. Siento horrible por tener que irme.

Siguieron conversando hasta la medianoche. Se sirvieron un café y, ya más en confianza, comenzaron a platicar de sus cosas íntimas. Adél necesitaba sacar todo eso que traía adentro: el recuerdo de Claudio, su preocupación por él, su tristeza al pensar en que ya no lo viera más, el remordimiento de haberlo engañado con Germán.

—Pero es que a Germán también lo quiero —le dijo—, aunque de otra manera. Y no quiero que sufra. Ya sufre bastante.

—Por lo que dices, me parece que ya lograste tomar una decisión, ¿no es así?

—Sí, pero... me siento mal por lo que hice.

—¿Por qué? ¿No pusiste tu corazón donde estaba tu cuerpo?

—Sí.

—Entonces no hay falla. Mira, Adél: hay almas cuyo camino debe pasar por la experiencia del error; son los que ganan la luz por su propio esfuerzo, a base de descalabros. Se dice que a ellos los prueba el fuego. Hay otros, en cambio, que desde niños reciben la luz como un regalo, sin que les cueste nada, sin buscarlo, sin merecerlo siquiera. Es la forma más alta de la inocencia: es la inocencia sabia, la inocencia de los ángeles. Esas personas no tienen necesidad de equivocarse porque su luz las guía siempre; está con ellos, no tienen que caminar hacia ella. Pero corren un riesgo muy grande: el de volverse orgullosos de sí mismos y por lo tanto indiferentes al sufrimiento de los otros, incomprensivos con los errados, inclinados a juzgar. Si caen en esta trampa, su luz desaparece, y su virtud acaba por envenenarlos. Son muy pocos los que reciben ese don y son capaces de hacerlo crecer.

—Pero creo que los primeros, los que debemos aprender por el error, tenemos más probabilidades de perdernos en el camino.

—Quién sabe. Ahora que fuiste al Sureste, ¿no escuchaste por ahí hablar de la Xtabay?

—¿La mujer seductora que se les aparecía a los hombres al pie de las ceibas para embrujarlos?

Olivia sonrió como si Adél hubiera sido una niña que había leído mal un libro.

—Esa es una deformación de la historia, producto seguramente del temor que sienten los hombres hacia el poder femenino. Espera un momento.

Olivia salió y regresó después de unos momentos con un libro: *El culto de la Diosa Blanca en el México antiguo*.

—Déjame leerte —volvió a sentarse donde estaba antes, frente a Adél, le dio un trago a su café y empezó:

—«En un pueblo de la península de Yucatán vivían dos mujeres, siendo el nombre de la primera Xtabay, aunque la gente la apodaba Xkeban que quiere decir prostituta, mala o que gusta del amor prohibido. Lo cierto es que estaba enferma de lujuria y se entregaba a cualquier hombre que se lo pidiese, incapaz de saciar el deseo que la devoraba.

»La otra mujer se llamaba Utz-Colel y era una virgen honrada, a quien la gente del pueblo tenía como modelo de virtud.

»Ahora bien, Xkeban había visto tanto de los hombres que sentía compasión por ellos; tenía un corazón tan cálido como su entrepierna que la hacía socorrer a los pobres, a los enfermos y a los errantes, y recoger a los animales viejos abandonados por sus dueños. Allá iban a dar las joyas y los vestidos lujosos que recibía de sus amantes. Pero la gente del pueblo traía su nombre de boca en boca, la señalaba con el dedo y la humillaba, sin que ella les contestara nunca.

»Utz-Colel, en cambio, a fuerza de oír que era buena, se había vuelto orgullosa y dura de corazón; le daban asco los enfermos y lo pobres, por mugrosos.

»Ocurrió que un día ya no se vio salir de su casa a la Xtabay. La gente dio por hecho que había ido a ofrecerse por ahí, en otros caminos. Un día, un perfume delicado y espiritual comenzó a difundirse por todo el pueblo en exquisitos efluvios; buscando el origen del mismo, la gente dio con la casa de la Xtabay, que había muerto. Su cuerpo estaba ahí abandonado, sin más compañía que la de algunos animales viejos que habían venido a velarla. Y efectivamente, era de esa carne impregnada de tantos hombres de donde surgía el misterioso perfume.

»Enterada del portento, Utz-Colel dijo que eso era mentira: de un cuerpo envilecido sólo podía emanar pestilencia y podredumbre. Mas finalmente debió rendirse a la evidencia. Entonces dijo que el tal perfume debía de ser cosa de los malos espíritus, que de esa manera continuaban tentando a los hombres. Y anunció que, si del cadáver de una prostituta podía salir un aroma como ese, cuando ella muriera su virtud envolvería al pueblo en un olor maravilloso. Nadie dudó de eso.

»Por lástima, unas cuantas personas se acomidieron a enterrar a la Xkeban. Lo hicieron de una manera muy humilde, pero dice la leyenda que al día siguiente la tumba se hallaba cubierta de flores perfumadas que habían nacido ahí.

»Pasó algún tiempo. Utz-Colel murió, y todo el pueblo asistió a su funeral recordando lo buena, lo honesta que había sido. Inexplicablemente, su virginidad apestaba con un hedor insoportable».

La viuda cerró el libro y miró a Adél, esperando un comentario de su parte. Pero Adél no dijo nada, ni siquiera le devolvió la mirada. Parecía profundamente conmovida. Sólo después de unos minutos pudo decir algo:

—Gracias, Olivia.

—Bueno, vamos a hablar de otra cosa que también me interesa mucho: ¿lograron descifrar el enigma?

—Sólo tenemos pedazos.

Se puso a explicarle a la viuda todo lo que había encontrado junto con Germán, le enseñó sus notas.

—No entiendo bien lo del jaguar —confesó Olivia—. Y lo de la Sexta Ciudad de Cíbola, francamente me parece impenetrable. Con razón mi marido le puso ese signo de interrogación. Pero creo que lo demás no es tan difícil.

—¿Te parece?

—Dices que las últimas líneas deben referirse a un cuándo y un dónde, ¿no es así?

—Así es.

—Pues entonces está muy claro: se trata del equinoccio en Chichén Itzá.

—¿Que qué? —Adél la miró perpleja.

—Todo coincide, mira: el edificio principal de Chichén Itzá se conoce como «el castillo». Claro, hay otros castillos en México, pero ninguno tiene relación con la estrella de la mañana.

—¡Quetzalcóatl! —exclamó Adél, cayendo por fin en la cuenta.

—Exactamente. Quetzalcóatl es la estrella de la mañana. Y dos veces al año, en los equinoccios de otoño y primavera, desciende al castillo. Ojalá pudieras verlo algún día: al ponerse el sol, las gradas de la pirámide empiezan a proyectar la sombra ondulante de una serpiente. Es un increíble juego de luz. El cuerpo de la Serpiente Emplumada va bajando a medida que avanza el crepúsculo, hasta que se encuentra con la cabeza de piedra que hay en la base de la pirámide.

—¿Por qué yo no vi eso?

—Algún día lo verás. Realmente vale la pena: es una muestra de la integración perfecta que habían logrado los mayas entre arquitectura y astronomía: la piedra cantándole al cielo, los seres de la tierra dialogando con los dioses.

—Esto es fascinante, Olivia —a Adél le parecía, de pronto, que todo era claro, perfectamente claro. Pero cuando ella y la viuda repasaron el enigma, una vez más, se dio cuenta de que había aún un cabo suelto:

—Espera. ¿Por qué dice que baja «a beber agua»? ¿A qué se refiere esta agua?

—No lo sé.

—Tiene que haber una explicación. Nada de esto es gratuito.

—El agua se relaciona con lo femenino, la energía emocional, la luna...

—Pero, ¿de qué manera encaja eso aquí? ¿Y lo de la Sexta Ciudad de Cíbola?

—Me parece que eso te indica adónde tienes que llevar la contraseña cuando tenga lugar el equinoccio en Chichén Itzá.

—¿No dónde está el templo?

—Vamos a pensar.

Se fueron a dormir ya muy tarde las dos mujeres, tratando de resolver el enigma pero también porque querían prolongar al máximo esos últimos instantes que pasarían juntas. De Germán ya no se acordaban: andaría por allá, tal vez en algún tugurio del Zócalo o de su barrio, La Merced. Visitando a sus fantasmas, platicando con sus muertos. O tal vez, pensó Adél, habría ido a emborracharse con aquel pintor a quien se habían encontrado en la cantina. Parecía andar con ganas de sufrir.

Ya en su cama, Adél todavía no tenía sueño. Repasaba mentalmente la conversación con Olivia y no se sintió capaz de esperar hasta que Germán llegara para hacer el viaje. Se acostó en posición de muerta y comenzó a relajarse y a hacer la respiración circular. Perdió la noción del tiempo y del lugar donde se encontraba. Aunque sólo en fotos había visto las ruinas de Chichén Itza, eso fue suficiente para darle una imagen meta. Comenzó a visualizar ese espacio sagrado, y en un instante ya estaba ahí. Era de noche —la noche perfumada del Mayab— y sólo los animales salvajes perturbaban el silencio: el chillido de los monos aulladores. Adél vio a algunos sacerdotes que caminaban de un edificio a otro y comprendió que ya no poseían un cuerpo físico. Lo habrían perdido hacía muchísimos siglos, y sin embargo continuaban habitando su ciudad, guardando el tesoro de su sabiduría. En lo alto del «castillo», aquella pirámide construida para recibir a Quetzalcóatl, vio una enorme esfera de niebla luminosa color violeta. «¡El templo etérico!», pensó. Y confirmó su idea cuando vio que uno de los sacerdotes subía lentamente las gradas de la pirámide, tal vez ya cansado de hacer lo mismo durante tanto tiempo, y se disolvía al entrar en contacto con aquella luna de algodón violáceo. Comenzó a subir ella también. Pero a medida que se acercaba a la cumbre, la esfera comenzó a desvanecerse como niebla que se levanta. Cuando llegó arriba ya no había nada, sólo la noche oscura, sin un cuerpo celeste que brillara en lo alto; sólo la soledad, el olor acre de los siglos.

Adél debió quedarse dormida, porque no supo cómo regresó a su cuerpo. Regresó por la vía del sueño, y eso fue lo más angustiante. Vio a Germán emborrachándose con unos teporochos en la calle, en una esquina donde una mujer hervía café en un brasero. Estaba sentado en el suelo, recargado contra la cortina metálica de un comercio, y sus ojos sangraban. Gruesos hilos de sangre manaban de ellos.

Despertó aterrada, sin saber dónde se encontraba. Pronto iba a amanecer y, gracias a ello, se filtraba alguna claridad por las cortinas de la ventana. Adél comenzó a reconocer la habitación, los muebles, sus cosas ya empacadas... Se preguntó si Germán ya habría llegado. Pero no quería ir a asomarse a su cuarto: tenía miedo. Encendió la televisión y estuvo mirándola un poco hasta que se calmó. Eran las siete de la mañana cuando logró volver a dormirse.

Pensaba Adél...

«Germán es antiguo y telúrico: un animal de las cuevas. Su piel es caliente y áspera como esas piedras que en lo alto de las pirámides han bebido el sol durante muchos siglos. Y huele a barro, a cuero, a semillas impacientes por el vientre de la tierra donde serán plantadas. Acaricia mi cuerpo con adoración de idólatra y lo toma con sabiduría de sacerdote. Me desgrana igual que si fuera yo mazorca de maíz. 'Anda', le digo impaciente, y él para exasperarme se vuelve lento. Me envuelve en su abrazo y me hace pequeña hasta convertirme en un ovillo, en un conejo, en un hongo bajo su sombra. Y él crece y cae nuevamente sobre mí con todo el peso de su sexo de piedra. Serpiente que sube la montaña en lugar de esconderse bajo la tierra, guarda los colmillos y no escupe su veneno sino que lo arroja dentro de sí para formar sus alas. Me absorbe, me obnubila. Creo que por eso no puedo amarlo, y Metztli, que acompaña mis noches de insomnio, sabe que lo he intentado. He querido quererlo. Pero también eso me da miedo: no me gustaría utilizarlo para olvidar a Claudio o para desprenderme de él.

»Claudio es diferente: es un fuego que me abrasa sin tocarme, llamándome a la esfera de su deseo sin que yo pueda negarme. Y me hace arder en él y arde él mismo; renuncia al control y se consume en su lascivia disparando hacia mí todas sus flechas, hasta que pierde sus fuerzas, su luz e, indefenso, parece pedirme que yo se la devuelva, que lo tome en mis brazos y lo lleve montaña arriba porque él no puede más. Me gustaría revelarle mi secreto, el secreto de la flor quetzal que me enseñó Germán, pero ya se lo he ofrecido y no lo quiere: prefiere su dulce languidecer. Un día estará listo para él. Mientras tanto, en su debilidad se encuentra su victoria. Sí, me has vencido. Me has vencido, amor, porque te extraño y te deseo horriblemente. Mira, estoy húmeda por ti, ansiosa porque me tomes. Ven, siéntate aquí en la cama, a mi lado. Bájame el pantalón y contempla mis muslos, que tanto te gustan. ¿Ves cómo se eriza mi piel al sentir tu mirada? ¿Sientes el olor de mi sexo hambriento, que escapa para implorarte que te acerques más? Sí, desnúdame. Desnúdame toda. Míralo, aquí está: dormido entre mis piernas. ¿No te dan ganas de acariciarlo? Pero no, no quiero que lo toques todavía. No abras mis muslos. Contémplalo así: escondido, tímido. Es un pez oculto en un lecho de algas, un ave pequeña que pía de hambre entre la maraña de un arbusto. No te muevas. Acarícialo con tu mirada para que pierda el temor y se atreva a mostrarse a ti. Sabes cómo se entrega cuando sabes conquistarlo. Sí, acarícialo así, lámelo, muérdelo con tu mirada, despiértalo. Ahora separa mis piernas poco a poco, amor. ¿Lo ves? ¿Ves cómo el deseo lo ha hinchado y escurre por sus comisuras, lento, cristalino, narcotizante como el zumo de una planta venenosa? ¿Sientes el calor que irradia desde su pequeña brasa, desde su perla de lumbre? Cierra los ojos y acerca tu nariz a él, déjalo que seduzca tu olfato, que su perfume baile para ti su danza de serpiente. Abre la boca y acércale tu lengua, pero sin tocarlo; sólo saborea el aliento que escapa de sus labios. Bebe su sed. Ten paciencia: más tarde podrás besarlo hasta saciarte. Podrás devorarlo y hundirte en él; soñar su sueño de sangre y jugos y tejidos y densos nutrientes.

»Abre los ojos: ya sabes cómo se enciende cuando lo miras con lujuria. Observa su latido: es una flor viva que respira inquieta, una creatura del agua que boquea en busca de aire, un corazón con una herida en medio. Pero no te alejes tanto: ven, sóplale, sóplale suavemente, como si fuera una tierna pluma que se mece en el roce de la brisa. Ayúdale a refrescarse, a aliviarse un poco de tanto ardor. Así, amor, acarícialo con tu aliento, con tus palabras. Dile algo que yo no alcance a oír. Susúrrale obscenidades. Perviértelo.

»Ya puedes acercarte más, ya puedes tocarlo, pero que no sea con tus manos. Recurre a algo más delicado: tu sexo, por ejemplo. No, no quiero que lo introduzcas: sería demasiado violento ahora. Sólo aproxímalo. Hazlo mostrar su poder, hazlo bailar como bailan los animales salvajes para encantar a las hembras. Deja que mi vientre lo presienta: duro y suave como tú. Así, mi vida, paséalo, frótalo lentamente, déjalo que se emborrache de mi humedad y me emborrache con la suya. Que me haga envilecerme, prostituirme, regalarme. No pares, por favor, no interrumpas esta deliciosa tortura de ansiarnos. El premio será grande cuando llegue. Pero falta tanto, amor, falta tanto».

Regreso a Budapest

Adél se quedó toda la tarde encerrada en su cuarto, llorando y releyendo una y otra vez las cartas de Claudio. Las encontró al llegar del aeropuerto. No las esperaba. Las recogió sintiendo que el corazón le latía más fuerte por la emoción, se las llevó a la cama y comenzó a ordenarlas por fecha. Leyó la primera y luego la segunda, la tercera, la cuarta... hasta terminar. Y cuando terminó se dio cuenta de que estaba llorando y volvió a empezar con la primera. Y eso que se había hecho el propósito de dormir por lo menos veinte horas seguidas en cuanto tocara su cama.

El viaje había sido muy largo: once horas hasta Amsterdam y luego dos más de ahí a Budapest. Germán iba bebiendo, posponiendo lo más posible el momento de la cruda. Sufriendo por quién sabe qué cosa. No hablaron casi nada en todo el camino; estaban demasiado saturados uno del otro como para hablar. Se separaron en el aeropuerto.

Con siete horas de diferencia, Adél sentía que eran las seis de la tarde cuando en realidad ya era la una de la mañana. Fue una noche larga, de insomnio, de tristeza, en la que sólo se oía, hasta ahí, el tic tac del reloj de la cocina. Por fin, poco antes de las cinco, comenzó a oírse el rumor de motores calentándose de la estación de autobuses. Adél no pudo más con la zozobra que sentía. Tomó del buró su celular, que había dejado cargándose después de no usarlo durante un mes, y marcó el número de Claudio.

Ya sabía, porque acababa de leerlo en una de las cartas, que Claudio había desertado de la Orden. Pero no le creía. Necesitaba oírlo.

—¿No me estás mintiendo? —le preguntó por el teléfono.

—No. De verdad me salí.

—¿Me lo juras?

—Te lo juro.

—Pero, ¿por qué lo hiciste? No creo que por mí, ¿verdad?

—No puedo decírtelo por teléfono. Necesito verte. ¿Estás en tu casa?

—Sí.

—Voy para allá en este momento —y colgó, sin darle oportunidad a Adél de decir si aceptaba o no.

Contra todo lo que ella habría esperado, Claudio no le pidió ninguna explicación. No le preguntó adónde había ido, ni por qué desapareció sin avisarle, ni nada. Llegó bañado y rasurado, oliendo a *after shave*, y se metió con ella en la cama. Inmediatamente sintió Adél el ramalazo del deseo, largamente guardado, pero no hizo nada. Necesitaban hablar primero.

—Te veo distinta. ¿Qué te hiciste?

—No sé. ¿Por qué distinta?

—Tienes una cosa rara: tus ojos... no puedo definirlo. ¿Eres realmente Adél, mi Adél?

—Sí, soy tu Adél.

—¿Puedo preguntarte qué has hecho en todo este tiempo?

—Fui a México.

—¡A México!

—Sí. Voy a contarte todo, pero primero quiero que me expliques bien lo de tu renuncia a la sociedad secreta.

Claudio volvió a decirle lo que ya le había dicho primero por carta y luego por teléfono: lo de la conversación con el gordo Toscano, lo de sus dudas, lo de los planes de la Orden de aliar a México con Venezuela y Argentina, crear una confederación militarista y emprender una guerra de conquista en todo el continente.

—Cuéntamelo todo —le exigió Adél cuando terminó de hablar—. No me ocultes nada.

—No te estoy ocultando nada. Eso es todo.

—No eres un hombre que rompa un compromiso tan fácilmente, Claudio. Además, supongo que la mayor parte de esto ya lo sabías desde el principio. Debe haber algo más.

Claudio se quedó callado. No se atrevía.

—¿Qué es lo que todavía te falta por decirme?

Él ya no quería ocultarle nada. Así que finalmente le contó lo de los sacrificios. Eso, le dijo, había sido la gota que derramara el vaso.

Adél lo miró con ferocidad, como si él hubiera sido el sacerdote que ofreció la víctima.

—¿Me juras que tú nunca has participado en nada de eso?

—Te lo juro.

—Pero, ¿de dónde traen a las víctimas? ¿Quiénes son?

Claudio se encogió de hombros:

—Depende de para qué dios sea el sacrificio. A Tláloc se le ofrecen niños. Supongo que los han de secuestrar en la calle, de esos niños sin casa que duermen en cualquier parte y a veces están tan drogados que no se dan cuenta de nada.

—¿Y las mujeres? ¿Son prostitutas?

—No lo creo. Las prostitutas se protegen mucho entre sí y además siempre están listas para echar a correr, gritar o dar pelea si es necesario.

—¿Entonces?

—Obreras, muchachas de extracción humilde.

—¿Las de Ciudad Juárez?

Claudio sonrió para sus adentros, asombrado por la velocidad con que Adél tejía toda esa serie de relaciones buscando lo más horrible.

—No creo que la Orden haya cometido esos crímenes. No se hace así un sacrificio ritual. Además para qué iban a ir tan lejos. En la ciudad de México desaparecen muchas mujeres de las cuales nunca se dice nada.

—¿Y los hombres?

—Pueden ser muchas cosas: delincuentes, guerrilleros, perseguidos políticos, chavos banda... A Huitzilopochtili se le ofrecían guerreros, y todos estos que te digo, a su manera, son guerreros.

Adél no preguntó más. Parecía haber quedado satisfecha.

—Ahora cuéntame tú. ¿Cómo está eso de que fuiste a México? ¿Te ganaste el viaje en una rifa?

—Ojalá hubiera sido así. No me habría gastado mis ahorros.

Comenzó a contarle todo lo relativo al viaje, desde el principio; desde cómo y porqué lo planearon ella y Germán. Claudio no pudo evitar la mordida de los celos. Pero no dijo nada: no quería interrumpir a Adél ni empezar mal otra vez.

—¿Fuiste capaz de hacer eso por mí? —le preguntó, conmovido, cuando ella terminó de hablar.

—No lo habría hecho si no hubiera hablado con Bernadett. Pensaba simplemente alejarme de ti.

—¿Quién es Bernadett?

—La empleada del bar adonde va Germán.

Claudio ya no quiso seguir hablando y, antes de que Adél lo hiciera, le cerró la boca con un beso. Su cuerpo conservaba el arrullo del trópico; su piel soleada, el aroma del agua y la tierra. Con ese calor envolvió al amante, haciéndolo perderse en sus ansias.

Un par de horas después, mientras se vestían para ir a la calle a buscar algo de comer, Claudio reflexionó:

—Supongo que, como ya no estoy en la Orden, ya no necesitas preocuparte por mí. Ya no tienes que salvarme.

—Así parece —le respondió Adél, todavía con una sonrisa de placer en los labios.

—Sin embargo quiero pedirte que tú y Germán me acepten como socio.

—¿De qué hablas?

—De la búsqueda del tesoro. Quiero buscarlo junto con ustedes. Ya no se trata de salvarme a mí, sino a algo más importante.

Adél se quedó pensando. Tardó en responder. Otra vez sintió Claudio que había en ella algo distinto: una luz más clara.

—Creí que Germán te caía mal.

—Me caía mal, efectivamente. Supongo que en cierta forma le tenía miedo. Me sentía juzgado por él. Ya no. Ya no tengo nada de que avergonzarme.

El don de la sangre

Germán no había parado de beber desde que regresó a Budapest. Esta vez parecía decidido a acabar consigo. No trabajaba ni comía ya; apenas si mordía un pedazo de pan en las mañanas, antes de servirse la primera copa y encender el primer cigarro. Y no le abría la puerta a nadie, temiendo que Adél fuera a buscarlo. No quería verla. No se sentía capaz.

En las noches, ya borracho, lograba encontrar el camino al Acapulco y ahí seguía bebiendo, arriesgándose a que Adél llegara a buscarlo ahí. En el fondo ésa era su esperanza.

Bernadett había preferido no preguntarle nada, dejarlo que terminara de llegar al fondo de eso y pudiera salir nuevamente a la superficie. Intuía que se trataba de Adél, pero en todo caso esperaba que él tomara la iniciativa de contarle. Y efectivamente, él fue a sentarse en la barra y le contó todo. Toda la historia, desde cómo conoció a Adél, lo que le enseñaba, lo del tesoro, lo de Hernández Garay, lo del viaje a México… estaba tan ebrio que después ya no se acordaría de lo que dijo. Bernadett no preguntó nada ni contestó nada; guardó sus comentarios para cuando Germán estuviera en condición de razonar. Y él siguió hasta que ya no tenía sentido lo que decía. En algún momento, al bajarse del banco para ir al baño, perdió el equilibrio y se cayó. No quiso levantarse; se quedó ahí tirado, llorando por el golpe que se había dado en la frente. Bernadett quiso ayudarle, pero era pequeña y él pesaba mucho.

—Ya voy, ya voy —balbuceaba Germán. Finalmente logró ponerse de pie y llegar hasta el baño, y luego, andando ya sólo por instinto de supervivencia, se dirigió a la mesa que solía ocupar con Adél y ahí se quedó dormido.

A las siete de la mañana, en cuanto llegó la muchacha que trabajaba en el turno del día, Bernadett fue a despertarlo.

—Germán, Germán, vámonos.

—Sí —murmuró él, abriendo los ojos un instante, y luego volvió a cerrarlos.

—Despierta, Germán. Germán…

—Ahorita.

—Son las siete de la mañana. Vámonos ya.

—¿Adónde? —despertó por fin.

—A tu casa.

—¿A mi casa? ¿Qué vas a hacer tú a mi casa?

—Voy a ver que te acuestes y comas algo.

El hombre se dejó llevar sin decir ya nada, como un muñeco.

En la calle caminaba con todo su peso apoyado en los hombros de ella, con los ojos cerrados porque la luz de la mañana le resultaba intolerable.

❦

Llegando al apartamento, Bernadett desvistió a Germán, lo metió a la regadera y, mientras él se quedaba ahí remojándose, lo encerró con llave y fue a la tienda a comprar pan fresco, queso y salami.

Cuando regresó, Germán todavía estaba bañándose. Fue por él, lo secó y le puso su pijama sucia porque no encontró nada limpio en el clóset. Luego desayunaron juntos, pero Germán vomitó todo. Parecía realmente enfermo: no podía hablar, estaba como ido, con la mirada perdida en un punto lejano. Bernadett lo llevó a su cama y se sentó junto a él a cuidarlo hasta que se quedó dormido. Entonces salió de la habitación sin hacer ruido, fue al taller y se acostó en el sofá para dormir ella también, un poco. Se arrulló mirando todo lo que había ahí: la mesa de madera basta, las herramientas, las piedras sin trabajar y las que ya iban tomando forma... pensó que, cuando Germán despertara, le iba a preguntar para qué utilizaba la cadena y el grillete.

Pasado el mediodía, la despertó el timbre de la puerta. Dudó un momento entre abrir o no, pero, como no quería que siguieran tocando y despertaran a Germán, fue a ver quién era.

—¡Bernadett! —la saludó Adél, sorprendida—. ¿Pasa algo? —le preguntó al ver su cara de preocupación.

—Germán está muy mal. No había parado de beber hasta hoy en la mañana.

—¿Dónde está?

—En su cuarto. Dormido.

Adél se quedó ahí parada sin saber qué hacer, si despedirse y volver otro día o entrar a ver a su amigo. El aspecto de Bernadett la ayudó a decidirse: la muchacha parecía tremendamente cansada y preocupada.

—¿Quieres que me quede a cuidarlo para que puedas irte a descansar?

—No. Quiero ver cómo sigue. Estaba muy mal hace rato. No hablaba. Ni siquiera parecía reconocerme.

—Está bien. ¿Ya comiste?

—Desayunamos hace rato. Un sándwich. Pero Germán lo vomitó.

Adél miró su reloj:

—Va a ser la una. ¿No tienes hambre?

—Una poca. Pero todavía hay pan, queso y salami. ¿Quieres?

—¿Cómo vas a comer sólo eso? Voy a ordenar una pizza —anunció Adél, sacando ya su celular—. ¿Te gusta la pizza?

—Sí.

Mientras llegaba el repartidor, Bernadett se metió a bañar, al parecer más tranquila, y Adél fue a ver a Germán.

Él la sintió entrar y abrió los ojos. Tardó un poco en reconocerla.

—Volviste con él, ¿verdad? —fue lo único que dijo.

Adél asintió.

Germán cerró los ojos otra vez y se volvió de espaldas a ella.

Adél iba a salir de la habitación, pero él la llamó sin cambiar de posición, sin darle la cara.

—¿Por qué viniste?

—Quería verte. No nos hemos visto en muchos días.

—¿Cuánto hace que regresamos de México?

—Dos semanas casi.

—Dos semanas... ¿Encontraste el tesoro?

—No. ¿Cómo voy a encontrarlo yo sola?

—¿No te ayudó Olivia?

—Me ayudó un poco, pero falta mucho.

—¿Piensas seguirlo buscando?

—Sí —respondió Adél, conmovida de verlo de esa manera, tan roto. Pensó que hubiera dado cualquier cosa por ahorrarle ese sufrimiento.

—¿Con Claudio?

—Con él y contigo. Los tres.

Germán se quedó callado unos instantes. Por fin se volvió y la miró con sus ojos húmedos, con sus ojos que hicieron a Adél recordar la pesadilla que había tenido la última noche en México. Sus ojos sangrantes.

—¿Ya no te importa que use el secreto para hacer daño?

—No lo va a usar para eso. Renunció a la Orden.

A pesar de su debilidad, Germán soltó una carcajada.

—¿Y tú le creíste?

—Es verdad. Lo conozco.

Germán se le quedó viendo con lástima.

—Yo no tengo nada que hacer con ustedes, Adél. Creí que eras inteligente —se volvió otra vez de espaldas y se quedó dormido.

Durante la comida, las dos mujeres se pusieron de acuerdo sobre cómo cuidar a su paciente: Bernadett se iba a dormir otro rato en el sofá, un par de horas por lo menos, mientras Adél iba a su apartamento por ropa limpia y otras cosas que necesitaba y de regreso pasaba a comprar unos jugos de frutas o algo que Germán pudiera comer. Volvería a las seis para que Bernadett pudiera pasar también a su casa a cambiarse de ropa, antes de irse a trabajar al Acapulco, y pasaría la noche ahí hasta que Bernadett volviera a la mañana siguiente.

Así lo hicieron, sin que Germán despertara en ningún momento en todo ese tiempo. Efectivamente, cuando abrió los ojos eran más de las diez de la mañana del día siguiente. Sólo Bernadett estaba en la casa. Adél se había ido a la Universidad, dejando dicho que volvería por la tarde.

Era una de esas mañanas dulces, llenas de luz.

—Gracias, Bernadett —la voz que dijo esas palabras era diferente de la que la muchacha conocía. Era una voz llena de vergüenza, pero también de humildad y de sincero arrepentimiento.

Bernadett se sintió complacida, pero no quiso demostrarlo. Su tarea con ese hombre no había terminado aún y debía mostrarse dura para completarla.

—No tienes por qué darlas. Trato de vivir de acuerdo con mis creencias, eso es todo. Además, no fui la única que te cuidó. Adél también estuvo aquí.

—Sí. Lo sé.

La muchacha estaba preparándose para salir.

—¿Adónde vas? —le preguntó Germán con angustia, como si no hubiera pensado en que ella tendría que irse.

—Necesito hacer algunas cosas. Y luego me voy a mi casa. Ya estás casi bien.

—Pero... ¿por qué no compramos algo y comemos juntos? Podemos ordenar una pizza.

—Acompáñame, si quieres. Luego regresamos a comer.

—Está bien. Déjame vestir.

En sus pasos tambaleantes, en sus brazos débiles, en sus manos temblorosas, Bernadett pudo ver que todavía no estaba bien.

En la calle no preguntó hacia dónde iban. Caminaba sosteniéndose del brazo de la joven. Tomaron hacia el norte, varias cuadras por la calle Vig, luego doblaron hacia el este en la avenida Rákóczy y siguieron por ahí casi hasta la estación del tren de Keleti, dieron vuelta otra vez hacia el norte, cruzaron una verja... frente a los ojos de Germán se alzaba la bella iglesia neogótica de Santa Isabel, con su rosetón policromo dentro de un cuadrado en cuyas cuatro esquinas se encontraban un ángel, un cordero, un león y un águila representando a los cuatro evangelistas. En el atrio había una estatua de la santa con la inscripción: *Szent Erzsébet Szegények Anyja*: «Santa Isabel, madre de los pobres».

—¿A qué venimos aquí? —preguntó como si no pudiera comprender nada.

—Aquí está tu famoso tesoro —le respondió Bernadett y, como vio que él seguía sin entender, lo llevó al interior del templo y le explicó:

—Cuando estabas perdido de borracho, me dijiste que el tesoro que buscabas era el secreto del poder que hay en la sangre. Helo ahí.

En un rincón en penumbra, silencioso, humilde, pendía de la pared un Cristo crucificado. Sus ojos de vidrio, apenas iluminados por una luz rojiza, expresaban una gran tristeza. Y de su frente, de sus manos, de sus pies, de su costado, escurrían negros hilos de sangre.

—Ahí está, Germán: el Poder que tú y Adél han buscado tanto.

Más de un secreto

—Creí que se reunían en un bar —comentó Claudio.

—Ya no —le respondió Adél—. Bernadett y yo estamos tratando de mantener a Germán lejos del alcohol.

Efectivamente, la cita tuvo lugar en el Tarka Macska, un pequeño café de la calle Rottenbiller. Era una tarde melancólica cuando ya se sentía en el aire el final del verano y del sol y la proximidad del otoño, el viento, las hojas secas.

Germán llegó poco después que los otros dos.

—¿Cómo te sientes? —Adél se adelantó a recibirlo y le dio un abrazo y un beso en la mejilla.

—Bien.

Claudio y él se estrecharon la mano como si, a partir de quién sabe qué momento, hubieran empezado a tenerse afecto.

Ordenaron café y *struddel* de semillas de amapola.

—¿Cómo están? —preguntó Germán. De pronto no parecía el mismo de antes, por lo menos no a los ojos de Adél. Diríase que había en él un cambio favorable: ya no actuaba con esa euforia sospechosa de los alcohólicos. Se notaba en él una especie nueva de serenidad, tal vez felicidad. Pero no, a Adél no podía engañarla: la suya era una felicidad muerta, una felicidad desdichada. Como si hubiera recibido un don que no quería. Así —pensó Adél— debió de haber sido la felicidad de Lázaro cuando se creía libre del mundo y, de pronto, he aquí que estaba de regreso.

—¿Cómo están? —repitió.

—Bien —le respondió Adél—. Acordándonos de ti. Anoche ya por pura inercia íbamos al Acapulco y de pronto nos acordamos de que tú ya no vas. De todos modos, como ya estábamos cerca, Claudio quiso pasar a conocer a Bernadett.

—Pero no la vimos —intervino Claudio—. Estaba un muchacho en su lugar.

—Ya no trabaja ahí —explicó Germán.

—¿Y eso?

—Se salió. No quería que yo la agarrara de pretexto para seguir yendo.

Adél guardó silencio. La conmovía esa alegría sin consuelo con que hablaba Germán.

—Está buscando trabajo —continuó él—. Mañana tiene una entrevista en una compañía que se llama ACR. Sería un empleo sencillo, dando por teléfono asesoría sobre unos productos electrónicos.

—Yo tengo un amigo que trabaja ahí —comentó Claudio—. Es el director de servicios al cliente. Le voy a hablar por teléfono.

—Estaría muy bien —aprobó Adél, orgullosa de ver cómo su novio trataba de ganarse a sus amigos. No pudo evitar acordarse del primer encuentro que tuvieron los tres, hacía ya tanto tiempo, en el Café Gerbaud. La actitud de Claudio hacia Germán, e incluso hacia ella, era totalmente distinta. Era otro hombre: más humano, más libre, más seguro en su sencillez. Eso pensaba ella. A Germán, en cambio, le parecía sospechosa tanta amabilidad. No podía ser real. Le disgustó.

—Sí. Hoy mismo lo llamo. Aunque me parece que para esos empleos es requisito hablar español o inglés. ¿Bernadett habla alguno de estos idiomas?

—No sé —dijo Germán, secamente—. No lo creo.

—Pues qué raro. No creo que no le dijeran nada al respecto cuando hizo la cita. ¿Estás seguro de que es ahí?

Germán se encogió de hombros y dio por terminado el tema.

—Bueno —dijo Adél con energía—. Vamos a hablar de nuestras cosas.

—¿Del tesoro?

—Sí, del tesoro. No nos hemos ocupado de él desde que regresamos de México. ¿Te acuerdas de que todavía nos faltaba resolver una buena parte del primer enigma? Pues el último día Olivia y yo casi terminamos mientras tú te ibas de borracho.

—Me imaginé que eso sucedería.

—No podrás quejarte de tu alumna —celebró Claudio, orgulloso.

—¿No quieres oír lo que encontramos? —preguntó Adél.

—No sé.

—¿Cómo que no sabes?

Germán ya no parecía entusiasmado y eso le dolió a Adél.

—No sé qué es lo que estamos buscando. ¿Qué buscamos realmente?

—El tesoro de Moctezuma: el secreto de la transmutación de la sangre en poder.

—¿Y qué tal si ese secreto nunca fue realmente un secreto?

—¿Qué quieres decir? —Adél comenzaba a enfadarse: sus ojos de tigre lanzaron un destello.

—Tal vez ese conocimiento nunca estuvo oculto; fue escondido, disfrazado, pervertido, pero siempre estuvo ahí. Claudio es historiador y sabe de esto más que yo; él dirá si estoy equivocado. La religión que predicaba Quetzalcóatl era muy similar al cristianismo primitivo. Al igual que éste, hablaba de la ascensión mediante el proceso iniciático del sacrificio del viejo Yo, la ofrenda del corazón al Sol, el descenso de la conciencia al inframundo y la posterior resurrección, ya como ser solarizado. Y en equilibrio con esta visión trascendente, en ambas religiones se enfatizaba el papel imprescindible de lo femenino lunar y de lo femenino telúrico en el drama cósmico.

Germán hizo una pausa, como esperando a ver si Claudio comentaba o rebatía algo, pero eso no sucedió.

—¿Quieres decir que Quetzalcóatl era cristiano o algo así? —preguntó Adél.

—Dicen que Quetzalcóatl, además de ser rubio y barbado, usaba una túnica blanca con una cruz roja en el pecho: el vestido de los templarios. Sería un caballero del Temple como lo dijo Pedro Ruiz Ptolomeo, que era alquimista y nigromante. No hay otra explicación. Por la época en que apareció, la persecución en contra de los templarios había obligado a muchos de ellos a huir. Puede ser que Quetzalcóatl llegara a América por desesperación. Y una vez ahí se convirtió en el maestro, en el gran iniciador que fue. Escúchame, Adél: en 1517, cuando Francisco Fernández de Córdoba llegó a Yucatán, descubrió asombrado que los indígenas ya conocían y veneraban la cruz y entendían el significado de cosas como el bautismo, la comunión, la confesión de los pecados, el diluvio universal, la Inmaculada Concepción y las Tres Divinas Personas.

—Pero los templarios eran herejes. Al mismo tiempo que decían creer en Dios, seguían practicando los cultos paganos de la feminidad sagrada.

—Los templarios eran cristianos básicamente —puntualizó Germán—. Sus creencias respecto al poder de lo femenino no afectaban los dogmas esenciales, como el de la redención universal por el sacrificio de Cristo.

—Pero, ¿por qué no hay referencias a lo femenino?

—Te equivocas. En todas las culturas prehispánicas desde Guatemala hasta Michoacán están presentes lo femenino y la sacralidad del sexo. ¿Ya no te acuerdas de las estelas con formas fálicas y las otras figuras de Yaxchilán? Y ahí están los frisos de los huaxtecas, que representan parejas en distintas posiciones sexuales, los cuencos que evocaban la cavidad de la matriz y la presencia recurrente, en todo el arte mesoamericano, de caracolas, que simbolizaban los genitales femeninos. Te lo digo porque he estudiado esto como escultor: sé de qué hablo.

Adél no comentó ya nada. Se quedó pensando.

—¿Tú qué dices, Claudio? —le preguntó a su novio.

—Lo que dice Germán es muy interesante. No entiendo por qué dijo al principio que yo sé de estas cosas más que él. Él sabe mucho.

—Pero —continuó Adél—, ¿por qué los españoles trataron de destruir las religiones indígenas?

—Los españoles —le explicó Germán— continuaron en América la guerra de exterminio que la Iglesia de Roma ya había emprendido contra los templarios, los herejes, los paganos, y todos aquellos que se desviaran del nuevo orden patriarcal que estaba imponiendo al mundo.

—Pero la Reforma...

—La Reforma protestante, en su intento de devolver al cristianismo su pureza original, únicamente concedió a sus ministros el derecho al sexo, pero, en todo lo demás, sólo fortaleció ese nuevo orden.

—Ya di algo, Claudio, por favor —exigió Adél—. ¿Qué opinas tú de esto?

—Ya te dije: es muy interesante todo. Es fascinante. Ahora, si lo que quieres es que te diga si es verdad o no, me pones en un problema. Es muy difícil saber quién fue en verdad Quetzalcóatl. Hay muchas leyendas en todo eso. Dicen también que era un monje islandés que salió de su ciudad de Thule, en Islandia, para fundar una nueva ciudad con el mismo nombre desde la cual pudiera difundir sus enseñanzas. La teoría del caballero templario, de Pedro Ruiz Ptolomeo, me parece muy fantasiosa. En cuanto a las hostias, las cruces y todos esos elementos que supuestamente encontraron los españoles, resulta muy probable que fueran sembradas por ellos mismos con fines de propaganda. Pero todo es posible mientras no se demuestre lo contrario. Lo que dice Germán es posible.

—Esas evidencias no fueron sembradas —rebatió aquél—. Los frailes quisieron revelar al mundo europeo esa maravilla que habían descubierto: el cristianismo prehispánico, la evolución en tierras americanas de la semilla que ellos habían creído llevar por primera vez. Pero por eso mismo fueron silenciados o difamados por la Corona. Porque la guerra de conquista sólo podía legitimarse con la excusa de la evangelización.

—Nunca se me había ocurrido lo que estás diciendo —interrumpió Claudio, asombrado—. No creo que haya documentos que pudieran probar tu teoría, pero tiene mucho sentido.

—Hay una historia oculta de la humanidad que no puede probarse —continuó Germán—. Y no hablo sólo del pasado remoto. Pero los documentos existen en algún lugar: en catacumbas, en ruinas aún no descubiertas, en templos etéricos. La historia de México fue manipulada para justificar la conquista. Por eso se exageró lo de los sacrificios, por eso se insistió siempre en presentar a los aztecas como bárbaros sedientos de sangre. Pero bueno, para lo que estábamos discutiendo, las evidencias históricas ni siquiera importan realmente. Si los pueblos prehispánicos practicaban la confesión o no, si veneraban la cruz o no, son cosas secundarias ante el hecho fundamental: las doctrinas iniciáticas de las civilizaciones mesoamericanas coincidían en lo esencial con las enseñanzas de Jesús. Seguir a Cristo significa sacrificarse, ofrecer a Dios nuestra vida y nuestra sangre, crucificar el Yo egoísta, insatisfecho, destructivo, hambriento de poder y de posesiones. Y esto es lo que enseñaban los sabios toltecas, mayas, mexicas.

Adél encendió un cigarrillo. Se dio cuenta de que Germán ya tampoco estaba fumando.

—Bueno —concluyó—. ¿Hay tesoro o no? ¿Vamos a seguir buscando?

—Por supuesto que sí —le respondió Claudio—. Tal vez entre los libros que Quetzalcóatl mandó esconder antes de eclipsarse nos encontremos los Evangelios. Tal vez no. Lo que sí es seguro es que en esos archivos, si existen, hay mucho más que un secreto.

—¿Qué?

—Los documentos fundamentales de la sabiduría tolteca, la historia perdida de los atlantes y la historia verdadera de las razas mesoamericanas. Es la historia de México, Adél —enfatizó Claudio—. La verdadera historia, como diría Germán. No la que se puede leer en los libros sino la otra, la que algunos gobernantes aztecas, ambiciosos de poder, empezaron a destruir y los conquistadores terminaron de quemar. Porque sabían que quien tuviera acceso a ella comprendería quiénes somos realmente los mexicanos, de dónde venimos. Esa verdad es peligrosa porque puede hacernos libres. Por eso incluso ahora hay quienes están empeñados en que no se conozca.

—Entonces, ¿por qué la buscan? ¿Por qué no simplemente dejarla escondida?

—Mira: cuando Cortés llegó a la costa del Golfo, Moctezuma II envió a sus mensajeros para que le entregaran su penacho, como signo de abdicación. Creía que Cortés era Quetzalcóatl, que regresaba por fin, y estaba preparándose para abandonar el trono en favor suyo. El códice maya anunciaba, efectivamente, que Quetzalcóatl iba a regresar. Pero cuando Moctezuma trató de calcular el tiempo del retorno basándose en el calendario azteca, tuvo un error nada menos que de 500 años. Interpretados correctamente, los datos nos indicarían que el regreso de la Serpiente Emplumada tendrá lugar en el año 2018. Y seis años antes termina la era que estamos viviendo: el Quinto Sol.

—¿Qué va a pasar? —preguntó Adél.

—Pues mira: cada uno de los cuatro soles que existieron antes se extinguió a causa de la lucha entre los dioses, entre Quetzalcóatl y Tezcatlipoca. Dice la tradición que cuando Quetzalcóatl regrese habrá una gran guerra y con ella vendrá el fin del Quinto Sol, en que estamos viviendo. Después será la restauración, como en el Apocalipsis: la Nueva Tenochtitlan surgirá de las cenizas y Quetzalcóatl volverá a sentarse en su trono.

—¿Será una resurrección en el sentido literal, como imaginan los cristianos la segunda venida de Cristo?

—Tal vez se trate del mismo evento —reflexionó Germán—, anunciado con distintos nombres en dos civilizaciones diferentes.

—No lo sé —continuó Claudio—. El regreso de Quetzalcóatl es el regreso del espíritu de Quetzalcóatl, con todo lo que él representa: la recuperación de la sabiduría, de la historia y de la ley; es decir, de las cosas que estamos buscando.

—¿Entonces para qué las buscamos? —bromeó Germán—. Mejor nos esperamos a que aparezcan solas.

—No me estás entendiendo —le respondió Claudio, tomándose en serio el comentario—. Si otras personas: las fuerzas oscuras, los malos o como quieras llamarlos, las encuentran, podrán manipularlas y distorsionarlas a su antojo de modo que cuando llegue el momento ya no sirvan para lo que deben servir. Por otra parte, yo no he descartado lo del secreto de la transmutación de la sangre en poder; sólo quise llamar la atención sobre el hecho de que ése no es el único secreto guardado en los archivos toltecas.

—No sé —respondió Germán, indeciso, y se quedó viendo con un ansia lastimosa al cigarrillo que fumaba Adél. Debía de extrañar enormemente las reuniones en el Acapulco—. Son demasiadas cosas. Quisiera olvidarme ya de todo, tener una vida normal...

—La tendrás, compañero —insistió Claudio—. La tendremos todos. Pero es necesario luchar antes por ella. Esa gente de la Orden realmente está buscando el secreto de cómo cargar de poder los sacrificios humanos. Están haciendo ya sacrificios, ¿te das cuenta? Y ese secreto existe, independientemente de cuáles puedan ser sus conexiones con la soteriología. Si no quieres creerlo, olvídate de ello. Pero también está lo otro: la verdadera historia de los mexicanos, la que mandó quemar Ixcóatl. ¿Me entiendes ahora?

—¿Sabes qué, compañero? —empezó Germán, ya con un tono distinto: agresivo—. Hablas demasiado bonito para ser neta. ¿Cómo sé que no te estás burlando de nosotros o, en el mejor de los casos, nos estás utilizando?

—Germán... —quiso intervenir Adél.

—Adél se ha tragado lo de que ya no estás con los fachos, yo no.

—Germán...

—Les voy a seguir ayudando en este asunto porque así se lo prometí a ella, pero ten en cuenta en todo momento que no confío en ti.

Dichas estas últimas palabras, Germán tomó sus cosas, dejó un billete en la mesa y se marchó.

Dudas

El reloj del mercado de la plaza Rákóczy daba las cuatro de la tarde cuando Adél pasó por ahí, rumbo a la casa de Germán. Estaba muy molesta con él y quería reclamarle su conducta: ¿por qué le había hablado así a Claudio, que en todo momento se portó tan amable? Pero en realidad —y ella no quería reconocerlo— lo que más la había irritado era que Germán la hubiese hecho dudar, por un momento. Dudar de Claudio. Se sentía culpable por eso. Y más que con Germán, estaba enojada consigo misma.

Se sentó en una banca del pequeño parque. No quería llegar así con Germán. ¿Qué podía decirle realmente? Él no tenía la obligación de ayudarles.

A unos cien metros de ella, unos niños jugaban a hacer bombas con las cajitas de plástico donde venían los juguetes de los huevos Kinder Sorpresa. Ella también hacía esa travesura cuando era niña y conocía el procedimiento: ponían vinagre en una de las dos mitades y bicarbonato de sodio en la otra. Enseguida las pegaban, agitaban la cajita y la lanzaban lejos. En unos instantes explotaba, salpicando el contenido a quien fuese pasando en ese momento. A Adél lo que le gustaba era el sonido: plop. Un plop alegre. Siguió recordando su infancia, al pie del castillo de Eger. Conocía muy bien la historia de ese lugar, de cuando los turcos sitiaron la ciudad en el siglo XVI, porque había leído tres veces la novela histórica de Géza Gárdonyi, *Las estrellas de Eger*. En una de las terrazas del castillo se encontraba sepultado el autor, con un epitafio que decía: «Sólo su cuerpo yace aquí». A ella le encantaba la misteriosa belleza de esa inscripción. ¿Qué quería decir eso de «sólo su cuerpo»? ¿Qué más podía haber? ¿Y dónde estaba *eso*, si sólo el cuerpo se hallaba en la tumba?

Una de las bombas de vinagre fue rodando hasta cerca de sus pies. Adél se levantó antes de que fuera a salpicarla y les dirigió a los niños una mirada de malvada. Ya más tranquila, siguió hasta la casa de Germán. No quería discutir con él, que tenía sus propios problemas. Pero fue él quien empezó:

—¿Le contaste todo lo que descubrimos? —le preguntó en cuanto le abrió la puerta.

—¿Estás enojado?

—Contéstame —insistió Germán, mientras ella tomaba asiento en el sofá—. ¿Le contaste todo?

—No. Te estaba esperando para que le contáramos juntos. Somos un equipo, ¿no? Dijiste...

—Ya no sé qué dije. ¿Cómo puedes estar segura de que no te miente? Ya lo hizo antes. Piensa: te habías alejado de él. Seguramente eso lo hizo comprender que debía cambiar la estrategia si quería seguir contando con tu colaboración. Y con la mía.

—Yo creo que Claudio es sincero, Germán.

—Sincero... y luego dicen que somos los hombres los que no pensamos con la cabeza.

Se quedaron callados durante largos instantes, pensando.

—Bueno, ¿te ofrezco algo de tomar? —dijo Germán finalmente, ya con otro tono.

—Un café... del que trajiste de Chiapas, si todavía te queda.

Germán fue a la cocina. Se tardó un poco allá. Luego regresó.

—¿Qué vamos a hacer entonces? —le preguntó Adél. Se había quitado las botas y tenía los pies sobre el sofá— ¿Qué sugieres? Supongamos que Claudio me ha mentido y en realidad sigue en la sociedad esa. ¿Renunciamos a la búsqueda? ¿Lo hacemos creer que le creemos y volvemos al juego de las pistas falsas?

—¿Harías eso? —preguntó Germán, escéptico.

—No sé. Tú me confundes siempre. Lo que quiero es que me digas qué deberíamos hacer, según tú.

Germán tardó en responder:

—Seguir buscando los dos solos.

—Tú sabes que no puedo hacer eso. Claudio es mi pareja. En todo caso, seguiríamos él y yo solos.

—Gracias. No esperaba más.

—Germán... compréndeme.

—¿Y si te ha mentido?

—Si me ha mentido... iremos todos al Infierno.

Germán fue por el café. Regresó con dos tazas.

—Está bien —dijo—. Voy a seguir en el equipo, pero sólo porque no quiero perderlo de vista. En cuanto dé un paso en falso...

—Si da un paso en falso, lo dejamos solo. Tú me conoces y sabes que cumplo. Pero si todo anda bien, vas a ser amable con él. Eres mi maestro, Germán, y mi mejor amigo. Y no quiero que dejes de serlo nunca.

La cabeza de la serpiente

—Vamos a ver qué tenemos —les dijo Adél a Claudio y a Germán. Sacó su libreta y leyó en voz alta:

> *En la tierra del Rojo y el Negro*
> *en ritual de significado oculto*
> *la dama entrega al caballero*
> *la seña que ha de llevar*
> *a la Sexta Ciudad de Cíbola (?)*
> *cuando la estrella de la mañana*
> *baje al castillo a beber agua.*

—Ya habíamos descifrado las cuatro primeras líneas —recordó Germán.

—Sí, y el resto terminamos de descifrarlo Olivia y yo, excepto por dos detalles.

—No me habías dicho nada de eso.

—No habíamos tenido oportunidad de ponernos a trabajar, ¿o sí?

—A mí tampoco me dijo nada —se quejó Claudio, más que nada para tranquilizar a Germán.

Estaban otra vez en el Tarka Macska. La mesera se acercó a llevarles el café y los pasteles que habían ordenado.

—Bueno, pues vamos a recapitular —dispuso Adél—: «En la tierra del rojo y el negro» se refiere a Yaxchilán y, más concretamente, al templo 23. «La dama» es la esposa de

Itzamnaaj Balam II, «la seña» es la cabeza del jaguar, y «el caballero» es el propio Itzamnaaj Balam II, pero también es el buscador, en este caso nosotros. ¿De qué te ríes? —interrumpió su recapitulación para preguntarle a Claudio, que la miraba sonriendo.

—De lo meticulosa que eres.

—Qué sabes tú de estas cosas —se defendió ella, bromeando—. Para resolver un enigma tienes que ir parte por parte. Cada palabra tiene un sentido.

—Está bien. Continúa.

—Pues hasta aquí habíamos llegado, ¿verdad, Germán?

—Sí —respondió éste. Pero estaba distraído, como si ya quisiera irse.

—Piensa qué puede ser «la estrella de la mañana» —Adél quería forzarlo a participar, hacer que se sacudiera esa melancolía que llevaba encima como una losa de piedra—. ¿Con qué se relaciona en la cosmología prehispánica?

—¿Con Quetzalcóatl? —respondió Germán, luego de pensarlo unos instantes, inseguro.

—Exactamente. ¿Y qué «castillo» puede tener alguna relación con Quetzalcóatl?

—El de Chichén Itzá —respondió Claudio entusiasmado, acariciándose el bigote.

—¡Claro! —confirmó Germán—. La pirámide de Kukulkán.

Adél sonrió: los dos hombres parecían niños de escuela tratando de complacer a la maestra. A Germán, finalmente, el espíritu de competencia que hay en todos los hombres lo había despabilado.

—Pues ya está casi todo, ¿no? —dijo Claudio, repasando en la libreta el texto con el enigma—. Excepto lo de la Sexta Ciudad de Cíbola. Es una tontería. Esas ciudades nunca existieron: son una leyenda.

—Falta también la segunda parte de la última línea —observó Adél—: «a beber agua». ¿A qué se refiere esto?

—Yo creo que no es importante —comentó Germán.

—Espera —intervino Claudio—. Tal vez no sea importante, pero tiene un sentido: cuando la Serpiente Emplumada baja al castillo, en el equinoccio, la cabeza queda mirando hacia el cenote sagrado. ¿No se refiere a eso?

—Tal vez —respondió Adél, pensativa—. Sí. Supongo que es eso. Yo pensé que se trataría de otra cosa, algo que realmente agregara información.

—¿Dónde está el templo entonces? —preguntó Germán—. ¿En Cíbola o en Chichén Itzá?

—En Chichén Itzá.

—¿Cómo lo sabes?

Adél relató con todo detalle la experiencia que había tenido durante su frustrado viaje etérico a la pirámide de Kukulkán.

—¿Por qué no me esperaste? —le preguntó Germán—. Podíamos haber ido juntos.

—Estaba muy emocionada por haber descifrado el enigma. ¿Tú por qué no te quedaste en la casa a ayudarnos?

—Bueno, luego pelean —intervino Claudio—. ¿Por qué crees que haya ocurrido eso, Germán?

—Es muy sencillo. Siempre que te desplazas en cuerpo etérico partes de una visualización: te ves a ti mismo como si ya estuvieras en el lugar adonde quieres ir, y esa imagen te da la dirección que necesitas para moverte; no hay movimiento sin dirección y no hay dirección sin imagen. Un viaje etérico es una experiencia visual. Claro, siempre descubres más de lo que sabías, ves más allá de tu imagen de partida, pero es necesaria una matriz previa. Un templo etérico puede adquirir las formas más imprevistas: una catedral gótica o un edificio corporativo, pero también un hongo, un bloque de hielo, un cuarzo, un espejo, un caracol, un grano de maíz. O incluso algo que los humanos nunca hemos visto con los ojos físicos: una forma no incluida en los catálogos de la geometría de dos y de tres dimensiones. Adél pudo llegar hasta Chichén Itzá porque ha visto muchas veces el castillo en fotos y sabe por los mapas cuál es su ubicación geográfica. Se vio a sí misma ahí, recorrió el camino que sabía era necesario recorrer y ya estaba. Pero no pudo acceder al templo por tres razones: la primera, porque parece haber sido programado para mantenerse oculto aun en los planos no materiales.

—¿Cuál es la segunda razón?

—La segunda razón es que, como lo indica el enigma, el templo sólo se abre en el equinoccio, cuando «la estrella de la mañana baja al castillo a beber agua».

—¿Cómo vamos a llegar ahí cuando tenga lugar el equinoccio, si necesitamos una imagen del tempo y no la tenemos?

—Ahí está la tercera razón: antes de aparecerte ahí, tienes que llevar la contraseña a la Sexta Ciudad de Cíbola.

—¿La cabeza del jaguar? —preguntó Adél, pero más que a pregunta sonó a reclamo.

Los tres se quedaron callados. Ella encendió un cigarro, aunque había estado tratando de no fumar para no despertarle el antojo a Germán. Y él no pudo aguantarse:

—Dame uno —exigió.

Adél dudó un instante.

—Está bien. No creo que te emborraches otra vez por fumar un poco. Pero no le vayas a Bernadett con que te lo di. Le prometí que íbamos a mantenerte lejos de todos los malos hábitos.

Germán cogió el cigarrillo, pero no se lo fumó. Resistió. Sólo lo tuvo entre los labios sin encenderlo.

—Vamos a pensarlo con calma y mañana nos vemos aquí otra vez —propuso—. De cualquier manera tenemos tiempo: falta casi un mes para el próximo equinoccio.

—¿Y si no logramos descifrar antes el enigma? —preguntó Claudio.

—Entonces será que el secreto no era para nosotros, compañero. Tú no encuentras el conocimiento, el conocimiento te encuentra a ti. Y hablando de esto, me gustaría hacerte una pregunta antes de que sigamos investigando.

—Tú dirás —Claudio lo miró a los ojos, como tratando de darle a entender que no tenía la intención de ocultar nada.

—¿Qué vas a hacer con estos conocimientos ahora que los tengas en tu poder?

—Por supuesto, entregarlos a la gente —Claudio se apresuró a responder—. Creo que lo mejor será hacerlos públicos poco a poco, por medio de revistas o de algún libro o dando conferencias.

—¿No de golpe?

—Si sacamos todo de golpe, sería fácil distorsionarlo y manipularlo. Sucedería lo mismo que pasó con Ixcóatl: alguna persona o grupo lo usaría en su favor.

En la expresión de Germán se vio que le había gustado esa respuesta. Por lo pronto. Pero Claudio quiso asegurarse:

—¿Te parece bien?

—Sí. Así es como debe ser. Todo esto debe ir preparando la conciencia colectiva para el cambio que vendrá.

—¿Te refieres al regreso de Quetzalcóatl?

—Ése es el nombre que le dieron nuestros abuelos.

La mesera llegó con la cuenta. Germán insistió en pagar lo de todos.

—¿Tienes algo que hacer ahora? —le preguntó Adél.

—¿Por qué no cenas con nosotros? —lo invitó Claudio.

—No. Tengo que trabajar. Estoy haciendo dos piezas para regalo. Una es para Bernadett.

Adél iba a preguntar para quién era la otra, pero comprendió que la respuesta era obvia: para ella.

Germán le guiñó un ojo y se despidió, recogiendo el cambio que la mesera le había dejado.

Adél lo vio caminar hacia la puerta y desaparecer detrás de ésta. Recordó a aquel pintor que se encontraron una vez en la cantina, en México. Él sí parecía lleno de poder autodestructivo y de fuerza para resistirlo. Germán no. Germán era como un niño que cada vez que quería jugar con su espada de madera se lastimaba. Y ya se había lastimado bastante, pensó ella. Necesitaba descansar. Tal vez Bernadett pudiera ayudarlo. Ella no porque a un hombre como él sólo se le podía ayudar amándolo, y ella ya amaba a Claudio. Pero Bernadett... quizás. Después de todo —como decía aquel libro sobre la feminidad sagrada, que tanto Olivia como Claudio citaban— Coatlicue y Tonantzin eran la misma mujer, Metztli y Coyolxauhqui y Llamatecuhtli eran la misma, Mictlancíhuatl y Tlazoltéotl... todas eran la misma. No había más que una mujer en la Tierra. Todas —concluyó Adél— somos distintas caras de Ella. El hombre, simplemente, se encuentra con la cara que refleja su corazón. Pero no hay más que Una.

Visitantes

Al día siguiente, Germán recibió en la mañana la visita de Bernadett, que iba a ver cómo seguía y le llevaba un guisado típico que a él le gustaba mucho: *rakott krumpli* (papas horneadas con huevo cocido y longaniza).

—¿Tú cómo estás? —le preguntó él, mientras ella disponía la mesa para los dos y el guisado se calentaba en la estufa—. ¿Ya te dijeron si te van a dar el empleo?

—Me dicen el lunes —le respondió ella, sonriendo—. Pero qué crees: el director me comentó que había recibido buenas referencias sobre mí. ¿Quién se las daría?

Germán pensó en Claudio: tal vez en verdad tenía un amigo en esa compañía y había hablado con él. Pero no dijo nada: no podía estar seguro. Sólo se encogió de hombros.

—Pues ojalá te quedes ahí.

—Sí —suspiró Bernadett—. La verdad, me gustaría mucho tener ese trabajo.

Germán pensó otra vez en Claudio: seguía habiendo algo en él que le desagradaba, que le impedía confiar. ¿Cómo estar seguro de nada con él? De repente parecía sincero, de repente era demasiado bueno.

—¿En qué piensas? —le preguntó Bernadett, sirviendo las papas.

—En ti.

La muchacha se ruborizó y no preguntó más. Germán se le quedó viendo: llevaba alguna alhaja que brilló con el reflejo de la luz, tal vez su medalla. Su pelo también brillaba, negro, peinado en cola de caballo. Sus manos... Germán tomó una de ellas entre las suyas. Bernadett no la retiró. Aceptó, turbada, esa caricia.

En ese momento alguien llamó a la puerta, sobresaltándolos. No era Adél: eran golpes más fuertes.

—Ilich —dijo Germán en voz baja.

Bernadett le hizo señas de que no abriera. Tenía miedo de que Germán volviera a beber si seguía haciendo amistad con ese hombre.

Los golpes volvieron a oírse, más fuerte. Luego una voz:

—Germán, ábreme. Ya sé que estás ahí —y volvió a golpear la puerta—. Hasta acá llega el olor del chorizo.

—Dile que estás ocupado —susurró Bernadett, cuando comprendió que no habría manera de seguirse negando.

Germán le hizo señas de que se metiera a la recámara. Se quitó la camisa y fue a la puerta, que apenas entreabrió.

—Tengo una visita —le dijo a Ilich en tono confidencial—. Luego paso a verte.

El venezolano intentó mirar hacia dentro por sobre el hombro de Germán, curioso.

—¿La pelirroja? —le preguntó en voz baja.

Germán sólo le guiñó el ojo.

—Bueno —cedió Ilich, por fin—. Pero pasas luego a verme. Y me guardas un poco de chorizo, no seas envidioso.

Germán cerró la puerta y se quedó pensando. Él tampoco quería ya ser amigo de Ilich. Había algo en él que le daba mala espina. ¿Sería que el alcohol lo había salvado de volverse paranoico durante todos esos años?

Bernadett salió cautelosamente de la recámara.

—¿Se fue? —preguntó.

—Sí.

—Yo también tengo que irme ya. Pero no quiero encontrármelo afuera.

—Subió a su apartamento, creo.

—Entonces me voy —volvió a anunciar ella. Germán comprendió que se había roto la magia de hacía unos minutos. Y en el fondo le dio gusto: no quería que esa muchacha se enamorara de él. No quería esa responsabilidad.

—Gracias por la visita y por la comida —la acompañó hasta la puerta y de ahí se fue a vagar solo por las calles, tratando de hacer tiempo hasta la hora de la reunión con Adél y Claudio.

Anduvo errante hasta la plaza Moscú, donde los desempleados rumanos y gitanos iban a buscar chambitas de albañilería, carpintería, plomería, etcétera. Tuvo la intención de meterse a un bar de por ahí, que le gustaba porque tenía las paredes cubiertas con fotos de los deportistas húngaros que se hicieran famosos en los años cincuenta: Ferenc Puskás, el gitano Laci Papp y otros. Pero finalmente resistió la tentación, cambió el rumbo y se fue hacia el Tarka Macska.

La pista de Freddy Crystal

Cuando llegó al café, Adél y Claudio estaban ya hablando del enigma.

—Un detalle importante —decía él— es que Rojas podría no ser el autor del texto.

—¿Por qué? —preguntó Germán, tomando asiento. Estaba cansado de caminar.

—Por el signo de interrogación —explicó Claudio—. Si él lo hubiera escrito, habría sabido lo que significaba cada cosa, cada línea, cada palabra.

—Tiene sentido lo que dices —concedió Germán, tratando de aportar algo. Pero sentía que le había subido la presión y las manos le sudaban. ¿Sería por tanto que había caminado?

—Bien pudo ser el autor, aunque no supiera el significado de todo lo que decía —intervino Adél—. Tal vez su tarea fue rastrear todas las pistas y luego ponerlas juntas en ese poemita, que él mismo redactó.

—Pero, ¿cuáles fueron sus fuentes? ¿Dónde investigó? Allí es donde tenemos que buscar nosotros.

—En parte en documentos, supongo.

—Lo de la Sexta Ciudad de Cíbola, que era la última pista que le faltaba —continuó Claudio—, debe de ser un dato muy antiguo.

—Los otros también —observó Germán, robándole un cigarro a Adél para ver si fumando se sentía mejor.

—Bueno sí, es cierto. Pero mira: ¿por qué Freddy Crystal,

que no era ningún tonto y había investigado mucho, estaba buscando el tesoro de Moctezuma en Utah?

—Seguiría una pista falsa.

—Exactamente. Según las leyendas, las siete ciudades doradas de Cíbola estarían precisamente ahí, en algún lugar del desierto de Kanab.

Germán trataba de escuchar, pero no podía concentrarse en la conversación. ¿Sería realmente que había caminado mucho y estaba cansado, o su cuerpo se estaba defendiendo de alguna energía negativa? Curiosamente, había empezado a sentirse mal en cuanto estuvo cerca de Claudio.

—¿Tú qué piensas, Germán?

—No sé —dijo él—. No sé.

—¿Te sientes mal? Estás pálido.

—Sí. Creo que necesito descansar.

—Te llevo a tu casa —ofreció Claudio.

Adél pidió la cuenta.

El regalo de Quetzalcóatl

Al día siguiente, el timbre de la puerta despertó a Claudio antes de las nueve de la mañana. Estaba solo porque Adél había dormido en su apartamento, como lo hacía siempre que tenía que estudiar. Por eso cuando fue a abrir pensó que era ella. Pero era un mensajero de UPS.
—¿El doctor Claudio Hernández Garay? —preguntó.
—A sus órdenes.
—Le traigo un paquete de Venezuela. Si gusta firmar aquí.
Cuando el joven se marchó, Claudio se quedó mirando el paquete que tenía en las manos. Era de Ramiro Ramírez. Ya lo había olvidado. Lo llevó a su estudio y lo abrió en el escritorio. Se trataba del documento que el detective le había prometido: el manuscrito de la discípula de Conny Méndez. Efectivamente, en la portada del texto engargolado con pastas de cartulina violeta se leía *El regalo de Quetzalcóatl a los pueblos de América.* Por Lucemylis Jaramillo.
A medida que lo miraba, su emoción fue creciendo. Al final no pudo esperar más y llamó a Adél por teléfono.
—Te tengo una sorpresa —le dijo.
—No empieces. ¿De qué se trata?
—Es algo relacionado con nuestro tesoro.
—¿Descifraste el segundo enigma?
—No.

—¿Entonces? Ya sabes que me choca que me hagas esto, Claudio.

—Acabo de recibir un paquete.

—Dime ya qué es.

—Ven para acá y lo verás. Pero date prisa.

Claudio colgó y volvió a guardar el manuscrito en el sobre donde lo había recibido. No quería caer en la tentación de terminar de leerlo sin Adél, no sólo porque sintió que era algo para disfrutarlo juntos, sino también porque no entendía algunas cosas. Palabras y expresiones como transmutación, *karma*, ley del péndulo, maestros ascendidos, rayo violeta, etcétera, le sonaban sospechosamente esotéricas. Tenía idea de su significado, pero pensó que sólo Adél o Germán las entenderían con exactitud.

Mientras ella llegaba, volvió a repasar el enigma tratando de entender el sentido de la cabeza del jaguar. Como las otras líneas —se dijo— sería cosa de historia básicamente, de cultura mexicana. Una metáfora. Pensando en esto apenas si sintió el paso del tiempo. Cuando se dio cuenta, Adél ya estaba llamando a la puerta.

Juntos, terminaron de leer el libro de Lucemylis Jaramillo en poco más de dos horas. A Adél no le pareció complicado y sí, en cambio, muy interesante. El regalo que, de acuerdo con la autora, Quetzalcóatl había dado a los pueblos de América no era otro que las enseñanzas de Jesús de Nazaret. «Quetzalcóatl —decía Lucemylis Jaramillo— encarnó en el gran instructor atlante que fue para cumplir con una misión: predicar la doctrina de amor universal del nazareno con un lenguaje y unos símbolos que pudieran ser comprendidos por los pueblos de Anáhuac. De ahí que su constelación simbólica parezca, en la superficie, tan distinta de la que tomara forma en Europa. Estas enseñanzas fueron distorsionadas primero por los tiranos mexicas y después por los oscurantistas españoles, y ahora es necesario replantearlas en términos distintos, en términos adecuados a la conciencia del siglo XXI. Ésta es la misión que se halla cumpliendo, por medio de aquellos capaces de conectarse con su presencia espiritual, el conde de Saint Germain. Tal misión tardará todavía algunos años en consumarse porque los pueblos de América han acumulado una gran cantidad de *karma* que deben transmutar, pero finalmente se concluirá. La promesa de Quetzalcóatl de retornar no se refería a otra cosa que a esto: a la restauración de la conciencia crítica en la humanidad de nuestra parte del planeta.»

Sorprendentes como hubieran podido ser estas líneas para otras personas, a Adél sólo le confirmaron lo que Germán ya le había explicado: el sentido profundo de la ofrenda del corazón entre los aztecas. La parte más interesante —para Adél— no estaba tanto ahí, sino al final del manuscrito.

El *Regalo* hablaba de los siete *chakras* del cuerpo etérico de México, dando su ubicación geográfica y su correspondencia con los *chakras* microcósmicos del ser humano. De acuerdo con Lucemylis Jaramillo, «el *chakra* que los hinduistas llaman Manipura y que es el asiento del poder de actuar, el fuego del mago y del guerrero, se encuentra en las ruinas del Templo Mayor, en la ciudad de México. Por otro lado, la ciudadela maya de Chichén Itzá corresponde con el *chakra* Sahasrara, el loto de mil pétalos del hinduismo: puerta de acceso de los cuerpos macro y microcósmicos a las verdades superiores».

—¿Por qué te parece importante esto? —preguntó Claudio, todavía sintiendo que no entendía nada.

—Presiento que tiene relación con el secreto, con los enigmas. Hay coincidencias muy curiosas. Mira, por ejemplo, esto de Chichén Itzá: al *chakra* Sahasrara se le asocia con el color violeta, que es un color de transmutación. En el mundo espiritual, la luz violeta posee el poder de convertir lo negativo en su polaridad positiva. Es también la luz de Saint Germain. Y cuando subí en etérico a la pirámide de Chichén Itzá, el templo al que no pude entrar estaba envuelto en una luz violeta. ¿Te das cuenta?

Claudio se quedó pensando.

—¿Crees que esto nos ayude a saber cómo utilizar la seña?

—Presiento que sí.

—¿Cómo?

—No lo sé —protestó Adél—. Necesitamos darle el manuscrito a Germán. Él debe saber. Él me explicó todo esto de los *chakras* y los colores.

—Pues ojalá pueda hallarle alguna relación. A mí ya me dolió la cabeza de estarle dando vueltas. ¿Tú has encontrado algo?

—No.

Claudio dejó escapar un suspiro de impaciencia.

—¿A qué hora quedamos de ver a Germán?

—A las cinco.

La Sexta Ciudad de Cíbola

—Por ahí vivía Sergio Pitol —comentó Claudio, señalando por la ventanilla del automóvil hacia una calle angosta, de edificios viejos, que daba al Danubio.
—¿El escritor? —le preguntó Adél.
—Sí. ¿Quién otro podría ser? No creo que haya muchas personas con ese nombre.

Adél no agregó nada más. Iba distraída, pensativa. Claudio vio el manuscrito de Lucemylis Jaramillo descansando en su regazo como parte de un cuadro armonioso: el engargolado violeta, la falda a cuadros, las medias rojas, las botas marrón. Y esta imagen —pensó con placer— combinaba seductoramente con el cuadro otoñal, más grande: era una tarde nublada en la que destacaban los tonos ocre de la ciudad, los tejados, las chimeneas de ladrillo.

Llegaron puntualmente al café, pero Germán ya estaba ahí desde hacía rato, a punto de terminarse la primera taza. Se veía bien. Parecía haber convertido su adicción al alcohol en adicción a la cafeína.
—Te tengo una sorpresa —le anunció Adél, tomando asiento a su lado.
—¿Lograste descifrar el enigma?
—No, pero tenemos algo que puede ayudar.

—¿Qué es? —le preguntó Germán, sonriendo. Parecía de buen humor, un buen humor apacible, de abuelo consentidor. Ciertamente, a Adél le pareció que de pronto, de un día para otro, se había vuelto viejo. Su barba y sus cabellos largos estaban más grises. Era como si el alcohol, de una manera extraña y paradójica, hubiera estado conservando su juventud.

—Antes de que te lo enseñe —le respondió Adél, tratando de no ponerse triste— dime si lograste avanzar algo en el enigma.

—Tengo idea de por dónde va. Pero no he podido llegar a nada concreto.

—Lee esto —Adél le puso el manuscrito junto a su taza—. Mientras, voy a mirar los pasteles a ver qué se me antoja.

Germán la siguió con los ojos. Otra vez sus ojos de abuelo. Nadie hubiera pensado que alguna vez la mirara con lascivia.

Claudio le sonrió.

—Ojalá puedas encontrar algo —le dijo—. A mí me dio dolor de cabeza de tanto pensar y no llegué a nada.

A medida que pasaba las páginas, el interés de Germán en el manuscrito fue haciéndose más visible, al grado de que Adél no se atrevió a perturbarlo cuando regresó. Ni siquiera llamó a la mesera para ordenar su pastel y su café. Ella y Claudio observaban a Germán como si éste hubiera sido un médico a punto de dar un diagnóstico de vida o muerte.

—¿Y bien? —le preguntó Claudio cuando lo vio cerrar el libro y, tiempo después, levantar la vista.

Germán se terminó el café. La mesera llegó a tomar la orden. Todo fue cosa de unos minutos, pero Adél estaba impaciente.

—Bueno, ¿nos vas a decir ya lo que estás pensando?

—¿De dónde sacaron esto?

—Es una larga historia. Te la contamos después. Primero vamos a ver lo del enigma.

—Está bien. Sólo díganme una cosa: ¿está publicado este material?

—No.

—Vamos a ver, pues —comenzó Germán—. Creo que aquí está una de las claves que necesitamos. ¿Dónde están las ciudades de Cíbola?

—En algún lugar del desierto de Kanab —Claudio se adelantó a responder—, que es donde anduvo buscando Freddy Crystal. Aunque según otras versiones de la leyenda, podrían haber estado en Arizona o incluso en Florida.

—¿Y según la realidad?

—Según la realidad es posible que nunca existieran.

—¿Cuántas eran?

—Siete.

—¿Con qué se relaciona el número siete?

—Es un número de totalidad —respondió Adél, que de eso sabía más que Claudio—. Después de la plenitud original y genésica que simboliza el tres, el siete representa una totalidad más concreta, una totalidad actuante que por medio de la acción se integra en unidad.

—¿Ejemplos?

—Los siete personajes de los mitos de agrupación de fuerzas individuales: los argonautas, por ejemplo, o los enanos de Blanca Nieves con todo su simbolismo iniciático.

—*Los siete samurais* o *Los siete magníficos*, para hablar de cine —intervino Claudio, que había captado la idea—. Hasta los Superhéroes de las caricaturas eran siete. ¿No te acuerdas cuando se unieron? Supermán, Batman y Robin, Linterna Verde...

—¿Sólo con *dream teams* se relaciona?

—También con cosas —continuó Adél—: conceptos arquetípicos, como los siete mares o los siete planetas de la alquimia; teológicos, como las siete virtudes, los siete pecados capitales, los siete sellos del *Apocalipsis*... incluso nuestro enigma tiene siete líneas.

—¿Nada más?

—Las siete notas de la escala musical —recordó Claudio.

—Los siete colores del arcoiris —continuó Adél—. Y los siete triángulos que forman el cuerpo de la Serpiente Emplumada en Chichén Itzá.

—¿Otra cosa? ¿Algo que se relacione con nuestro cuerpo físico o etérico?

—Los siete agujeros del cuerpo humano.

—Los siete *chakras*.

—¡Por fin! —exclamó Germán—. Eso es. Los siete *chakras*. De eso habla este libro.

—Habla de los *chakras* de México.

—Y revela su ubicación geográfica, cosa que se había mantenido en secreto durante dos mil años.

—Pero no hay ninguna mención a las ciudades de Cíbola —protestó Claudio.

—Eso no importa. ¿No te das cuenta? Lo importante es que el libro nos llama la atención sobre algo en lo que no habíamos pensado: las correspondencias del septenario. Según una interpretación cabalística, las siete iglesias del Apocalipsis también son los siete *chakras*.

—¡Ya entiendo! —exclamó Adél—. «La Sexta Ciudad de Cíbola» se refiere al sexto *chakra*.

—Exactamente. ¿Y cuál es el sexto *chakra*?

—El del entrecejo. El «tercer ojo», como lo llaman.

—¿Con qué se relaciona?

—Con el poder de la visión.

—¿Y qué es lo que necesitamos para acceder al templo etérico de Chichén Itzá?

—¡La visión! ¡Ahí está!

—Así es. Lo que el enigma nos está diciendo es que es necesario activar de alguna manera el sexto *chakra* para poder ver el templo. Es perfectamente lógico. ¿Cómo no lo habíamos pensado?

—Pero, ¿cómo se puede activar y cómo se relaciona esto con lo demás? —preguntó Claudio, no muy satisfecho.

—Llevando a tu tercer ojo la seña que entregó la dama al caballero.

Piedras

Los tres se quedaron largos instantes buscando la forma de continuar. Mientras tanto, la mesera llegó a retirar los platos de pastel y a llevar un café más para Germán y un cenicero porque Adél había sacado ya sus cigarros.

—¿Será cosa de dibujar el jaguar en un pedazo de papel —preguntó Adél— y ponérnoslo en la frente? Hay visualizaciones que se hacen así, ¿verdad, Germán?

—No. Yo creo que se trata de un *mudra*. Un *mudra* es lo más cercano a lo que se llama «una seña».

—¿El *mudra* del jaguar? —preguntó Adél—. ¿Ocelotl?

—¡Claro! —exclamó Claudio—. Eso nos lleva a la pista original: el calendario azteca. Porque supongo que el fraile de Guanajuato no se refería a ninguna caja fuerte ni al calendario en miniatura, ¿verdad?

—Es cierto —lo apoyó Adél—: ahí estaba la clave.

—Finalmente volvemos al punto de partida.

—Pero, ¿cuál es el *mudra* de Ocelotl? —Adél exhaló largamente el humo de su primer cigarrillo—. No me lo has enseñado.

—Te lo voy a enseñar —concedió Germán, pero con un tono sombrío—. Te lo voy a enseñar —repitió.

—¿Cuándo? —le preguntó Adél, ansiosa.

—La próxima vez que nos veamos para trabajar en nuestras cosas. Hace mucho que lo hemos dejado.

En realidad lo había tomado por sorpresa la solución del

enigma. Esperaba que les llevara más tiempo, el suficiente para poder tomar una decisión respecto a Claudio. Aún no confiaba en él.

—Pidamos la cuenta ya —concluyó—. Yo también estoy cansado y todavía tengo que trabajar.

—¿En alguna escultura? —preguntó Claudio, deseoso ya de hablar de algo que no fuera enigmas, *chakras*, templos etéricos.

—En dos cosas pequeñas. Ya están casi terminadas. ¿Quieren verlas?

—Claro. Vamos.

Pidieron la cuenta y salieron del café hacia el coche de Claudio. Estaba lloviendo. No muy fuerte: una lluvia pareja, lenta, fría. A poca distancia se oía la campana del carro que repartía comida a los vagabundos.

Ya en su taller, Germán preparó más café y les mostró a sus invitados las dos piezas en que estaba trabajando: una era una estatuilla de Xochiquetzal, la diosa del amor, muy parecida a las que solían poner en sus altares las muchachas de Tenochtitlan.

—Ésta es para ti —le dijo Germán a Adél—. En realidad ya está terminada, nada más que pesa mucho, como verás, y no quería cargarla.

—Xochiquetzal —observó Claudio.

—Sí —dijo Germán—. En Texcoco, a pesar de estar tan cerca de la civilización, todavía hay jovencitas que le ponen flores para pedirle que les dé suerte en el amor, que les ayude a encontrar a quien ha de ser su marido.

—Gracias —Adél le dio un beso en la mejilla. Estaba conmovida y al mismo tiempo tenía un vago sentimiento de culpa con él, como si le hubiera quitado algo.

—¿Y la otra pieza? —preguntó Claudio, también agradecido.

—La otra pieza es ésta. Es para Bernadett.

Se trataba de una pila bautismal en miniatura. Bernadett la agradecería seguramente como una muestra de arte religioso, pero Adél intuyó que Germán tenía otra cosa en mente cuando hizo la pieza: los cuencos prehispánicos, que evocaban la cavidad de la matriz y por lo tanto eran un símbolo de la Diosa.

Iba a comentar algo cuando Claudio la distrajo con una pregunta que no tenía nada que ver con eso:

—Por cierto, ¿qué ha pasado con ella? ¿Le dieron el empleo?

—Sí —respondió Germán—. Está muy contenta.

Adél y Claudio se quedaron ahí un buen rato, tomando café y oyendo música mexicana y húngara, hablando de Bernadett, de escultura, de arte, de sus recuerdos... de todo menos de enigmas.

Al final, cuando ya de noche se despidieron, Adél le dio a Germán un abrazo enorme: muy fuerte, muy largo.

El adiós del guerrero

—¡Está muerto! —Adél gritó entre sueños, en su cama. Su propio grito la hizo despertar.
—¿Qué pasa? —le preguntó Claudio, sobresaltado.
Tenía poco de haber amanecido. Una luz gris entraba por la ventana.
—¡Algo malo ha pasado! —Adél se llevó la mano al corazón y lo sintió palpitando muy fuerte.
—Tuviste una pesadilla.
—No. Germán vino a verme en etérico. ¡Estaba herido y vino a despedirse de mí!
—Fue una pesadilla.
—¡Te digo que no, Claudio! Yo sé la diferencia. Germán estuvo aquí; venía con su abrigo verde. Me abrazó y me dio un *mudra*, el *mudra* de Ocelotl. Me dijo: «Esto es lo único que faltaba. Lo logramos, Adelita». Se veía muy triste, muy cansado. Y se fue. Pero ya no regresó a su cuerpo. Ya no regresó.
Claudio no insistió más en lo de la pesadilla.
—Vamos a buscarlo —trató de calmar a Adél.
—Vamos —aceptó ella—. Pero no sé si el cuerpo estará en su casa. Quién sabe dónde ocurrió esto.
Comenzaron a vestirse y en unos minutos ya estaban en el coche. Adél no dejaba de preguntar, como loca:
—¿Qué pasó? ¿Adónde fue a meterse en la noche?

Cuando llegaron al edificio de Germán todo parecía en orden: el viejo elevador junto a la escalera en penumbra, el pequeño patio lleno de trebejos y charcos de agua de los vecinos que regaban sus macetas en las plantas superiores.

Adél se pegó al timbre del apartamento, pero nadie salió a abrir.

—¿Lo ves? No está —se había calmado ante la evidencia de lo irremediable. Su voz ya sólo era triste.

—¿Qué hacemos?

—Voy a llamar a Bernadett. Tal vez haya hablado con él después de que nos vimos.

Bernadett ya se encontraba en su oficina cuando recibió la llamada.

—¡Entonces fue a buscarlo! —exclamó luego de que Adél le contó lo que ocurría.

—¿De qué hablas?

—Ilich, el venezolano. Tenía la misión de matar a tu novio. Germán fue a buscarlo.

—Pero c-c-c —tartamudeó Adél— cómo que iba a matar a mi novio. ¿Cómo se enteró Germán de eso? ¿Qué pasó?

—No puedo contártelo ahora. Estoy trabajando. ¿Tú sabes dónde vive Ilich?

—Sí. Aquí mismo, en el edificio.

—Ve a buscarlo. Pero no vayas con Claudio porque corre peligro. Te digo que quieren matarlo.

—Pero...

—Salgo a comer a la una. Nos vemos a esa hora y te cuento todo, ¿está bien?

Adél guardó el celular y se quedó parada, sin saber qué hacer.

—Vamos allá —le dijo Claudio, que había alcanzado a escuchar la conversación.

—No. ¿No oíste que ese tipo recibió órdenes de matarte?

—¿Y qué voy a hacer? Ni modo que te deje ir sola y vaya a esconderme.

—Vamos a llamar a la policía.

—Vamos primero a ver qué pasa. Es en uno de estos apartamentos, ¿no es así?

—En ese —Adél señaló hacia una parte del barandal del primer piso.

Cuando llegaron arriba, no fue necesario tocar el timbre: por debajo de la puerta asomaba un pequeño charco de sangre fresca.

La historia de Bernadett

La policía encontró los dos cuerpos ya sin vida. El de Ilich estaba junto a la puerta. Al parecer había muerto intentando salir. El de Germán yacía al fondo, al pie de un sofá. Había mucha sangre.

La policía no quiso decirle nada a Adél: cómo se habían herido, dónde, con qué armas. Ni siquiera le permitieron mirar los cuerpos. Se los llevaron y acordonaron el apartamento. Un detective estuvo interrogando a Adél: qué relación tenía con Germán, cuándo lo había visto por última vez y en qué circunstancias, si él le había comentado algo acerca del otro hombre... todas esas cosas que preguntan siempre. Ella no quiso mencionar a Bernadett para que no la molestaran; contestó todo, pero no hizo referencia a la llamada que había hecho. En ningún momento se puso nerviosa; al contrario, Claudio se sorprendió de verla tan serena.

—Otra cosa: ¿sabe usted qué significa esto? —el detective escribió en una libreta de taquigrafía la palabra «Perdón».

—No —mintió Adél, tranquila. No quería contestar más preguntas—. No lo sé. ¿Por qué?

—Su amigo alcanzó a escribir estas letras en el piso. Con su propia sangre. ¿Seguro que no sería un mensaje para usted?

—No lo creo. No.

—¿Qué clase de palabra es ésta?

—Es en español —contestó Claudio para que ya no siguieran molestando a Adél—. Significa «*Bocsáss meg*».

—«*Bocsáss meg*» —repitió el detective, pensativo—. ¿Sería algún mensaje para usted? ¿Para la señorita?

—No lo sé.

—¿Hay alguna otra cosa que pueda decirnos, que nos ayude?

—No, señor. Lo siento.

—Está bien —se volvió amable el detective—. Ya nos han ayudado bastante. Trataremos de no molestarlos mucho.

«Eso quiere decir que nos van a llamar», pensó Adél, pero no dijo nada.

Ya era casi mediodía cuando pudieron salir de ahí. No quisieron ir por el coche: prefirieron caminar hasta que diera la hora de reunirse con Bernadett. No tenían hambre, y eso que no habían comido nada. Adél caminaba en silencio, sin mirar por dónde iba, amurallada en sus pensamientos. Tal vez fuese de manera inconsciente que tomó la dirección del Acapulco; la costumbre o el recuerdo de Germán la llevaría.

—Debe estar satisfecho —comentó en voz baja, como si sólo lo dijera para sí—: tuvo un final digno de sus antepasados.

—Cayó peleando. Le espera el paraíso de Tonatiuh.

—Él dijo una vez que quería morir en la piedra de los sacrificios —recordó Adél, con ternura—. Quería que lo sacrificaran a Ometochtli, el dios de la bebida y la embriaguez.

Claudio ya sólo le contestó tomándola de la mano.

—¡Dios mío! —exclamó Bernadett cuando terminó de escuchar la historia.

Adél la abrazó. Por poco no la reconocían ella y Claudio cuando llegaron al restaurante. Ya no traía la ropa de vaquera texana que usaba en el Acapulco, ni cola de caballo. Se había cortado el pelo al estilo Jean D'Arc, y las formas de su pequeño cuerpo se disimulaban bajo un vestido recto de color café.

—Perdón —dijo, separándose de Adél y buscando su bolso para sacar un kleenex—. Ni siquiera me he presentado bien con tu novio. *Mucho gusto, Claudio* —dijo en español, todavía con voz de llanto.

—Mucho gusto —le respondió él.

Adél reaccionó sorprendida:

—¡No sabía que hablaras español!

—Nunca lo usé delante de Germán —comenzó a explicar Bernadett— porque una vez lo oí decir que no le gustaba encontrarse con otros mexicanos. Yo no lo soy: mi padre es salvadoreño y mi madre era gitana húngara. Pero el dueño del bar quería a fuerzas hacerme pasar por mexicana y me dio miedo que Germán lo creyera y ya no me hablara igual. Parecía tan fanático, tan hostil a todos… tú no sabes cómo era antes de conocerte.

—¿Era peor? —comentó Adél, sonriendo por primera vez en el día.

—Mucho peor. Tal vez por eso me gustaba.

—Nunca me imaginé que te gustara.

—Siempre me han gustado los hombres así: que necesitan que alguien los salve. Es porque me hace falta humildad; si la tuviera, no necesitaría sentirme necesaria. Pero bueno, se va a terminar mi hora de comida y no te he contado todo. Anoche había quedado de ir a ver a Germán después de mi trabajo. Me dijo que tenía un regalo para mí. Así que salí de la oficina y me fui allá. Iba a cruzar la esquina por Blaha Lujza y estaba esperando a que el semáforo se pusiera en verde. Había otras personas esperando: ustedes saben cuánta gente cruza por ahí. Pues entre ellos estaba Ilich. No me reconoció, yo creo que porque ya no me visto igual. Además estaba hablando por teléfono. Él trataba de hablar en voz baja, pero la voz de la otra persona se oía muy clara en el celular. No alcancé a oír toda la conversación, pero sí lo más importante: hablaban de Claudio. Le dijeron a Ilich que lo matara porque había traicionado a alguien. Lo dejé que se adelantara y cuando llegué al apartamento de Germán le conté todo. Él actuó al principio como si no fuera importante. Me ofreció un café y me dio mi regalo: una pila bautismal que él mismo hizo. Luego estuvimos platicando de mi trabajo. Yo estaba muy a gusto, pero él empezó a comportarse como si ya quisiera que me fuera. Se me hizo raro. Pensé que tal vez querría trabajar en sus cosas.

Y pues me despedí y eso fue todo. No volví a saber de él hasta que tú me llamaste en la mañana.

Bernadett no pudo seguir: volvió a llorar. Adél la abrazó otra vez, la oprimió contra su pecho. Y a ella también se le llenaron los ojos de lágrimas.

—En sus últimos días se acercó a Dios —comentó Bernadett sin levantar el rostro—. Él lo habrá perdonado.

Adél no respondió. Después de todo —pensó—, nadie sabría nunca lo que de verdad ocurrió en el alma de Germán al final de su vida.

El guardián del templo

Después del funeral, Adél y Claudio volvieron al apartamento de él. Eran casi las cuatro de la tarde, y Adél estaba cansada física y emocionalmente. Se cambió la ropa negra por un pijama de Claudio y se metió a dormir. Él se retiró a su estudio para dejarla descansar. Ahí estuvo en silencio, pensando en todo lo que había pasado.

Adél, en sus sueños, hizo con los dedos de su mano derecha el *mudra* de Ocelotl y lo llevó a su entrecejo. Sintió como si un remolino la arrebatara de su cuerpo, tragándosela y expulsándola luego en otro lugar, en otro tiempo, en otro mundo.

Se hallaba en Chichén Itzá, al pie de la pirámide. Era de noche y sin embargo había mucha luz: la luz de los astros y la que reflejaban en la tierra las grandes hojas de las plantas tropicales, la luz de las piedras. Pero no, no era sólo de eso de donde provenía tanta claridad: en lo alto de la pirámide, como si alguien hubiera colocado un espejo sobre ésta, se levantaba otra pirámide, invertida e idéntica. El efecto resultaba alucinante: la estructura reflejada parecía un gigantesco receptáculo que atraía la luz de lo alto y la dirigía, concentrándola, hacia la tierra.

Adél se dio cuenta de que no sólo la pirámide aparecía duplicada en ese extraño cielo-espejo, sino todo lo demás que la rodeaba: la explanada, los árboles, la tierra... ella misma. Saturaba el aire el intenso perfume nocturno de las flores selváticas. Adél se sintió mareada. Cerró los ojos. Cuando volvió a abrirlos, resultó que se había perdido: ya no sabía a cuál de los dos mundos pertenecía.

Echó a andar hacia la pirámide y comenzó a subir. Como la vez anterior, vio algunos personajes vestidos al antiguo estilo maya que caminaban por ahí como con prisa, como si fueran a realizar una diligencia importante. En lo alto, uno de ellos parecía estar esperándola. Sentado en cuclillas, envuelto en un manto blanco, no parecía maya sino azteca.

—Aquí estás, pues —le dijo con una voz lejana, una voz sin sonido.

Adél se sobresaltó:

—¡Germán! ¿Eres tú? ¿Por qué estás aquí?

—Ya ves: como de este lado de la realidad no se puede esculpir la piedra, busqué trabajo de velador.

—Extrañaba tus bromas, tus palabras —Adél tuvo un impulso de abrazarlo, pero entendió que ahí no era posible—. Te he extrañado mucho.

—Más estarías extrañando a Claudio ahora si yo no hubiera ido a detener a ese cabrón de Ilich. Me equivoqué con tu novio, lo reconozco. Perdóname.

—Germán —Adél no sabía que decir—... yo...

—Bueno, no te sientas mal. Aquí está el templo, nuestro templo etérico, ¿lo ves? Enfrente de tus ojos. ¿No es maravilloso?

Adél levantó los ojos a la pirámide invertida. Ciertamente era bella: igual a la de abajo, sólo que hecha como de luz, no de piedra.

—Sólo que está cerrada —le explicó Germán—. Ya sabes: se abrirá cuando la estrella de la mañana baje al castillo.

—A beber agua, no se te olvide.

—Sí, a beber agua.

—Entonces ahora no es posible...

—Se abrirá en el próximo equinoccio y permanecerá abierta mientras éste dure; es decir, mientras la sombra de la serpiente esté en la pirámide.

—¿Unos minutos solamente?

—Tú sabes que de este lado el tiempo se mide de otra manera. En esos «minutos» podrás aprender muchas cosas. Y lo que te falte lo seguirás aprendiendo en otros equinoccios. Antes del Regreso habrás terminado.

—También podría enseñarle a Claudio todo lo que tú me enseñaste a mí y traerlo, y que él mismo reciba el conocimiento. Siento que él tiene más derecho que yo: es mexicano. Éste es el tesoro de los mexicanos. A Cuauhtémoc no le habría gustado...

—¿Tú crees que es producto de la casualidad que tú hayas llegado aquí, muchacha? ¿Crees que de verdad es resultado de tu esfuerzo y nada más? No, Adél. Nuestros dioses te eligieron a ti por una razón muy sencilla: que se sepa que el mensaje de Quetzalcóatl no es sólo para los mexicanos, sino para todos los que quieran recibirlo.

—¿Tú crees que así sea?

—Los libros de historia que hay aquí guardados indudablemente cambiarán la idea de los mexicanos acerca de sí mismos. Pero no sólo eso vas a encontrar, tú lo sabes. El Regreso no va a ser un acontecimiento nacional, sino un fenómeno espiritual de alcance planetario. Muchas personas, hombres y mujeres de conocimiento, están trabajando ya en ello en distintas partes del mundo.

Adél no dijo más. Se quedó mirando otra vez hacia la fantástica pirámide invertida.

—Bueno, ahora cuéntame cómo estuvo mi funeral. ¿Llevaron mariachis para que me cantaran «El rey»?

Adél sonrió.

—Bernadett está muy triste.

—Bernadett —suspiró Germán—... un día sabrá quién es realmente. Y antes de eso podrá disfrutar muchos años buenos. Se casará y tendrá hijos. Tendrá lo que ha deseado.

Adél tuvo el impulso de preguntarle a Germán si sabía algo de ella y de Claudio, pero no lo hizo. Recordó aquella noche en el Acapulco, hacía ya tanto tiempo, cuando aprendió la lección de la Princesa Vieja: no hacer preguntas de cuya respuesta tenía uno expectativas.

—Claudio y tú estarán bien por ahora —le dijo Germán, adivinando lo que pensaba—. Pero tú sabes que quieren matarlo. Váyanse de Hungría. Váyanse hacia algún país del Este o a Sudamérica. Allá es más fácil perderse.

—Así lo haremos.

Germán le sonrió. Adél hizo todavía otra pregunta:

—¿Volveré a verte en el equinoccio?

—No. Éste no es mi lugar. Hoy me fue permitido estar aquí para verte, pero voy más lejos. Y ya se me acabó el tiempo.

La figura de humo que era Germán desapareció de la pirámide. Sólo quedó el imponente silencio del éter.

❦

Cuando Adél despertó, no sabía si había soñado aquello o realmente había hecho el viaje. Pero ya no estaba triste. Una honda sensación de paz le hizo la cama más disfrutable. «Gracias, maestro», murmuró. Se dio la vuelta sobre un lado, jaló la manta cubriéndose los hombros y volvió a dormirse.

Claudio, en su estudio, también se había quedado dormido.

Epílogo

—¿Te acuerdas de aquel día? —preguntó Adél, dándole en seguida un trago a su copa de "sangre de toro".

Estaban en Eger, en la misma vinatería de la plaza Dobó donde se habían conocido, hacía ya casi tres años.

—Sí. Tenías el pelo corto.

—Y estaba más delgada.

—Ahora me gustas más.

Adél sonrió. Eran los últimos días de agosto y aún había en la ciudad muchos turistas. Algunos venían bajando del castillo, colorados de sol, sedientos, con la cámara fotográfica colgando sobre el pecho mojado de sudor.

—Tú también te ves mejor ahora, ya sin bigote.

—Mi bigote te gustaba —protestó Claudio. Se había rasurado desde la muerte de Germán.

—Me gustaba. Ahora te prefiero así: sin pelos en la cara.

Era un mediodía claro, de cielo azul y palomas que zureaban en la plaza. Una carreta cargada de flores, tirada por un percherón blanco, cruzó hacia la basílica.

—*A számlát kérem*: la cuenta, por favor —llamó Claudio al mesero.

Habían ido a Eger a despedirse de los padres de ella.

—Los llamaré por teléfono —le prometió Adél a su madre, que estaba triste de pensar que no vería a su hija en mucho tiempo.

—Cuídela usted —le encargó el padre a Claudio.

Eso fue en la mañana, luego de pasar dos días ahí con ellos. Terminaron de empacar y salieron a dar una última vuelta por las calles viejas de la ciudad. Caminaron hasta que se cansaron y finalmente fueron a parar en el mismo lugar donde empezara su historia.

—El tren sale dentro de dos horas —recordó Adél.

—Sí.

—¿Te molesta si voy a caminar un poco yo sola? —necesitaba sentir su propia despedida, poner orden en todas las emociones que la estaban agitando. Pensar. Pensarlo todo otra vez. En sus ojos de agua profunda, muy en el fondo, luchaban la duda y la esperanza.

—No. Claro que no.

—Nos vemos en la estación entonces —y echó a andar despacio, volcada hacia adentro de sí misma.

Claudio no se movió. Se quedó ahí, mirando cómo ella le daba la espalda y cruzaba la plaza para luego perderse en una de esas calles llenas de turistas. Llevaba una camiseta negra sin mangas que contrastaba con la blancura de sus hombros y con el fuego de sus cabellos, Levi's azules y botas Dr. Martens rojas; en la mano, una chaqueta de cuero. Parecía cansada, agobiada por el peso de ese tiempo inmensurable que había transcurrido dentro de ella.

Adél se fue siguiendo el río, hacia el parque. Pensó en sus padres, que iban a extrañarla. Nunca se había ido por tanto tiempo, y lo peor era que ni siquiera podía decirles con seguridad cuándo iba a volver. Todo dependía de cómo lograran adaptarse ella y Claudio a su nueva vida, al lugar. Y de qué pasara en México cuando el secreto de Moctezuma saliera a la luz. De cualquier manera —se consoló—, nunca había tenido una relación muy estrecha ni con su padre ni con su madre. Empezó a alejarse de ellos desde que era niña, desde cuando la hicieron sentir que el don que tenía para ver lo invisible era una especie de padecimiento mental. ¿Qué pensarían ahora si les contara toda la historia del tesoro perdido de los aztecas y de su búsqueda? La mirarían horrorizados, sin saber si reírse o llamar al manicomio.

Se acordó de su abuelo, de cuando fue a despedirse de ella

porque había muerto. Fue real, sí, ya no podía dudarlo. El viejo fue a avisarle que no volverían a verse en la tierra. Igual que Germán.

En el parque había un grupo de púberes haciendo acrobacias con patinetas. Ni siquiera la miraron. Adelante un gran danés apareció de pronto, corriendo, y por poco la tira. En ningún sitio de esa ciudad que los veranos enloquecía había un rincón de paz, una banca tranquila donde sentarse a la sombra de los árboles. De mal humor, Adél terminó de cruzar el parque y pronto se encontró en un barrio un poco menos viejo que el resto de la ciudad, de casas silenciosas con ventanas siempre cerradas. Por ahí estaba la primaria donde había estudiado, en el extremo de una pequeña plaza hundida. Siguió andando hasta allá y ahí sí encontró paz. Se sentó en una banca mirando hacia su vieja escuela, todavía cerrada por las vacaciones. Era un edificio bonito, neoclásico, aunque era evidente que hacía años no se pintaba: las paredes estaban cubiertas de *grafitti*, y el sol se había comido los colores —rojo, blanco y verde— de la bandera húngara que adornaba la puerta de entrada. Completaba el aspecto de abandono un depósito de basura que había en la esquina.

Adél cerró los ojos, cansados de tanta luz. Cuando volvió a abrirlos ya no había *grafitti* en las paredes de su escuela, los vidrios de las ventanas estaban limpios, y la bandera de la entrada tenía en el centro un escudo con una hoz y un martillo. Era 1989: el último año del socialismo, el último de la República Popular de Hungría. Adél venía saliendo de clases junto con otras dos niñas, todas con el uniforme de la escuela: blusa blanca con pañuelo azul al cuello y falda azul marino. Ella usaba el pelo corto y era más alta que sus compañeras. Acababa de ser felicitada por el director de la escuela: había entregado una composición donde explicaba que nada que no pudiera ser visto y tocado con las manos podía ser real: ni Dios, ni el Diablo, ni los fantasmas, ni los amigos ni los enemigos invisibles. Todo eso era superstición, y en el mundo del hombre socialista no debía haber lugar para supersticiones. Adél había leído su trabajo en la clase, al frente del grupo. Difícil saber qué complació más al viejo profesor, si el discurso de la niña en sí o la apasionada convicción con que lo leyera. La mayoría de sus compañeros de clase le aplaudieron; unos cuantos, oscuramente iracundos, la miraron como si hubiera dicho una blasfemia. Adél los conocía: eran de los que iban en secreto a oír misa, de los que caminaban a hurtadillas, avergonzados con Dios porque estaban dispuestos a negarlo si eran interrogados, y avergonzados con el Partido porque hacían algo indebido. No les hizo caso: los despreciaba.

Durante varios años, aun cuando el sistema cambió y cambió con él la manera de enseñar en las escuelas, Adél continuó despreciándolos. En el fondo sabía que se estaba traicionando a sí misma, que ese feroz materialismo suyo no era más que una manera de vengarse de sus padres atacándolos con sus propias armas: ¿por qué en unas cosas sí estaba permitido creer y en otras no? ¿No era demasiado arbitrario pensar en Dios como el único ser inmaterial con derecho a ser tomado en serio? Adél continuó pensando así hasta que se cansó de resistirse, de cerrar los ojos a ese mundo misterioso que contra todo argumento racional continuaba visitando en sus sueños, en las fugaces visiones que de pronto la asaltaban sin causa aparente. Sí, un día se cansó de luchar contra eso y, con la misma pasión con que lo había combatido, comenzó a buscarlo. Lo buscó mucho: en los libros, en el cine, en la vida.

Se levantó de la banca donde estaba sentada y echó a andar hacia la escuela, al encuentro de esa otra Adél, tan vulnerable tras su máscara de dureza, que venía saliendo con su blusa blanca y su falda azul, en medio de dos compañeras que la admiraban. Hubiera querido mirarla a los ojos y hablarle, preguntarle quizá qué pensaba de lo que iba a hacer ahora: dejar su país, a su familia, el doctorado. Aunque quizá podría continuar en otra parte; encontraría otras cosas, insospechadas. ¿Y no era esa la esencia de todo lo que Germán había querido enseñarle? Desprenderse de uno mismo, silenciar la propia voluntad para poder oír una voz más alta. Ofrecer el corazón al sol.

—¿Qué te dijo el director? —oyó que una de sus compañeras le preguntaba en cuanto terminaron de bajar las gradas de la entrada de la escuela.

—Que si sigo así me van a mandar a competir a la Unión Soviética.

—¿De verdad? —preguntó la otra, emocionada—. ¿Y sí te quieres ir?

Adél se encogió de hombros.

—¿Por qué no? —dijo, sin saber que venían grandes cambios políticos y ya ninguno de esos planes sería posible—. Será una gran aventura.

"Será una gran aventura", repitió en su mente Adél, pero no la niña de primaria de aquel entonces, sino la mujer de ahora, que debía darse prisa porque su tren salía en media hora y su novio la estaba esperando. La otra había desaparecido. La escuela estaba cerrada por las vacaciones y ya sólo los fantasmas del pasado deambulaban por esa plaza.

Nota del autor

Recuerdo una foto en blanco y negro en el atlas que teníamos en casa cuando era niño: una ciudad grande, dividida en dos por un río anchuroso, extendida sobre un terreno plano hacia el lado izquierdo y algo montañoso hacia el derecho, con muchas cúpulas y pequeñas torres perdidas entre edificios antiguos. Alcanzan a verse tres puentes cruzando el río; uno de ellos —el más bonito— con dos grandes arcos bajo los cuales pasan minúsculos automóviles. Anclados en la orilla, algunos barcos de distintos tamaños. El pie de foto: *Budapest, República Popular de Hungría. 1967.*

Nunca pensé que algún día estaría aquí. No estaba en mis planes. No sabía casi nada de este país antes de pisar su suelo. Las circunstancias que me trajeron fueron imprevistas, misteriosas como todo lo que suele ser trascendente en la vida. Si en algún momento dudé en venir, mis dudas fueron disipadas por una serie de signos. Siempre he creído en los signos, en el secreto lenguaje por medio del cual esos espíritus que van hilando nuestro destino nos llevan a seguir esta o aquella ruta. Así llegué a Hungría y más tarde a Venezuela y luego volví a Hungría. Y fue también así como, más de veinte años antes, había llegado a México. ¿Cómo fue que se configuró este triángulo escaleno?

Encontré la respuesta a esa pregunta una tarde, en Turín, cuando investigaba en la biblioteca casos de exorcismo. Turín es una de las ciudades donde más exorcismos se han practicado en el mundo, donde más casos de posesión satánica se han registrado. No voy a entrar en detalles sobre esto. El hecho es que, según me explicaría después un profesor de una universidad católica, la geografía del planeta Tierra se encuentra trazada por ciertas configuraciones geométricas —casi siempre triángulos— que señalan los puntos de poder y los ejes de acción de determinadas energías, positivas y negativas. Uno de esos triángulos es el llamado "Triángulo de Lucifer", que conecta a la ciudad de Turín con otras dos, una en el continente europeo y la otra en el americano.

Algo me decía que ciertos lugares de México, Hungría y Venezuela formaban también un triángulo, de otro tipo. Para esto, ya llevaba veintidós años de estudiar la filosofía y la historia de las ciencias ocultas. Había pasado por varias escuelas y había conocido a numerosos maestros, tanto verdaderos gurús como charlatanes, tanto personas de luz como agentes encubiertos de la oscuridad. De estas experiencias me quedé con algunas amistades que me ayudaron a dar con la respuesta a mi pregunta: la figura que había estado recorriendo en mi periplo era el triángulo del Rayo Violeta.

Ciertamente, esta forma de manifestación del poder divino, relacionada con la transmutación del *karma* y de toda negatividad en su polaridad positiva, ha irradiado con particular intensidad en las tierras mayas de México, en el valle de Caracas y en los misteriosos paisajes del este de Hungría. No es mero accidente el que la Era de Acuario esté regida por el Rayo Violeta. En esta edad, cuando la humanidad se prepara a dar un gran salto en su nivel de conciencia cósmica, cuando el Quinto Sol está a punto de desaparecer para que de sus cenizas renazca el hombre solar, el hombre Quetzalcóatl, es especialmente necesario aprovechar la oportunidad que nos brinda el Rayo Violeta a fin de purgar el *karma* que todavía nos detiene. Para ayudar en esta tarea se ha permitido que salgan a la luz conocimientos ocultos durante cientos o a veces miles de años. Ya está sucediendo: aparecen documentos que se consideraban perdidos y vuelve a oírse la voz de quienes habían sido silenciados.

Paralelamente, comienza a levantarse el velo de lo que conocemos como la historia de la humanidad. Y no se trata sólo del pasado remoto. Incluso la historia reciente se encuentra llena de mentiras, de manipulaciones, de pruebas falsas. Pero este estado de cosas va a terminar. Las versiones oficiales se derrumbarán bajo el peso de sus propias maquinaciones, y desde los escombros se levantará la verdadera historia, la que ha sido acallada, la que creyeron enterrar las potestades del mundo.

Un capítulo de esta historia oculta se refiere al cristianismo prehispánico. El solo hecho de mencionarlo suena descabellado. Y sin embargo todo parece indicar que existió. ¿Por qué ha de ser imposible que otros europeos llegaran al continente americano antes que Cristóbal Colón? Ya en el siglo IX se hablaba de una misteriosa isla al noroeste de Irlanda, llamada Thule (¿será mera coincidencia el parecido con Tula, la ciudad de Quetzalcóatl?). Más tarde se le llamaría Islandia. Si se considera que la distancia entre Europa e Islandia es mayor que entre ésta y las costas de América, ¿no es posible que los mismos que llegaron allá quisieran explorar un poco más? Eran marineros expertos, sabían moverse en esos mares helados y estaban acostumbrados a hacer viajes muy largos.

Supongamos por un momento que una de esas naves, luego de bordear las costas de Groenlandia, llegó a lo que hoy es Canadá. No sería un viaje ni más peligroso ni más difícil que los que estaban acostumbrados a hacer. Supongamos que a partir de los relatos de los marineros comenzaron a tejerse leyendas acerca de esas tierras. Era una época de gran fervor religioso. Los hombres de fe no se arredraban ante el peligro con tal de llevar la Palabra, el Evangelio, hasta los confines del mundo. Por otra parte, las incursiones de los vikingos en territorios de celtas convertidos al cristianismo eran cada vez más violentas y forzaban a huir a muchas personas. Supongamos que algunos de estos prófugos se sintieron atraídos por las historias de los marineros y comenzaron a viajar junto con ellos. Seguramente se contentaron al principio con explorar un poco; vieron que no había seres humanos en esas tierras de bosques gigantescos, lobos y osos hambrientos, y regresaron. Pero pudo haber uno o varios locos que siguieran hacia el Sur. Cada vez más hacia el Sur. O tal vez no era que estuvieran locos, sino que tenían miedo de regresar a un territorio dominado ya por los vikingos. O que seguían una especie de inevitable designio. Supongamos que finalmente hallaron comunidades humanas en algún lugar, lograron comunicarse con ellas, aprendieron su lengua y empezaron a predicar. El problema más grande habría sido cómo explicar las enseñanzas de Cristo a personas totalmente ajenas al mundo representado en ellas, a su constelación simbólica. ¿Cómo explicar el significado del cordero de Dios a personas que nunca en su vida habían visto un cordero? ¿Cómo hacer que imaginaran a Jesús entrando en Jerusalén montado en un asno o retirándose al huerto de los olivos, cuando no sabían lo que era un olivo ni podían imaginarse un asno? Comprensiblemente, los misioneros debieron traducir todo el paradigma, convertir los símbolos del mundo hebreo en símbolos del mundo americano. Supongamos que fue así como la paloma del Espíritu Santo, por ejemplo, se convirtió en quetzal.

Según informaron a sus superiores los mismos españoles, los indígenas de México ya practicaban el bautismo, la comunión y la confesión y creían en un dios redentor nacido de virgen, que había salvado al mundo con su sangre. Tenían hostias, que los conquistadores encontraron en un templo; veneraban la cruz. Y cuando Hernán Cortés llegó a Yucatán, le dijeron que en algún lugar de la península vivían varios hombres blancos, con barba, parecidos a él. Cortés llegó a conocer y a interrogar por lo menos a dos. Inventó luego una historia inverosímil según la cual esos dos serían marineros españoles desviados de su ruta por las mareas. ¿Por qué no dijo la verdad? ¿Por qué se cambió de pronto la versión oficial de las cosas y se silenció a los pocos frailes que no quisieron hacerse cómplices de la mentira? Quemaron los códices, destruyeron los templos y las estelas para que su simbolismo se perdiera. Después dijeron que las hostias habían sido "sembradas" y las cruces nunca habían existido. ¿Por qué? En términos religiosos, ¿no habría sido ésta una prueba de la universalidad del mensaje cristiano?

La verdad es que la corona necesitaba una justificación ideológica para emprender su guerra de conquista. Y esta justificación se la dio Dios. El genocidio adquirió así la forma de una guerra santa, una guerra que no habría tenido valor moral si se hubiera aceptado que se emprendía contra personas ya evangelizadas. Si en nuestro siglo XXI hay gobiernos que actúan de manera semejante, satanizando al enemigo y presentándose a sí mismos como enviados de Dios y salvadores de la humanidad, ¿qué se podía esperar de los igualmente astutos españoles del siglo XVI?

Los académicos, los investigadores, los profesores universitarios dirán que no existen documentos para probar estas cosas. Por supuesto que no los hay: tres siglos de ocupación, con los sofisticados servicios de inteligencia del Santo Oficio, fueron perfectamente suficientes para borrar todo vestigio. Así se ha escrito la historia de la humanidad.

Pero vamos a ver: en caso de que nuestra teoría sea correcta y haya existido realmente el cristianismo prehispánico, éste habría sido necesariamente distinto al que importaron los españoles. Habría sido, digámoslo así, más puro. Varios siglos, por lo menos tres, separaban la llegada de nuestros hipotéticos aventureros celtas de la de Hernán Cortés. Y no sólo el tiempo, sino también la cultura determinaban las diferencias. En España, tan cerca de Roma, el cristianismo se desarrolló con total apego a la evolución de la Iglesia Católica. En Islandia o Irlanda, en cambio, la religión prosperó con relativa independencia del Papa y del colegio de cardenales, integrando elementos autóctonos arraigados por siglos. Su catolicismo era una fusión sincretista del cristianismo primitivo con las tradiciones paganas. Había lugar en él para el culto de la Diosa, ya fuera bajo la forma de Brigit, "La Exaltada", o bajo la de la Virgen María.

Recordemos además que había otra teoría, menos creíble aún para los académicos: la del alquimista Pedro Ruiz Ptolomeo, según la cual Quetzalcóatl era un caballero de la Orden del Temple. De ser así, se explica por sí sola la importancia que se daba en la cosmovisión prehispánica a la feminidad sagrada y al aprendizaje de la transmutación de la energía sexual, tal como lo señala el simbolismo hermético de la serpiente con alas, la *quetzal-coatl*, que a su vez refleja la forma de la cruz cristiana.

Es necesario aclarar aquí que, aunque esta obra carece de "pruebas" o "documentos" para apoyar algunos de sus postulados, detrás de ella hay un gran trabajo de investigación académica. Por sus mismas dimensiones, éste no habría sido posible sin el apoyo de varias personas cuyos nombres aparecen en la página de agradecimientos. El producto de esta investigación, sin embargo, representa sólo una pequeña parte del material vertido en *El secreto de Moctezuma*. El resto procede de enseñanzas directas y largas conversaciones con magos y guardianes de la tradición tolteca, así como de varias sesiones de canalización (*channeling*). Y aquí me interesa aclarar una cosa. Muchas personas tienen la idea de que la canalización es algo así como la versión Nueva Era de las viejas sesiones espiritistas. Sin embargo se trata de una práctica más antigua. Básicamente es un acto de comunicación entre el ser mortal y alguna entidad inmaterial —ya sea que haya desencarnado o que nunca tuviera un cuerpo físico— procedente de planos ya superiores, ya inferiores al nuestro. Sus antecedentes más lejanos se remontan a los profetas hebreos y a las pitonisas griegas, y los más cercanos (antes de que las corrientes de la Nueva Era le concediesen la importancia que tiene ahora) se hallan en algunas formas de escritura automática. Incluso el conocido juego de la Ouija tiene como principio de su funcionamiento una forma de canalización.

Todas las enseñanzas, explícitas o veladas, que se encuentran en este libro, tienen su fundamento en la tradición y no deben tomarse a la ligera. Por ello, aunque los ejercicios hechos por los personajes son reales en términos operativos, se desaconseja intentar la práctica de los mismos sin la guía de un maestro. Al que cree en la magia siempre le van a pasar cosas mágicas, pero, como advierte el maestro Gerard van Rijnberk: "Ante lo oculto, es preciso renunciar a dominar y resignarse a servir. Vencedor o vencido, uno no trata de igual a igual con las potencias de la Nada".

Debrecen, Hungría. Marzo de 2006

Agradecimientos

Este libro no existiría sin el apoyo de los miembros de la Abadía del Sol, en México.

Gracias a la doctora Ana María Aguilar Lara, quien puso a mi disposición todos sus recursos bibliográficos en el campo de la psicología profunda. A Catherine Schubert, quien me permitió el acceso a valiosos materiales de la biblioteca de Joseph Campbell, en el Pacifica Graduate Institute, de California. Al poeta etílico Jerónimo Peralta, quien además de haber sido el modelo del personaje Germán Guillén, intercedió para que se me concediera el acceso al acervo del CIAM (Centro de Investigaciones Antropológicas de México), en Amatlán, Morelos, donde hay 35 mil volúmenes especializados en el pasado prehispánico (por decisión de las autoridades indígenas de Amatlán, esta biblioteca se encuentra cerrada al público y a los investigadores desde hace varios años). A Judit Besenyei, Andrea Sepsi y mis demás amigos de Hungría. A los estudiantes de metafísica de la Casa de los Siete Rayos, en Caracas, por su enorme espíritu de cooperación. Al doctor Juan Ramón Zacarías, de la UNAM, que me ayudó a investigar todo lo relacionado con la historia de las sociedades secretas en México. A la profesora Esmeralda Lozano, de Antigua Guatemala, coleccionista incansable de reliquias y curiosidades historiográficas. A los magos Regina y Lalo, Viky y Víctor y Mónica y Arturo, que abrieron un mundo para mí.

Índice

Los buscadores 7
Adél 13
Un extraño personaje 19
El secreto de la viuda 23
La sociedad secreta 29
La guardiana 33
Un par de preguntas 37
El espíritu de Huehuecóyotl 43
La Princesa Vieja 49
El mundo de las sombras 53
Viaje a Transilvania 61
Tras la pista venezolana 65
Conversación en Caracas 71
El infierno y el sacrificio 79
El fantasma del mar 83
El sentido del poder 89
Pero no es oro 95
El gran torbellino 97
El tesoro de Quetzalcóatl 101
Tláloc en Coyoacán 107
La Confederación Bolivariana 111
Días después, en el Acapulco 115
La sombra de la sombra 121
Eger 125
Las gotas caían lentas y pesadas .131

El dragón y la paloma	135
Visitante nocturna	139
El corazón solar	143
La casa del vampiro	149
Las casas paralelas	153
La Piedra del Sol	161
La Luna Negra	165
La sombra de la Cruz Flechada	171
Tlacopac	175
Casa de las calaveras	181
El secreto del calendario azteca	183
El rojo y el negro	189
Las cartas de la ausencia	193
Dintel 26	197
El jaguar y la luna	201
Última noche en Tuxtla Gutiérrez	205
La Estrella de la Mañana	209
Pensaba Adél	217
Regreso a Budapest	221
El don de la sangre	227
Más de un secreto	233
Dudas	241
La cabeza de la serpiente	245
Visitantes	251
La pista de Freddy Crystal	255
El regalo de Quetzalcóatl	257
La Sexta Ciudad de Cíbola	261
Piedras	265
El adiós del guerrero	269
La historia de Bernadett	273
El guardián del templo	277
Epílogo	281
Nota del autor	287
Agradecimientos	293

España
Av. Diagonal, 662-664
08034 Barcelona (España)
Tel. (34) 93 492 80 36
Fax (34) 93 496 70 58
Mail: info@planetaint.com
www.planeta.es

Argentina
Av. Independencia, 1668
C1100 ABQ Buenos Aires
(Argentina)
Tel. (5411) 4382 40 43/45
Fax (5411) 4383 37 93
Mail: info@eplaneta.com.ar
www.editorialplaneta.com.ar

Brasil
Rua Ministro Rocha Azevedo, 346 - 8º andar
Bairro Cerqueira César
01410-000 São Paulo, SP (Brasil)
Tel. (5511) 3088 25 88
Fax (5511) 3898 20 39
Mail: info@editoraplaneta.com.br

Chile
Av. 11 de Septiembre, 2353, piso 16
Torre San Ramón, Providencia
Santiago (Chile)
Tel. Gerencia (562) 431 05 20
Fax (562) 431 05 14
Mail: info@planeta.cl
www.editorialplaneta.cl

Colombia
Calle 73, 7-60, pisos 7 al 11
Santafé de Bogotá, D.C.
(Colombia)
Tel. (571) 607 99 97
Fax (571) 607 99 76
Mail: info@planeta.com.co
www.editorialplaneta.com.co

Ecuador
Whymper, 27-166 y Av. Orellana
Quito (Ecuador)
Tel. (5932) 290 89 99
Fax (5932) 250 72 34
Mail: planeta@access.net.ec
www.editorialplaneta.com.ec

Estados Unidos y Centroamérica
2057 NW 87th Avenue
33172 Miami, Florida (USA)
Tel. (1305) 470 0016
Fax (1305) 470 62 67
Mail: infosales@planetapublishing.com
www.planeta.es

México
Av. Insurgentes Sur, 1898, piso 11
Torre Siglum, Colonia Florida, CP-01030
Delegación Álvaro Obregón
México, D.F. (México)
Tel. (52) 55 53 22 36 10
Fax (52) 55 53 22 36 36
Mail: info@planeta.com.mx
www.editorialplaneta.com.mx
www.planeta.com.mx

Perú
Grupo Editor
Jirón Talara, 223
Jesús María, Lima (Perú)
Tel. (511) 424 56 57
Fax (511) 424 51 49
www.editorialplaneta.com.co

Portugal
Publicações Dom Quixote
Rua Ivone Silva, 6, 2.º
1050-124 Lisboa (Portugal)
Tel. (351) 21 120 90 00
Fax (351) 21 120 90 39
Mail: editorial@dquixote.pt
www.dquixote.pt

Uruguay
Cuareim, 1647
11100 Montevideo (Uruguay)
Tel. (5982) 901 40 26
Fax (5982) 902 25 50
Mail: info@planeta.com.uy
www.editorialplaneta.com.uy

Venezuela
Calle Madrid, entre New York y Trinidad
Quinta Toscanella
Las Mercedes, Caracas (Venezuela)
Tel. (58212) 991 33 38
Fax (58212) 991 37 92
Mail: info@planeta.com.ve
www.editorialplaneta.com.ve

Planeta es un sello editorial del Grupo Planeta   www.planeta.es